文庫

この話、続けてもいいですか。

西加奈子

筑摩書房

目次

はじめまして　11

あんな人・こんな人・どんな人

ナニワチーフ道　18
カタコト外人　23
モテる時期　28
酔い方いろは　34
酔い方いろは・友達編　38
良い方いろは　42
旅館の誰か　46
間殺し　51

くちぐせちゃん　55
春なので勧誘　60
これくらいにしてくれて　64
シャック　ダイエット　69
感情のトロ　74
関係ない　79
微怖　84
誤魔化すなよ　89
ズルイ奴ら　94
ル★ン★バ　98
結婚式　102
ちょっと楽しい・すごく好き
標語たのし　108

領収証ナウ　113
人のカゴん中　117
趣味は何ですか　121
仁義返してください　125
ルビーの氷雨　133
Are You GA?　138
Yes, I am GA!　143
颪の谷の家電　147
料理のこと　151
情熱T陸　154
テールズオブ合コン　159
餅と乙女　164
炭のカマネー　169
可愛死に　174

IE★ 179
IE★2 183
少女漫画的恋愛指南 187
イカのテレホン 193

行ってみた

沖縄8度9分 200
カンサイ・スーパー・誕生日 205
人間ドック（笑） 211
ライブ de NIGHT 215
NO, NEWYORK 219
のー、にゅーよーく 223
脳入浴 229
バリ1 234

バリ2　237
バリ3　241

やったこと・思ったこと

クイアくれ　248
奇跡体験！　ビフォーアフター　253
免許グラデュエーション　257
青い眼がほしい　260
アネモネ　265
三十歳成人式説　270
脳にやさしく　274
ネーミングセンス　279
厄〜YAKU〜　283
ひどい首ね　289

手紙　293
覚えてない　299
英語脳　304
スキルアップのからくり　309
幽霊体験　314
チューだエッチだ　318
動く　323
字と声の　328

文庫版あとがき　335

解説　西加奈子の「正直レンズ」　中島たい子　338

この話、続けてもいいですか。

はじめまして

エッセイ連載、という大役を与えていただいて、初めてのことだし、みっともないくらい緊張しています。根が真面目なもので、日々のバブル（泡）的なものを自由に書けばいい、心に思いついたことをのびのびと……、そんな風に思えば思うほど心拍数が上がり、知恵熱が出る。第一回目から、早速圧に押しつぶされそうです。でも、せっかくこの機会を与えてくだすった、筑摩書房の松田さんに感謝しつつ、誠心誠意、エッセイいうものを、書こうと思います。

早速エッセイを国語辞典で調べたところ、「随筆」とありました。そこで随筆を調べてみたところ、「見聞きしたことや感じたことなどを自由な態度で書いた文章」ということでした。これからの私の自由な態度に、どうか自由にお付き合いください。

私のプロフィールを見た方に、よく聞かれることがあります。「お父様かお母様が、イランの方ですか？」確かに、プロフィールにはイラン生まれ、大阪育ち、とあります。でも、生まれたからといって自動的にイラン人だったりハーフだったりするわけではありません。

イランには二歳までいました。一九七九年のこと、ホメイニのイラン革命が起こった年です。そういう劇的な歴史は人格のちょっとしたスパイスになり、挙句皆の優しい注目を浴びることが出来るので、色々な場所で話しているのですが（戦火を逃れて……母が命からがら……など）、実際イランのことは、何ひとつ覚えていません。でも、イランから帰国後、小学校一年生から五年生までをエジプトのカイロで過ごしました。そのときの記憶はしっかりとあるし、小さい頃の思い出、という話になると、私にとってそれは、エジプトで過ごした日々になります。

ゲジラ、という、ナイル川に浮かぶ島に住んでいました。ゲジラは日本人が多く住む、いわゆる高級住宅街でした。でも、日本でいう高級を思い浮かべてはいけません。歩道は整備されていないし、肉屋の軒先には解体されたばかりの牛がぶら下がっています。ロバが引くゴミ屋の馬車は悪臭を放っているし、いたるところで犬が撃ち殺されていて、時々ヤギの群れが巨峰のようなうんこをぽろぽろと落としていきます。犠牲祭という祭りが近づくと、アパート（向こうではフラットと呼んでいました）の中庭で子ヤギが殺されており、その断末魔の叫びを、私は忘れることが出来ないし、絶対にお釣りをくれない物売りのおっさんのフセイン顔を、忘れることが出来ない。すれ違う人のきつい体臭、四六時中クラクションが鳴らされ、道行くエジプト人から突然「モウカリマッカ?!」と馬鹿にされる。

両親は駐在員のパーティーなどで忙しく、私たち子供は子供だけで世界を築きあげて、懸命に生活を送っていました。毎日がトラブルの連続だったし、スリルに満ち溢れていたような気がします。

小学校はひとつのフラットを改造したもの、一クラス五人から十人で、日本語の授業です。でも、「社会科」に、無理がありました。「パン工場見学」、しましたよね？　私たちもしたんです。「パン工場はいつも清潔です」と教科書にあったけれど、私たちが訪れたそこは、全然違いました。教科書では白衣を着て、髪の毛を帽子の中に入れ込んだいかにも「清潔な人」が、エジプトでは板東英二みたいな変なセーターを着た、やはりフセイン顔の男性。髪の毛を入れるどころではない、爪の中真っ黒のその男性が、ものすごい嫌な顔でパンをぺたり、ぺたり叩いています。パン工場見学、終わり。

「お正月は凧揚げしましょう」。場所が無いからピラミッド、砂に足を取られて、命がけの凧揚げです。駅伝やオリエンテーリングなどもピラミッドでするんです。初めこそ「わぁ！ピラミッドやぁ！」と感動していたのですが、最後の方は「おい、またぁ?!」的な場所。足を取られて転ぶし、喉が渇くし、ちっとも楽しくありませんでした。

学校に「なるほど・ザ・ワールド」が取材に来たこともあります。「ひょうきんユミ」が来る、ということで期待に胸を膨らませていたのだけど、ユミさんは撮影の合間はとても静か、疲れていらして、とてもひょうきんには程遠かった。ああ私が見ているテレビの人たちは、普段は違うんだ、と小学生ながら知った瞬間でした。体育の授業を撮影されたのですが、運動場が無い私たちがマラソンをするのは前の空き地。私は運動神経はからきしですが、マラソンだけは速い。ものすごく頑張って一位を取ったのですが、映されていたのはＫちゃんというビリから数えたほうが早い女の子。よく考えたら「なるほど・ザ・ワールド」提供の旭化成駐在員のお嬢さんで、世の中には努力しても報われないことはあるんだ、と、小学生ながら知った瞬間でした。

小泉今日子さんが来たこともあります。私たち子供は見ることが出来なかったけれど、ある日父が「キャンキャン来たよ」と酔ってパーティーから帰宅。何事かと思っていると、実は「キョンキョン」でした。知ったかぶり、せんといてね。

カイロでの父のエピソードにはことかきませんが、忘れられない思い出のひとつに、ラクダのぬいぐるみがあります。本物のラクダの毛で出来た、とても大きなぬいぐるみ。喜ぶ私を見て、父はかなり得意そうでした。そして酔って「ラクダの毛は燃えない」と言い出しました。砂漠であんな暑い中歩いているのだ、燃えない、と。嫌な予感がしました。父がライターで火をつけると、案の定、それはぼうっと音を立てて燃え上がりました。だから、知ったかぶり、せんといてねって。それ以来そのラクダは焼け爛れた無残な姿で私の部屋に飾られていました。

生水を飲むなと言われていたけれどガブガブ飲み、時々お腹をこわしたり、エジプト人の男の子たちと喧嘩をしたり、手足のない物乞いに囲まれたり、そんな毎日が、今の私を作っているような気がします。汚いものが平気とか、ヒゲの生えた男の人が好きだとか、コーランを聞くと体が震えるとか、そういうことはないけれど、あのとき感じたことや、体験した何か、匂い、音、それらすべてが、今の私の体にしっかり刻まれています。私はエジプトで過ごした日を忘れないでいようと思うし、たまに簡単に忘れてしまったりして、でもまた、ふとしたときに思い出すのだろうと思います。

「ナイルの水を飲んだ者は、またナイルに帰ってくる」と言います。私はそれが本当のことであればいいのにな、と思っているのです。

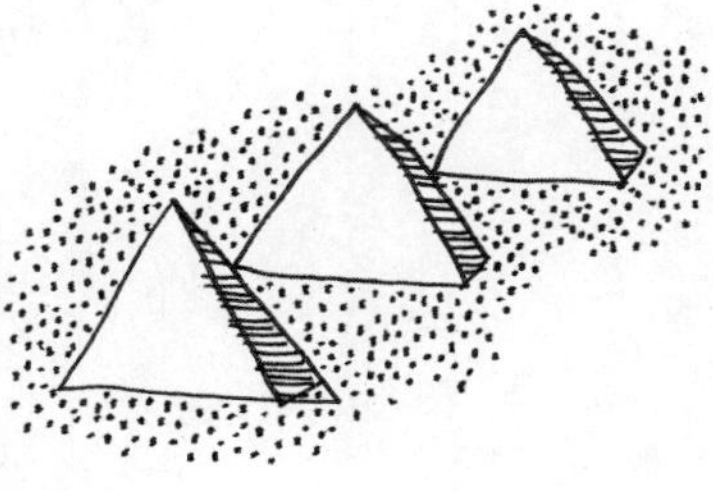

あんな人・こんな人・どんな人

ナニワチーフ道

二十代の初めから中ごろ、私はものすごく貧乏でした。

フリーライターの真似事のようなものをしていたのだけど仕事も無く、当時手伝っていた喫茶店も儲からず、夜中スナックの皿洗いのバイトをしていました。ママは三十代後半の綺麗な人、お店は北新地の北通り。お客さんが来たらチャームといわれるおつまみを出したり、煙草を買ってきたり、テーブルを片付けたりする仕事です。チーフ、と呼ばれていました。

ある日ママのお友達のママがお店にやってきました。その人はママとなにやら話していたのですが、次の日、もう一度お店にやってきました。「あんた、うちで働かへん?」スカウトでした。ホステスでスカウト、引き抜きというのは聞いたことがあるけれど、チーフでそんなことがあるなんて思いもしませんでした。私の、なんとなく哀れみを誘う貧乏臭さがいい、とのこと。ちょうどこちらの店は不景気で、チーフを雇うお金がなくなったということで、私は新しい店に移りました。

そんなことが数回あって、私は「チーフ太閤記」のごとく、どんどん出世していきました。

時給も少しずつ上がりました。でも、「頼りにされると重荷になる」、という従来の悪癖が働き、チーフ業も慣れたことだしと、新地を離れてミナミのスナックで働くことにしました。

一応大阪では、新地が高級でミナミが庶民派、とされています。言い換えると新地は上品でミナミは下品。同じ大阪でそんなことはなかろうとタカをくくっていた私は、ミナミのその流儀に驚くことになります。私が働いていた店をGと呼びましょう。オーナーはアッチ系の人、だからよく、アッチ系の人がいらっしゃいました。耳が人よりせり出しているからか、私はその人たちに「ミッキー」と呼ばれ可愛がっていただきました。ディズニーキャラクターのトレーナーに、サンタフェのジーンズ。足元はスリッポン。なんやスリッポンて。スリッポンをはいた人たちが、「おうミッキーこれ取っとけ」とくれるおひねりが、どれほどありがたかったか。皆とても優しい方なのですが、酔うとものすごく声が大きくなり、感極まると「兄貴ぃ、わしらキチンとやくざやりましょやっ！」とか言うので、とても困りました。そんな店でした。

オーナーは暇を持て余すと気まぐれに私を裏に呼び出して、お客さんそっちのけで話をしてくれました。ミナミでもう二十年ほどお店をやっているということで、彼の中でミナミで知らないことはない、というのが自慢でした。ある日「ミッキーはどっか行きたい国とかあんのか?」と聞いてきました。出し抜けに、まったく暇つぶしの質問です。「はあ、行きたい国いうか、ニューヨークは一回行ってみたいです」お皿を洗いながら私がそう言うと、オーナーは「にゅーよーく? あんなもん、北浜みたいなもんやろ?」と言いました。北浜、というのは、大阪の小さな小さなビジネス街です。ご存知の方は、北浜という街がどれだけニューヨークから程遠いか、お分かりになりますよね。いくら行ったことのない私とはいえ、ニューヨークと北浜を一緒にしてしまう彼のおおらかさには度肝を抜かれました。いや、度肝を抜かれるのは早かったようですよ。彼は驚いている私に「世界中で一番すごい街教えたろか?」と言いました。嫌な予感がするけれど、まさか。でも、彼はやっぱり、こう言いました。

「ミナミや、ミナミがいっちばんや!」

彼の頭の中では、ミナミが世界一→ミナミで顔利く俺、世界一、という図式が出来上がっているのですね。めっちゃブラボー。

ホステスの女の子たちを牛のように扱うのも、彼の得意とするところでした。お酒が残り二センチくらいになると、飲み干してボトルを入れてもらえるかもしれないので、水商売の世界では「チャンスボトル」というのですが、Gでは、上から二センチ飲めばもう、チャンスボトル。オーナーは何度もホステスさんを呼び出し、何か分からないカラフルな錠剤を大量に飲ませ、「ほらっ行って来い!」と背中を押します。ホステスさんたちはどろどろになって席に戻り、また浴びるようにお酒を飲むのです。そんなホステスさんの姿を大変静かな目で見ている私に気づき、オーナーは、言うのです。「ミッキー、女の子らよう見とけよ。あの子ぉらはなぁ、闘っとんねや。水商売はなぁ、闘いや!」わあ。鼻息荒く安い台詞を吐き、ミナミで一番イコール世界で一番の俺、そう思っているオーナーを、私は驚嘆の目でもって眺めたものでした。

彼は昼間ヤミ金をしていたのですが、法学部出身という私の経歴を聞いて、自分の昼間の仕事に私を組み入れようとしました。どえらいことになったと、必死で断っていると、世界一の彼は、むっとしました。「なんでや？（世界一の）俺のお願いが聞かれへん理由があんのんか？」焦りすぎて二重になった私は、咄嗟に言いました。「夢があるんです！」そう、そのとき初めて、私は人に、自分の夢を伝えました。

「小説家になりたいんです！」

オーナーは股間を触りながら、胡散臭そうな眼で私を見ました。「小説家なんか、あれやろ？ 電車マニアやろ？」彼の頭の中で小説家イコール西村京太郎さんです。その解釈は、決して悪くない。びっくりして一重に戻った私に、彼はたたみかけるように言いました。「よっしゃ、俺が小説家になれる技教えたろ」おやおや、世界一の彼は、なんだって知ってるようですよ。

「ミッキーこれからはなぁ、えっすえふの時代や」「え？ SFですか？」「そうや」「でも、SFなんて難しくて書けません」「簡単や。自分がこうなったらええなぁ、こんな風やったらなぁ思うこと、それがえっすえふや！ どらえもんなんて見てみい。あれがえっすえふや」確かにドラえもんはとても面白いSFです。なかなか良いこと言うなぁ、とあやうく感心しそうになりましたが、しなくて良かった。彼は続けます。「例えばな、俺な、優香好きやねん」「え？」「前歯小そうて、可愛いやろ？」「え」「優香とエッチしたいなぁ、そうするためにはどうしたらええかなぁ、て考えるわけや」嫌な予感がするけれど、まさか。「それがえっすえふや」。

サイエンスなんて、くそ。私はミナミの王たる男が、前歯小そうて可愛い優香といかにしてセックスするか、という小説を、書き続けようと思います。

「どや、俺、賢いやろ?」

まれに、彼のように、「おおらかであるが、ものすごく視野が狭い人」は、存在します。私はそんな人を見るとものすごく驚嘆し、憧れ、嫉妬します。でもミナミ、Gの彼ほどの人には、まだ会ったことがありません。

カタコト外人

日本語がペラペラの外人って、なんだかそれだけでムカつくときがあります。のっけから狭量な自分をさらしてしまいましたが、でも、そう思うのです。渋谷のバーで働いていたとき、お客さんでよく外国の方がいらっしゃいました。ほとんどの方が旅行者で、カタコトの日本語を話すのですが、中には日本に住んで何年も経ち、日本語がペラペラの人もいます。例えば「バラって漢字で書ける?」なんて言ってきたロン毛の白人。書けない自分にムカついて「お前書けんのかよ」とあおったら、スラスラ書きやがった。可愛くない。

本屋でバイトしてるときは、こんなインド人もいました。なんや変な燕尾服でレジに来て、「あー、あー」と、まごついている様子。優しい気持ちで接していると、突然「ちょっとペン貸してくれる?」。流暢。なんかやっぱりムカついてペンを渡すと、紙に「洋書」と書きました。綺麗な楷書体ですよ。そして聞いてきました、「これは、何階にありますか?」、口で言えよ。

可愛くない。

友達の話。エスニック料理の居酒屋でバイトしていたとき、上司がパキスタン人だったそうです。その店にアメリカ人だかカナダ人だかの白人の集団が来て、大騒ぎをしていました。そしたらそのパキスタン人が舌打ちをして、こうひとりごちたそうです。「うっさいなぁ外人」お前もやん。

でも、それはちょっと可愛い。

とにかく、ペラペラ外人は、可愛くない。「やべぇ」て言う外人も、「おあいそ」て言う外人も、いやいや、全然可愛くありません。やっぱり外人はカタコトじゃなきゃ。「お、て…あるい？（お手洗い）は、どこですか？」「しぶやえき、いきたいのだすが？」こうでなくっちゃ。

去年、ロスアンゼルスに旅行に行きました。初めてのアメリカ大陸上陸です。私は帰国子女ですが、何せイラン、エジプト。英語とは程遠いコーランの世界。そして日本人学校です。アメリカンスクールなんかに通って、帰ってきたら「日本語の方が苦手なの」、そんな風に言ってみたかったけれど、中近東で身についたことといえば、地面に落ちて、ある程度の時間が経った食べ物を、周りに人がいなければ食べてしまう勇気と、自分の非をなじられると「神がそう望んだから」と言い、皆を黙らせる聡明さ、恋人に二股をかけられると「四人までは大丈夫」と言える精神性だけです。

アメリカ旅行です。ロスアンゼルスです。さっき書いた渋谷のバーで偶然出会ったのがロ

Shoga[redacted]n
Pocket
Progressive
2色刷
SHOGAKUKAN

スアンゼルスのバンド。メンバーは白人、黒人、ヒスパニックと多様なロスらしいバンドなのですが、中でも日本人のメンバーと仲良くなって、ロスに行ったときも、ずいぶんとお世話をしてもらいました。彼は完全な日本人なのですが、生まれも育ちもアメリカのため、日本語がカタコトです。英語の方がもちろん話しやすいのでしょうけど、私がちっとも話せないのと、自分も日本人だということで、一生懸命日本語で話してくれます。私が言うことにも、ものすごくものすごく熱心に耳を傾けてくれる。

でも、たまにいいジャブを放ってくるんですね。

「(うなずきながら) カナコの言うことが、とてもよく、分かりません」

間違ってない。間違ってないけど、とてもよく、分かりません。

驚いたのがこれです。

「僕の友達が、日本のはくさいは、キ〇ガイだと言っていました」

突然、白菜？　そして、キ〇ガイ？

ちゃんと聞くと、彼らが日本の音楽フェスに出たとき、メンバーのひとりが偶然出会った近くの農家のおじさん達と飲んだのだけど、皆阿呆のように酒を飲むのでびっくりした、というわけです。言うならば「日本の農家の人はクレイジーだね！」みたいな感じです。それが、「にほんのはくさい (百姓) はキ〇ガイ」

やったー！　日本語って難しいですよね！　こうこう、こうでなくっちゃ！

「お腹空いたね。ゴハンを、じゃぶじゃぶ食べようか？」

擬態語、難しいもの。チャレンジするだけ、偉いぞ！

終始そんな感じで、わくわくと楽しい気分だったのですが、自分はどうか？　バンドのメンバーに「ＬＡはどう？」みたいなことを聞かれて、「びっぐ」としか答えられなかったし、クラブのバーで「びあー」と言ったのに、「ミルク？」と聞き返されました。カタコトどころではないですよ。

可愛い、と思ってくれてたらいいのに。

でも、日本語のような恐ろしく難しい言語を完璧にマスターするというのは、並大抵の苦労ではないのでしょうね。本当に日本が好きで、「日本人より日本人らしい」なんて言われる方もいらっしゃいます。私の母が好んでよく使うのが、「あの人、前世は絶対日本人やったんやわ！」。まったく根拠のない「絶対」、挙句転生レベルの話まで持っていかれたら、私も何も言えませんが、はいはい、そうかもしれませんね。

でも、外人。

私はやっぱりカタコトの方が可愛いなぁ、としつこくも思ってしまうのです。

モテる時期

若い頃貧乏だったお話は、以前書かせていただいてます。じゃがいもばかり食べてうんこがキュートに硬くなったり、空腹を海苔をかじることでキュートにごまかしたり、近所の氏神様にたまにお供えしてある千円札をキュートに借りたり、貧乏にまつわる話には意外と事欠かないのですが、そんな私が常用していた買い物エリアがあります。

大阪の西成区、新今宮という駅です。そこにショッピングモールがあるだとか、激安店があるだとか、そういうことではありません。新今宮は南海本線の沿線なのですが、その高架下で、毎週日曜日に朝市をしていました。別名泥棒市、といいます。テレビやビデオなどの電化製品から服、靴、本、レコードにいたるまで、日用品を激安で手に入れられることで、私や私の友人は毎週利用していました。

泥棒市、という別名の通り、昔は盗んできたものを売っていた市だったようなのですが、現代ではそんなことはありません。例えば靴工場で廃棄されそうになっていた靴を拾ってきて、一足五十円で売るとか、とても健康的なのです。一足、というのも、ふたつそろって一足だと思っていてはいけませんよ。あなたの「常識」という色のついた眼鏡を叩き壊してくださいね。ひとつ、です。片足だけ。五十円だもの、それくらい仕方ない！　もうひとつ、似たような靴を探せば済むことです。私はそこで、扇風機を千円で購入、もちろん発送なんてしてもらえないから、片手で扇風機を抱え、自転車に乗って帰りました。何度かそういうことがあり、私は絶妙なバランス感覚を身につけることができましたし、今でもコンロなどの買い物なら発送せずに、持って帰ります。（あまりに重いものは、甲子園の団旗みたいに、腹筋に乗せてしまうのがポイントですよ！）今でもその扇風機は私の家で大活躍しています。

小引き出しを買ったのもそこ。たまにそういうアンティークのとても可愛い家具を売っていたりして、おっ、と思ったりもします。売っている人は「昭和ロマン」だとか、「レトロモダン」だとかに関しては「それって食えんのか？」というぐらい無知なので、めちゃめちゃ安い。

安い、といいつつ、最初はおっさんもふっかけてきます。例えば背中に『長寿』と書かれた、渋い座椅子。

「おっちゃん、それいくら？」

「……（ちょっと考えて）三千円」

「高いわ、いらんわ」

「（間髪入れず）五百円」

驚くべき値引率。大切なのは、未来手に入るかもしれない三千円より、今、この瞬間の五百円。ちなみに長寿座椅子は四年ほど愛用しましたが、リクライニングが壊れて廃棄になりました。他にも電気ストーブ、服、本、たこやき器など、日常に必要なものを、激安で手に入れ、私はかなり朝市に助けられていました。

そして何より助かったことがあります。朝市には、たまにキリスト教会から来る炊き出しがあります。列に並ぶと、雑炊が無料でもらえるのです。たまに、ということもあり、大変貴重で、挙句そういうときは必ずお腹が空いている。私も列に並びました。プラスチックのお椀をもらって暖かい雑炊をついでもらうとき、どれほどありがたかったか。恥ずかしかったのは、もらうとき「ハレルヤ」と言わなければいけないこと。でも、それさえ元気にこなせば、一食分タダ。やった！　ハレルヤ！

このように、朝市は私にとって命の泉となっていたのですが、唯一行くのが憂鬱になっていたことがあります。

最初の方こそ友達と行っていたのですが、途中からはひとりで行くようになりました。女ひとりで歩いていると、いろんなおっさんから声をかけられます。ものすごくモテるのです。道の真ん中に座って股間を掻いているおっさんに、「ヒューッ」と言われたこともあるし、ひとりのおっさんにずっと後をつけられ、振り返るとウインクされたこともあります。偉そうにしてはいけませんが、それがうざい！　モテる女って、色々面倒臭いのねぇ、と、秋吉久美子流アンニュイなため息。

長寿

商品を見て歩いていて、セクハラをされることもあります。なんでもアリの朝市ですから、中には淫猥なものも売っています。エロ本、ＡＶの類は、私だって大人ですから、気になりません。でも、「大人のおもちゃ」なんかも、売ってるんです、裸で。つまり、使用済み。誰か、買うの？　でも、そんなものに惹かれる私ではありません。オモチャの隣に置いてあるナショナルの金時計に惹かれていますよ。

「おっちゃん、それなんぼ？」

「（オモチャを手に取り）これか？」

「……違う、時計」

「（オモチャを手に取ったまま）これやろ？」

うざい！　もう、金時計は無視です。しばらく歩いていると、今度はミシンが置いてあります。欲しかったので見ていると、ここにもあります、オモチャ。なるだけ見ないようにしていると、おっさんがおもむろにスイッチを入れるのです。ヴイーン、ヴイーン、と音を立てて動いているそれを、まわりのおっさんが「おお」と歓声を上げて見る。そして、私の反応をうかがうのです。うざい！

東京に出てきてから、そこには一度も行っていませんが、友達の情報では、「面白くなくなった」そうです。何をもって面白くないのか分かりませんが、部屋に今でもある戦利品を見て、あのときのことを懐かしく思います。新品の家具を買えるようになったけど、私は朝市の、あの「どうでもいい」「決してちゃんとしていない」感じが、とても好きでした。あのときの私の気持ちにぴったりだったからかもしれません。

そういうセンチメンタルな部分で思い出すのはもちろんですが、ロスに行ったとき、海に行ったとき、特に思うのです。

「くっそー、あんときは、モテたなぁ」

人生で何度かモテる時期があるといいますが、私は間違いなくそのうちの一回を、あの場で使い果たしてしまったと思います。願わくは、もう一度、今度は若者たちばかりの場で、その経験をしてみたいのです。

酔い方いろいろ

皆さん、お酒、好きですかー⁉

ワタシハ、スキデス。

ちなみにビールしか飲みません。芋焼酎やらワインやらも、飲めることは飲めるのですが、いいものを出されても「飲みやすい」「すっごいフルーティー」しか感想を持てませんし、何よりビールのように一気飲みしてしまうので、なるたけ避けているのです。

ビールは美味しい。朝→昼→夜、の順に、ビールは美味しい。起きぬけの一杯、あいつはなんていうか、無遠慮に各内臓宅を訪問し、「麦やねんから朝ごパンと一緒やで」とささやいてきます。お昼間の一杯、あいつはなんていうかやっと起きだしてきた脳みそに軽い悪戯をし、「眠たかったら寝ちゃえよ」とささやいてきます。夜の一杯、あいつはなんていうか明日への活力という奴をからかい、「自由業やねし一日つぶれてもええやんか」とささやいてきます。

いつからビールが美味しくなったんでしょうね？　あんな苦くてしゅわしゅわしてておし

っこみたいな奴。そういえばビールを飲み続けてるときのおしっこって、まったくビールみたいですよね。輪廻転生！　いつの間にか、ビールの最初の一口をどうしようもなく欲する大人になってしまい、初対面の人と会うときなんか、恥ずかしいもんだから一杯ひっかけてから行くようになります。中学、高校のとき、デートなんかどうしてたんでしょうね？　お酒なしで、よくもまあ楽しんでいたものですよね。

そんなお酒の最大の魅力は、「酔うこと」です。「分かっている」女子や、「狙っている」男子は、その「酔うこと」を武器に様々なトラップを仕掛けますが、ただただどろどろに酔ってしまう人にとっては、悪魔的なものなのです。

若い頃は泥酔したときの特徴に「周りの人がみんな、私のことを怒っていると思う」ことがありました。二センチくらいまで近づいて「怒ってるやろ？　こんなうちのこと、怒ってるやろ？」と言い続けます。友達が何度「怒ってないから……」と言っても駄目、聞く耳なんて持ちません。最終的には路上で土下座、泣きながら「絶交して！」ウザイですよね。

二十代の中頃は、それまでの反省もあるのか、「酔ってないフリをする」というのにハマりました。瞳孔が開き、明らかに呂律が回っていないのに、必死で酔っていないと言い張る。しっかりしたところを見せるために割り勘の計算などをするのですが、待てど暮らせど金額を出さない。「早口で話すとしっかりしてるように思われる」と勘違いし、血が出るくらい舌を嚙みながら、ちっとも分からない映画論なんかを一席ぶつ。ウザイですよね。

最近の流行は、「人を呼び出して帰る」ことです。楽しくなって色んな人に電話をして呼び出すというのは、若い頃からのルーティンなのですが、最近はそれにくわえ体力的にしんどくなってきたのでしょうか、朝まで飲んだりするのが無理になってきた。でも、座は盛り上がる一方、「帰る」と言うと白けるし、困ったな、というときに友達を呼び出し、自分の席に座らせ、外に電話をしに行くフリなんかをして、そのまま帰るんです。頭脳プレー、大人になってきた、ということですよね。成人式！

次の日、相当の怒りをかうのですが、何せ覚えていないんです。「あ、もしもし？」なんて鳴らない電話に出てる振りして、しれーっと帰っていったらしい自分を想像すると、いやぁ、大人になったなぁと感心することしきり。成人式！

ちなみに、昨日も朝まで飲んでしまいました。女友達と三人で飲んだのですが、「明日も飲もうやぁ」としつこく誘う私に、なんだかもごもご返事をしにくそうなふたり。立腹して聞き続けると、一人の女の子にもう一人の女の子が「明日男の人を紹介するねん」。何と。なんとなく仲間はずれにされた気分、そして私の友達の役に立ちたい（好かれたい）という気分とが相まって完璧にスイッチオン。「わしの方がええ子紹介できる」といきまいて知り合いの男の子（仕事中）を呼び出し、ふたりを無理やり会わせ、「な、ええ子やろ、ええ子やろ？」と完璧におせっかい、でも途中でそれにも飽き、ぐだぐだと飲み続けていると、いつの間にか男の子が帰りました（仕事に戻りました）。

まったく、良いお酒ですよね。で今日も、昨日もしつこく呼び出したのに、それに応じなかった友達に「あー、あー、もう、分かった、明日ね、明日っ！」と面倒くさそうに言われ、いつも何も覚えてないくせにそういう約束だけは何故かしっかり覚えてるもんで（確か歌舞伎町のドンキ前に二十二時）、今から飲みに行ってきます。

酔い方いろは・友達編

皆さん、お酒、好きですかーっ⁉

はい、大好きです！　僕も！　私も！　ママも！　先生も！　某も！　拙者も！

こんな風に私の友人は、皆お酒が好きです。今年で二十九歳独身、前回は自分の恥ずかしい酔い体験を、仕事のためとはいえ暴露してしまったので、今回は友人の酔い体験を実名で公表したいと思います。許可？　取ってませんよ。酔うのが悪い。私の友人たちは皆、私にちっともあったかい興味を持ってくれないので、このエッセイを知っている人も稀。だからというのではありませんが、まあ誰か偶然にでも自分の名前をここに発見したって、文句を言えた義理ではありませんからね、何度でも言います。酔うのが悪い。

まず、げんさんという友達がいます。一見細面のハンサムボーイ（いえ、とうに三十路を越えているからハンサムおじさんですか）、でも酒を飲むとそれはそれは。彼の実家は福岡なのですが、友人のしんちゃん（泥酔）と車で川沿いの露天風呂に行ったそうです（泥酔）。服を脱ぐと風呂には先客が。大学生でしょうか（素面）、行儀よく並んで腰掛けている彼らに、しんちゃん（泥酔）が説教を始めます。「お前らどこの学生や、夢はあるのんかっ？」など（泥酔）。本当、面倒くさいですよね。げんさん（泥酔）もそれを聞いていたのですが、途中で飽きたようです（泥酔）。この風呂、本当に川に近いなぁ、どれ、ちょっと泳いでみるか（泥酔）、つって川に入って流され、どんどんどんどん下流へ（泥酔）。「ああ、俺、こんな風に死ぬんだぁ……」と思いながら流れついたのは、国道沿いの川原（泥酔）。裸で起き上がり、裸足で国道をぺたぺたと歩いて（泥酔）、一時間ほどかけ、元の温泉へ（泥酔）。血だらけの彼を見てびびる大学生（素面）。でも、あれ？　しんちゃん（泥酔）がいませんよ。「しんちゃん（泥酔）は？」と聞くと、大学生（素面）「お友達さんは、心配して川に入り、流されていらっしゃいましたっ」と答える。げんさんは男気のある人（泥酔）です。「しんちゃん、助けに行くけんなっ！」と、また川に入ります（泥酔）。そして下流へ（泥酔）。戻ってきた血だらけのしんちゃん（泥酔）、「あれ、げんは？」「お友達さんは、心配して川に入り、流されていらっしゃいましたっ」「待ってろ、げん、俺が……」。堂々巡りです。いっそ死ね！（泥酔）

スグル君、という友達がいます。一見モデルと見まごうようなとても格好の良い男の子なのですが、酔うとぐずぐずのおっさん以下。私がバイトしていたバーによく来てくれていたのですが、カウンターでじっとしていない（泥酔）。DJブースに走りこんでレコードのピッチを上げ下げ、こらーっと怒ると走って逃げます（泥酔）。店内で（泥酔）。ソファ席でいい感じになっていたカップル手前の（一番大切な時期の）男女に、無根拠に「一般ピープルでいいんじゃないのっ？」と絶叫（泥酔）、意味が分からない上、言った後ご満悦の表情（泥酔）。帰るときお会計をもちろんするのですが、ちっともマケていない伝票を見て「おかしいっこんなに安いわけないいっ」と始まります（泥酔）。「これくらいしか飲んでないから」そう言っても「うそだっ絶対安くしてるっ絶対っっ」と食い下がり（泥酔）、最後にはかなり多めの額を置いていきます（泥酔）。「あかんって、あかんって」そう言っても聞く耳持たず、挙句帰る前にトイレに入ると、出てきた途端「お会計してください（泥酔）」。よく、「酒飲んだ次の日、財布の中が空っぽになってるんだよねぇ」と言っていましたが、お前、それが原因だよ。うちの店には多めに払った彼の「スグル貯金」がありました。

ノリちゃん、という友達がいます。お洒落雑誌の読者モデルなどをつとめ、渋谷の美容室の看板にデカデカと載っているような超美少女なのですが、酔うと「人間らしさ」を簡単に投げ出します。池尻のビデオ屋の棚に突っ込んで、全部倒し出入り禁止になったとか（泥酔）、知らないおばさんに絡み、大暴れをして留置場で一晩過ごしたとか（泥酔）、数え上げればキリが無いのですが、忘れられない思い出を、ひとつ。ある日バイト先でノリちゃんと飲んでいたのですが、私の方が早番で先に上がりました。ノリちゃんはどろどろのぐずぐず、その日私は焼肉屋でゴハンを食べていたんですが、何か胸騒ぎ。どうも胸騒ぎ。よせばいいのにノリちゃんの携帯に電話をかけてしまったんですね。そしたら、出ましたよ、「はい、池上警察です」え？　今の警察署って、携帯なの？　違います。ノリちゃんの携帯に、警察の人が出たんです。タクシーに乗ったはいいが（泥酔）、白ワインを一本ガブ飲みし（泥酔）、行く先も言わない（泥酔）、絡む（泥酔）、挙句気絶（泥酔）、それで、タクシーの運転手が困って警察に預けたそうなんです。それも、池上警察。お前、家池尻やろ。「池」しか合うてへんやんけ。行きましたよ、迎えに。タクシー代、一万円超えました。

皆さん、お酒が、本当に本当に好きなんですね。

実は酒・武勇伝を持った人はまだまだたくさんいるのですが、とてもとても書ききれないし、ネタに困ったとき用に取っておきたいので、この辺で終わります。

そして、ビール飲みます。

良い方いろは

前々回、自分の酔い方を披露しまして、思い出し笑いをしたり、恥ずかしくなって「あっ」と大声を出したりしていたのですが、でも最近は、死にたくなるくらいの失敗って、してないな。と思っていました。呼び出しといて帰る、などは、ただ失礼なだけ。赤っ恥をかくのは呼び出された素面《しらふ》の誰か、という寸法ですし、前も言いましたが、ずいぶんと頭を使えるようになったなと、自分を褒めてやりたいような、くすぐったいような気分でした。

でも、この間、久しぶりに「死にたい」と思いました。

今度小学館から絵本を出させてもらうことになり、担当のI川さんとO野さんと昼の三時から打ち合わせをしていました。その日はちょっとした傷を心に負っていたので、簡単に言うとむさくさしていたんですね。前日から、「明日の八時に下北集合やで」と、家のテレビが37インチのAちゃんと、素面なのに酔ってると間違われるAちゃんに通達、仏頂面で打ち合わせに挑んでいたんです。打ち合わせは無事終了、時計を見ると五時です。するとI川さんが一言。

「西さん、一杯飲みますか」

一体このI川さんという人は、タイミングがいいのか悪いのか、勘が鋭いのか鈍いのか、とにかくまあ優しい人で、こっちはI川さんとは何の関係もない個人的なつまらないことでむさくさしているだけなのに、圧倒的に仏頂面の私を、飲みに誘ってくれたんですね。

「平日やし、ふたりとも仕事ないのん……？　（飲む気）」

と聞くと、I川さんもO野さんも、大丈夫ですよっみたいな感じで背中を叩いてくれたりして、うわあ、やさしい……。と、その優しさにあっという間につけこみ、

「じゃあ、一杯だけ……」

と、歩き出したのです。

何杯飲んだか覚えていません。中野の焼き鳥屋。

ただ、二十時すぎに件のふたりのAちゃんからメールと着信がたくさん入っており、その頃には、もうどろどろのべろべろのぐらぐら。「西さんのおうちに近い店にしましょうね」という小学館ふたりの気遣いをぶち壊し、這い蹲るように二人を下北へ強制同行。というより、ひきずられるように連れて行ってもらいました。タクシーの運転手に「下北まで」と何度も何度も何度も言い、挙句後ろからハンドルを取ろうとしたり、止めに入ったO野さんのアナスイのネックレスをちぎったり、散々な目に遭わせて着いた南口。約束の店に行くと、当然Aちゃん×2は怒ってますよ、だって私が呼び出したんだもの。メール、電話を散々しかとし、一時間ほども遅刻、挙句泥酔。あまりに申し訳なくて、ふたりにあやまる前に、皆

の足元でぐっすり眠ってしまいましたよね。

後からむっくりと起きだし、けっこう元気になりました私。散々世話になったI川さんを寝転びながら蹴り続け、「いたいっいたいっ」と痛がるI川さんを笑いました。ホワイ。自分に聞きたい。I川さんを蹴るのにも飽きた頃、ふと見ると、O野さんが撃沈しています。あれ？ 聞くと、焼き鳥屋での私は、本当にひどかったそうで、それに疲れたO野さん、これは飲むしかないと決め込み、透明の酒をダブルで何杯も飲んだそうです。それだけひどいことって？

焼き鳥屋で、トイレに立った私は、ふらふらのぐらぐらでした。心配したO野さんがついてきてくれたそうなのですが、私が「おい、わしがおしっこしているところを見れないのか」と、個室まで同行を強要。男気のあるO野さん、「分かりましたよ」と意を決すると、「やぁん、はずかしいっ！」と、突然突き飛ばされたそうです。ホワイ。自分に聞きたい。そして無事私が個室から出、手を洗ってる間にO野さんも用を足そうと個室にイン。ふう、と一息ついて座っていると、うふふ、うふう、と笑い声が聞こえます。どうも西さんの声だぞ、しかも上から……。見上げると、私がにこにこのつるつる顔で、O野さんのことを見ている。これにはO野さんも驚きます、どうやって上がったのか、いや、それより、なんで見てんの？ 挙句、「なにやってんの？」と、聞いてきたそうです。O野さんはめげません。「何って、おしっこですよ！」プンプンですよ。「うふふ」私は、結局その場をどかなかったそうです。

おぼえてないけどね！

後日会ったO野さん、「お嫁に行けません！」そうですよね。おしっこしてるとこ、見られちゃって……。O野さんの親御さんに謝りたい。「このことは、絶対に言わないから」固く約束。でも、先日あった筑摩書房の松田さんとのトークショウで言ってしまいました。

おもろいんやもん。

でも、安心してね、O野さん。あの日あったことは、これからは絶対、誰にも言わないよ！　約束ね。

そんな醜態を担当編集者さんにさらしてしまい、本当に本当に落ち込んでいたのですが、I川さん曰く、

「いや、西さんが心を開いてくれた、と思って嬉しかったですよ」

O野さん曰く、

「楽しかったですよ！」

Aちゃん×2曰く、

「西やんはいい人たちに恵まれてるね！」

みんな、ええ人やなぁ……。

そっか、ほなわし、また飲も。

今回は、私のまわりの、素晴らしく良い人たちのお話でした。

旅館の誰か

温泉にはまっています。

一体世の中の何人の人たちがこう言うでしょうね。日本人は本当に温泉が好きですね。かくゆう私は、昔から今のように温泉にどはまりしていたわけではありません。行きたかったのは行きたかったのですが、「温泉は天下人の道楽」という考えを持っていたんです。温泉は、太閤さんが体を癒しに行く場所、と。つまり決して裕福ではなかったのです。だから、温泉関係のもの、例えばテレビ東京の旅もの、旅行雑誌、友達の土産話、などに当たると綺麗な白目になり、自然自分を遠ざけていました。

でも、今。行ってますよー、温泉‼

誤解しないでください。「わし、天下取ったんや!」という話ではありません。私は大変謙虚で、ものすごくいい人なので、嫌わないでくださいね。ただ、あまりに温泉関係から自分を遠ざけていたため、今世の中ではこんなに安く、いい宿に泊まれるのだということを、知らなかったのです。一泊二食付きで一万円なんて当たり前。露天貸切三十分無料や、中には平日限定ビール一本プレゼント、なんていうのもあります。旅行会社、旅行雑誌というのは、ここまで来ているのか！　と、度肝を抜かれることしばしばです。大体普通に大阪帰るのに、新幹線往復チケットより、ホテル付の方が安いのは、なんで？　正規でチケットを買うのが、まことに馬鹿馬鹿しくなります。

少し話がそれましたが、温泉。

いいですよね。居酒屋でベロベロに酔っておしっこになる一万円を払うなら、絶対温泉ですよ。温泉といえば、お風呂もさることながら、私が夢中になっていることがあります。仲居さんチェックです。

若い方、お年を召した方、いろんな仲居さんがいらっしゃいますが、皆個性が強いんですね、ただ単に私の「引き」が強いのかもしれませんが、なかなかの役者がそろっています。京都で会った気風のいい、女将さんのような仲居さん。私が部屋にピアスを忘れていたら、「にっさぁあん！　こせいてきないやりんぐ！」と叫びながら、全力疾走で持ってきてくれました。感動したなぁ。西伊豆で会った色っぽい仲居さん。けだるさが過ぎて、この仕事に向いていないのでは、と心配したのですが、案の定「仕事に慣れなくてねぇ」と愚痴。修善寺で会った東京出身の仲居さん。「あすこの若旦那は川の鴨をさらって焼いて食べた」など、他の旅館の悪口を言い続ける、愛宿心に溢れた人でした。

皆それぞれ忘れがたく、私の温泉メモリーを多彩に彩ってくださった方ばかりなのですが、先日、すごい仲居さんに会いました。群馬の山奥でした。なんとなく私個人の統計で、数をこなしていないのではっきりとはいえませんが、北関東の温泉宿の仲居さんは、結構乱暴だと思います。人はいいんです、すごく。でも、なんていうか、「失礼いたします」と、三つ指ついて静かにふすまを開け……、というような繊細な接客ではないんですね。「失礼しますよ！」ガラッ、「はい、料理並べますよっ！」配置なんてお構いなし、空いているスペースにがすがす皿を並べていきます。「あの、ここらへんの名物って何ですか？」なんて聞いても、「さあねぇ、山だから、大根かなんかじゃないですかっ？」なんつって、しゅぽんっ！ビールの栓を抜きます。抜きますが、ついではくれません。「あの、このお宿の名前の由来は？」負けずに聞いても、「さあねぇ、女将さんに聞いてくださいなっ。では、失礼しますよっ」よっこいしょと立ち上がって、ふすまを閉める。ばたーん、勢いありすぎて、ちょっと開いてたりして。こんなイメージ。あくまで、私個人の意見ですよ。でも、今まで行った北関東のお宿の仲居さんは、こういう、語尾に「っ」がつく感じの人が多い気がします。

その群馬の仲居さん。「っ」がつくのはもちろん、なんていうか、そのキャラクターが、山の神様から授かったとしかいいようのない特異なものなのです。口癖が、

「〇〇すればいいじゃないっ！」

その温泉宿には友達と行ったのですが、食事のときに、

「彼氏とちゅっちゅすればいいじゃないっ！」

を連発。こちらが赤面してしまうような下の話もされ、挙句、

「エイズ持ってないっ？　なら大丈夫、いいじゃないっ！」

と半ば叫びながら料理を並べます。どかん、どかんっ！

「お母さんも、旦那さんとちゅっちゅすればいいじゃないですか」

そうあおったらば、

「お父さん、天国行っちゃった……」

と、遠い目。座が静まります。でもまた、スイッチが入ったように、

「若いんだからさぁ、ちゅっちゅすればいいじゃないっ！」

が始まる。そして彼女の最大の特徴は、その歩き方。両手をぴんと外に突き出す、なんていうのか、昔のブリッコそのもののポーズで、お尻を振って歩いていくのです。そしてもちろん、ふすまは「失礼しますよっ」どかーんっ！

私たちは彼女のお陰で、夢を見ているような気持ちで食事を摂ったのでした。頭の中には「エイズ」の三文字。やっぱり、山の神様の、悪戯ですよね。

そんな経験もあり、チェックインしたときに、

「私がお部屋にご案内します」

という声を聞くと、期待は最高潮になります。今回はどんな人に会えるのだろう。とても丁寧で、にこやかで、仲居さんの鑑みたいな人に当たると、それはそれで嬉しいのですが、ちょっとがっかりするのもいなめません。

しばらくは贅沢が出来ないので、温泉に行けませんが、早く私の仲居さんコレクションを増やしたいと思います。

間殺し

なんかソリが合わないなぁ、なんかノリが違うなぁ、なんかタイミングがずれるなぁ、という人って、いますよね。悪い人じゃない、むしろいい人なんだけど、なんやろなぁこの居心地の悪さ。なんやったらイラツキ、という。

最近家から出ないので、新しい人に会うことがあまりないのですが、この前、久しぶりにそういう人に会いました。

可愛い女の子なんです。おっとりと話す、色の白い、髪の長い女の子。話すペースが違う、とか、そういうことではないんです。でも、例えば、こんな風。

「沖縄に移住する人、多いみたいですね」

「なあ、みたいやな。でも、仕事ないから、すぐに帰ってくる人もおるって」

「……(きょとんとしている)」

「沖縄ってほら、失業率日本一らしいで」

「え？ それ、どうするんですか」

「え、どうするって……」

「大変じゃないですか」

「……大変やなぁ」

「えー、（心底心配そうに）どうするんですか？」

困るよなぁ。困る。何が困るというのではないけど、困る。または、これ。

「この前初めてマッサージ行ってん」

「えー、いいですね、気持ちいいですよね、あれ」

「うん。マッサージは一回行くとクセになるかもなぁ、て怖かったから行かんかったけど、やっぱり行ってよかったわ」

「え？　なんでですか？」

「え、なんでって……」

「なんでですか？」

「気持ちよかったから……」

そして、これ。

「西さん、雑誌とか読むんですか？」

「たまに」

「たまに？　きゃははははっうけるんですけどー！」

最後に。

「今一軒家に住んでるんですか？」

「せやねん」

「えー、すごーい」

「でも、すごい古いで。たぶんおばあちゃんとおじいちゃんが住んではったと思うねん」

「え、それってあったかいんですけど」

「え？」

「おばあちゃんとか、すごいあったかいんですけどー！」


こんな具合。分かっていただけますか。なんていうんやろう、突っ込みも出来へん、かといってシカトも出来へん、このズレ。居心地の悪さ。

彼女と話していて、ふと思い出したことがあります。

小学館のIさんに銀座に連れて行ってもらったときのことです。高級クラブというやつです。私がバイトしていたような小さな安い店ではなく、モノホンの高級クラブ。ホステスさんもどこで買うてんというような綺麗なドレスを着て、目のまわりが粉でキラキラしているようなところです。ちょっとお酒を飲むと、もうグラスが満タンになっているし、いい匂いもするしで、私は結構楽しかったのですが、一緒にいた営業のNさんが、完全に精彩を欠いていました。彼は、ちょっと小太りです。彼はそのことを「売り」にしていて、例えばクラブの前に行ったお寿司屋さんで「じゃあ、彼には三貫！」と板前さんに多めに握ってもらったり、沖縄料理屋でタコライスを四皿ほど頼んで話題をさらうなど、いわばデブネタを営業トークにまで盛り込んでいける才能を持っているんです。しかしその彼が、女の子に、褒められまくっているんです。

「私、太ってる人好きなんですう」

「え、でも僕、並みのデブやないですよ。ほら、お肉がベルトにのる……」

「それくらいじゃないと、男の人は貫禄がないですっ」

完璧にキャラ殺し。彼は終始居心地悪そうに、おつまみのチョコレートを食べていました。せっかくの高級クラブ。

私の場合、キャラを殺されたわけでは無いのですが、なんというか、完璧に自分の間、タイミングを殺されてしまったんですね。彼女に悪気がちっとも無いから、なお悪い。私はぐったりと疲れた気持ちで、その日を過ごしたのでした。

くちぐせちゃん

口癖ってありますか？　と聞かれても、すぐさま「僕の口癖は……」と答えられる人って、滅多にいないですね。それはきっと、口癖というのは本人が無意識のうちにつるりと使ってしまっている言葉だからして、そういうことになるのでしょうね。

かくいう私も自分の口癖が何か、分かっていません。その代わり、人の口癖というのがとても気になるんですね。

私の友達のI君の口癖は「なんやったら」です。大阪弁で「なんだったら」という意味なんですが、「なんだったら、僕が行ってもいいよ」とか、「なんだったら、うちに泊まればいいじゃないか」とか、妥協を匂わすけれど、いまいち重要な意味を持たない、つなぎのような言葉ですよね。彼は、それをこんな風に使います。「今近所で飲んでるから来いや〜」「……なんやったら行くわ」。そしてそう言う時、彼は百パーセント来ません。つまりその気は無いけど、はっきり断るのも面倒なときに、大変重宝するんです。「今度うちの店に絵描いてや」「……なんやったら描くわ」描かない。「今度家遊びに行かせて」「……なんやったら呼ぶわ」呼ばない。まったく、失礼な話です。しかしその心無さが当時の私たちの雰囲気に大変フィット、多方面でそれを連発した私たちは、皆の信用を失ったものです。

私の父の、酔ったときの口癖は「そういう世界」です。そのときのポーズも決まっています。親指を突き立てない「グー」サイン。ハタから見れば握りこぶしに力を入れているだけのような状態で、元気に「そういう世界！」。どういう世界？　私の統計によると、言葉に煮詰まったとき、自分が何を話していたか分からなくなったとき、人の話を聞いていなかったときなどに使います。例えば、「（父・泥酔）いやぁ、僕が言いたいのはね、僕は、トルコが好きっ」「（私たち・素面）トルコが好き？　なんで？」「（父・泥酔）……そういう世界っ！」野球の試合をしているときに、急に柔道着の人が来て背負い投げをされ、「試合終了！」と言われたときのような強引さがありますが、こちらが酔っているときは、それはそれでなんとなく納得のいく言葉になっていくから、不思議ですね。

私がバイトしていたバーのK君の口癖は「なるほどね」。お客さんの話をふむふむと聞き、頃合いの良いところで「なるほどね」と入れます。それはそれで話も進むし、なかなか接客術に長けたやり方だなと思うのですが、問題は、彼が「なるほどね」と言うときに、ちっとも「なるほど」と思っていないことです。私が意地悪して、「さっき、何を聞いてなるほどと思ったん？」と聞くと、「……バァ！」と、変な顔をしたり、急にピロピロ飲みをしたりして誤魔化します。ピロピロ飲みをする、というのも、今となっては大変貴重な、オーパーツ（＊）のような人物ですね。というわけで、彼はお客さんにとても愛され、店も繁盛して

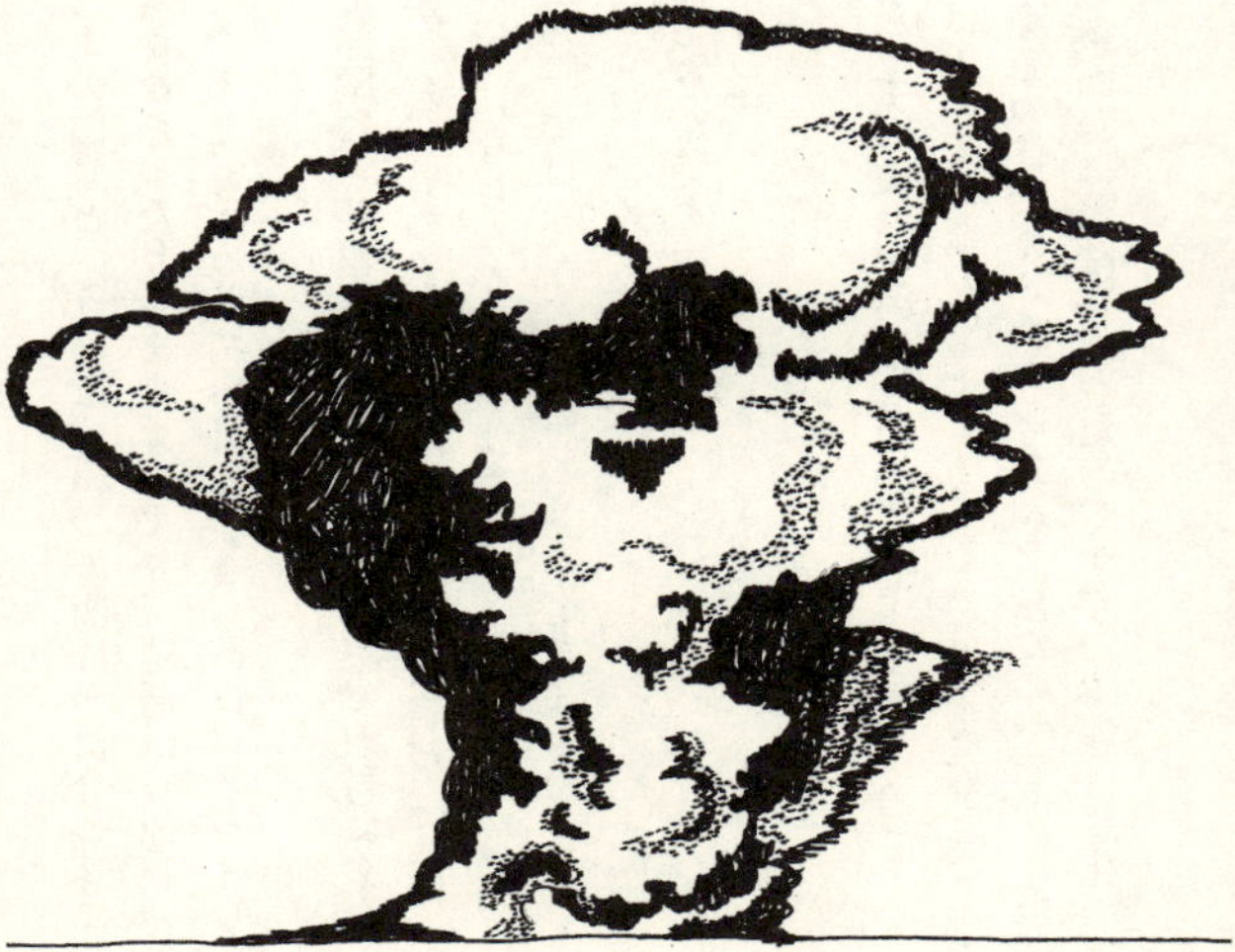

いるようです。

と、いうように、身近な人の口癖というのは、いつの間にか自分の耳になじみ、なんとなくそれを聞かないと落ち着かなかったりします。つまり、結局は心地いいのですね。でも、それが例えば初対面の人となると、どうしても耳につき、時にはイライラしてしまうようなものもあります。

随分昔、私の住んでいた部屋に、某雑誌がインテリア特集で取材に来たことがあります。そのときのライターさんが、若い男の子だったのですが、口癖が「逆に」、だったんです。最初は良かった。そんなに気にならなかったんです。でも、時間が経つにつれ、彼の「逆に」の使い方があまりに「逆」ではなく、段々腹が立ってきました。

ラ「このカーテンはどこで買ったんですか?」

私「これは友達からもらったんです」

ラ「逆に、この絨毯は?」

私「逆?」

こんなのは、まだいい方です。彼はその後も、「逆にキッチンはどういうコンセプトですか?」「逆にテレビなんかは置いていないのですか?」「逆に猪木好きなんですか?」などの「逆」爆弾を次々に投下、瀕死の体でカメラマンさんを見たのですが、彼は慣れているのか涼しい顔。ここはひとりで戦わねばと踏ん張ったのですが、事態は悪化の一途を辿ります。

そして、とうとう。

ラ「この置物って外国のものですか？」
私「これはクエートで買ったものです」
ラ「逆に」
どかーん！！！　とうとう、「逆に」を相槌にしてしまいましたよ。これは緊急事態です。逃げろ、キケンだ、きのこ雲！
その後のことはいまいち覚えていませんが、私は違った意味の「言霊」の威力を感じ、静かに目を閉じたのでしょうね。

＊オーパーツ（OOParts）とは、『Out-Of-Place ARtifacTS』（時代や文化に合わない場違いな工芸品）の略語で、どの辞書にも載っていない造語だ。つまり、我々が学校で習ってきた歴史では説明がつかない品々のことを指すんだ。

春なので勧誘

春ですね。

何かとお誘いの多いこの時期、私も皆さんをあるサークルに勧誘しようと思います。

『インナーサークルに、入りませんか？』

活動は「たまに会ってマズイ酒を飲む」、活動内容は「いかにネガティブに生きるか」、部訓は「誰もあんたのこと見ちゃいない」です。

今のところ会員は三人です。部長はF君。副部長は親友のY、そして、部員は私、西加奈子です。

皆さんの紹介をしましょうね。

部長のF君。中学のときは「古墳クラブ」に所属、校庭の隅で思い思いの古墳を作り、先生に「これだと、石室はどこに置くのかな？」などと指摘され、最初からやり直すという、大変有意義で、人生の役にしか立たない経験をしています。

彼はある夏、部屋で、上半身裸で座っていたのですが、そのとき腕をチクリと何かに刺されたそうです。パチン、と腕を叩いても、それをしとめた気配がない。仕方なくまた座っていると、また同じところをチクリ。もう一度パチン！　と腕を叩いても、「奴」はしとめられません。それを数度繰り返したF君、またチクリと腕を刺す衝撃を感じたので、今度はしとめる前に、「奴」の正体を見てやろう、と思ったそうです。ここまでの話だけだと、なんとなく文学的です。「俺の頭の中の虫が」とか、「得体の知れない黒い塊に」だとか。しかし、そこはF君。そうっと腕を見たら、自分の長い乳毛が、腕に突き刺さっていたそうです。「奴イコール乳毛」でした♥

彼はとてもネガティブで、暗い。さすが部長です。部屋の中で言う独り言は「もうやだ」「死にたい」「そう来るか」、待ち合わせをしても光の届かない方届かない方へ向かうので見つけられず、雨が降っていると、嬉々として水溜りの真ん中で待ちます。皆で飲み会をしていても、席を外すと噂話を言われると恐れ、トイレにも立たないのですが、彼が席を立っても、噂話どころか悪口さえ言ってもらえないし、そもそも、いなくなったとしても気付かれません。彼が家に遊びに来るとなんとなく湿っぽく、焼酎をグラスに入れたら、いつの間にか水割りになっている始末。彼はそれを「焼酎の涙割り」と、呼んでいます。彼以外に誰がいるのだ、というほど、部長たる人間です。

親友のY。幼稚園のとき、カナヅチだった彼女は泳げるようになるためスイミングスクールに通っていたのですが、ある日プールの周りに列が出来ていたそうです。意味が分からないけど、「列が出来ているので並ぼう」という安易な考えでそこに参加、自分の番が回ってきたら、実はそれは上級者コースのテスト、飛び込んで二十五メートル泳ぐ、というものでした。「出来ません」と言やあいいのに、持ち前の小心、「ここで辞めたら皆に迷惑がかかる、行くっきゃないばい！」と飛び込んで溺れ、逆に皆に迷惑をかけてしまいました。

彼女も大変ネガティブです。可愛いから男の子が寄ってくるのですが、何故か問題のある人たちばかり。働かない人、物を乞うてばかりの人、国籍不明者。たまに善良な男前などに好かれてしまうと「あんな良か人が、うちのことなんて好きになってくれるわけなかっ！」と、異常に恐れ、彼を遠ざけてしまいます。「幸せになりたかよ……」が口癖ですが、それが徐々に変化、「幸せになれるかな」「幸せって何なん？」「幸せは自分の心が決めるんよ」「うち今、幸せたいっ！」。あいだみつを的グラデーションですが、全然幸せではありません。一見ポジティブなようですが、ネガティブの針がふれてそうなっているだけ、デブが体重計に乗って針がひとまわりして五キロ、というのと一緒です。彼女も副部長の役割を、きちんとこなしています。

私は自分では普通の人だと思っているのですが、インナーサークルに入る資格を十分有しているようです。基本「犬」の性格なので、人が自分といてくれるとぶんぶん尻尾を振ります。「私なんかと、一緒にいて大丈夫？　面白い？　面白い？」あまりの緊張と無駄なプレッシャーに負けて酒をあおり、沈黙が怖いので喋り続ける。場が白けたら物真似などをやり、ますます場を白けさせ、軽く死にたくなったところでゲロ。家でひとり思い出し、「あー‼」と大声を出しています。まあ、F君とYに比べたら、まだまだ。彼らは年季と気合が違います。

三人が集まる部会、つまり飲み会は本当に暗い。例えば私がお酒の席の失敗を話し、「どうしよう、嫌われてしまったかな。仕事なくなるかな」などと相談すれば部長が（小さな声で）「お前のことなんて、誰も気にしてないよ」と言い、副部長がすかさず「自意識過剰ばい」と合いの手。Yが「十年後のうちら、どうなっとるんかなぁ」と甘酸っぱいことを言えば部長が（小さな声で）「今と変わってないよ」と言い、私がすかさず「ずっとひとりぼっちだよ」と合いの手。部長が何か言っても、私たちは話を聞きません。ていうか、聞こえない。

大学のサークルや伝統芸能と同じ悩みを抱えているのですが、後継者が育ちません。誰か、我こそは、という方、インナーサークルに、参加しませんか？

これくらいにしてくれて

私の母と兄は「おっちょこちょい」「どじ」「うっかりもの」などという、よく考えてみれば変な日本語でくくられる部類です。つまずいたりぶつけたり、なくしたり見過ごしていたり、そういう小さな失敗をたくさんします。

父も、自分ではクールを装っているのですが、デパートのガラス扉が無いものと勘違いして突っ込んだり、ソフトボール大会で彼のところにヒット球が飛んで行ったのにコンタクトをいじくっていて気付かない、など、どこか抜けたことをしてしまいます。

家族の中で唯一私だけがしっかりしていると思っていました。家族も「加奈子だけは失敗をしない」と言ってくれていました。でも、一歩西家の外に出ると、私は「しっかりしている」どころか、「ドン・くさこ」と呼ばれるほど、鈍臭いらしいのです。

よく転びます。電車の揺れ、特にJRの快速の揺れに最も弱く、うっかり回転して前に座っていたおっさんの膝に座ってしまったことがあります。香港に行った際、坂の傾斜がひどいのに上を見ながら歩くものだから何度もすべり、尻餅をつきました。これは多分、身長は普通なのに足のサイズが小さいということと関係があると思うのですが、珈琲のマンタン入ったマグカップを運んでいるときにくしゃみをして中身をぶちまけることや、お花の茎を切っていて、茎をテーブルに置き、鋏をゴミ箱に捨てること、頭の薄い人の前でハゲを馬鹿にすることの言いわけにはなりません。

でも、こんなことはいいのです。別に誰でもすることです。困ったことに、私はよく財布を落とします。もしこのエッセイを十年続けていたら、その間に「財布を落としました」と、十数回ほど書いていると思います。

この間も落としました。カードや保険証の停止、再発行などは慣れたものです。しかし、取ったばかりの運転免許証も落としてしまいました。これには困りました。警察に行ったら「写真つきだから悪用されないと思います」と言われましたが、もし財布を盗んだ人がいて、挙句そいつに、急に写真を撮られて驚きおちょぼ口になってしまっている私を見られ、「わははは、変な顔、わははは、おちょぼ口」と笑われていると想像したら、本当に腹が立ちます。

こういうことが日常茶飯事なのは、きっと先ほど言った西家の悪しき血だと思うのですが、そのかわりもうひとつ、良い血を受け継いでいます。「このくらいで済ませてくれて良かった」と、思う気持ちです。大恥をかいても、「これくらいで済ませてくれて良かった」。財布を落としても「これくらいで済ませてくれて良かった」。母がいつも言うのです。

「加奈子、それくらいで済ませてくれて良かったんやで」。

誰が「済ませてくれ」ているのか分かりませんが、こういう失敗をすればするほど、私は母の言う、「これくらいで済ませてくれている何か」の存在を感じるのです。

最近私は、どこか浮き足立っていました。引越しをしたり人間ドックに行ったり買い物をしたり酒を飲んだり、ふわふわと落ち着きがなく、通常の私の生活レベル以上の散財をしていたような気がします。そういうときは日々、変にテンションが上がっているのですが、同時にどこかで嫌な予感がしています。「こんなんで大丈夫？　大丈夫？」と、心の奥の奥のほうで思っているのです。じゃあそのテンションを下げればいいではないか、という話なのですが、私はうまく自分のテンションをコントロール出来ないし、そういうときに限って面白そうな飲み会のお誘いが続いたり、欲しいものややりたいことだらけになるのです。

なので財布を落とした、と気付いたとき、「しまった！」「くやしい！」と思う反面、本当に本当に少しだけですが、ホッとします。もしかしたら大事故に巻き込まれていたかもしれない、もっと大切なものをなくしていたかもしれない。それをやっと、諫めてもらったのだと、思うのです。連続殺人鬼が「俺を捕まえてくれ」と殺人現場にメッセージを残すことがあるそうですが、それと似ている。殺人犯と比べるなんてあまりにも不謹慎ですが、「捕まるのは恐怖であるが、こんな自分を止めてほしい」という、相反する気持ちは分かります。

この気持ちは散財したり、楽しいことばかりしているときだけに限りません。例えば人間関係で嫌なことが続いて、人を恨んだりうらやんだり妬んだりする気持ちが多くなってきたとき、同じような気持ちになります。「こんな嫌な感情ばかり持っていたら、いつかもっと大きな辛い出来事が起こる」そうわかっているのに、黒い感情は止まらず、鬱々と心に溜め

込んでしまいます。その人のいいとこを見つけよう、気持ちを切り替えよう、と思うのですが、うまくいかない。そういうときに例えば最近のように財布を落としたり、病気をしたりすると、「ああやっぱり」と思います。そして、ホッとします。

「これくらいで済ませてくれて良かった」。

嫌な気持ちや鬱々とした感情は霧散し、代わりになんだか恥ずかしいくらい友人に会いたくなったり、両親に感謝したりします。

しかし、「財布落として両親に感謝した」と言ったら、皆「え?」となるでしょうね。「西さん、とうとう……」と、思うかもしれません。面白いので、今度言ってみましょうね。

シャックダイエット

健康の為と、ジムに通い出しましたが、二カ月で完全に飽きました。

「あ、今日雨かぁ〜」や「今日おばあちゃんの命日やからなぁ〜」など、誰に言うでもない独り言を言って、「行きたいのに行けない」自分を演出、罪悪感を和らげていたのですが、たまに友人から「(あれだけジム行ってるって自慢してたよね？ というニュアンスを含んでの) 頑張ってる？」メールをもらったり、たまに会った人に「(あれ？ ジム行ってるっつっといて変わってなくね？ というニュアンスを含んでの) 最近元気？」という言葉をもらうにつけ、それが重い圧となって、半ばカルマの精算のように足を運んでいます。

私は大変真面目で善良な人間なので、「行ってるよ！」と皆に嘘をついて、家で「超振動ブルブル燃焼ベルト・スレンダーシェイパー」を腹に巻くなどということはしたくありません。でも、嫌々行ってるもんだから、ジムにいる間は、「いかに時間をつぶすか」ということが重要になってきます。最低一時間はいたい。何もせずにジャグジーに入り、婆さんたちの「●●病院の先生、腕はいいが時々私をいやらしい目つきで見る」「嫁が朝食にしりあるなるものを出してきたが、あんなものは鶏の餌だ」などと言う話を聞いているだけ、ということは避けたいので、トレーニングルームを訳知り顔でぶらぶらしています。

結局、退屈なテレビ付き自転車に跨り、しんどくない程度にのろのろ漕いでいるのですが、ある日、隣に、屈強な黒人の男性がやって来ました。西海岸のラッパーのクローゼットに阿呆ほど吊ってありそうな、テラテラした吸水性の無い紫のジャージを着、胸にアイポッドを吊っています。体はム所でパンプアップされた感じ、顔はちょっと若い頃のモーガン・フリーマンをぼこぼこに殴った後のようです。「うわぁ」と思いました。

香水の匂いをプンプンさせているのは体臭が強いからに違いなく、「レベル2」でタラタラ漕いでいる私が恥ずかしくなるほど力強い走行を見せるのだろうと予想しました。ここは早々に退散しようと、こそこそ準備にかかろうとしたら、彼が何か呟きました。見ないようにして耳をすませていると、「ワカラナイ……」と、言っています。もう一度彼を見ると、彼もちらっと私を見、明らかに意識している様子。そもそも外人が「ワカラナイ」と日本語で呟くということは、確実に日本人の助けを必要としているはず。真面目で善良な私は、彼に優しく自転車マシンの使い方を教えたのでした。彼はフムフムと大人しく聞き、首にタオルをかけて漕ぎ始めました。

力強い走行！　飛び散る汗！　香水で抑えきれない体臭！

を想像していたのですが、なんだか随分大人しい。それどころか、左隣に屈強な黒人がいるという状況をすっかり忘れてしまうほどの存在感の無さ。気になってちらりと彼を見ると、

私の三倍くらいのチンタラ加減でペダルを漕いでいます。ウォーミングアップと呼ぶにも、あまりにもお粗末なライディング。もしやと思って画面を盗み見ると、なんと私と同じ「レベル2」！　驚いた私が彼を見ると、彼も私を見、まさかの「ウンザリ顔」！

目が合ったからか、彼は私に自己紹介をしてきました。そこだけ異様に発音が良かったのできちんと覚えていませんが「カリフ（かカリル）・なんとか（確実に外人の名前）」、そして「コールミー、シャック！」と言いました。英語をうまく聞き取れない私ですが、彼の名前に「シャック」らしきものは、微塵もありませんでした。この、外人によくありがちなあだ名のつけ方は、私をいつも困惑させます。「ウィリアム・J・ジョンソンだ、スムースと呼んでくれ」って、なんで？　「西加奈子です、真由美と呼んでください」と言っているようなものです。腹が立ったので「どうしてシャックなの？」と、聞いてみました。すると彼は「当ててごらん？」みたいな顔をしやがりました。アメリカ人だと言っていたし、このジャージ感といい、きっとNBAのスター選手シャキール・オニールから取っているのだなと思い、その旨伝えると、「……ダレ？」と、困惑顔。え！　アメリカ人やのに？　うちらがイチロー知らんようなもんちゃうの？　私は口をぱくぱくさせ、彼の答えを待ちました。しかし彼は、「当ててごらん」顔から「その質問つまんねぇ」顔に変わり、挙句「コノマシンヤメヨウ」と、言ってきました。さすが、アメリカ人です。

自由。

きっと彼はこんなチンタラしたマシンより、ベンチプレスで自分の体重以上のバーベルを持ち上げたり、フットプレスで「もっと重い重りを持ってきてくれ」などと言いたいのだろうと思いました。最低ラインの重りしか持ち上げられない私に「まだだ！　もっと出来る、GOGOGOGO」みたいなム所的掛け声をかけるつもりだったら嫌だと思っていたのですが、彼が私を連れて行ったのは、乗馬マシン。あの、跨ってたら自動的に体がぐらんぐらん揺れるという、「超振動ブルブル燃焼ベルト・スレンダーシェイパー」となんら変わりの無い怠惰なマシンです。

あれだけは。あれだけは、したくなかった。

私はこの世で何を軽蔑するって、「ジムにまで行って乗馬マシンで揺られ、賽の河原の子供のような顔をしている人たち」です。シャックの導きとはいえ、自分がその群れに入ることになるとは。私は涙をこらえて、マシンに跨りました。スイッチを入れると、それは動き出し、私の体はぐにゃぐにゃと情け無く揺れました。隣を見るとシャックは「オウ」なんて言って、嬉しそうです。その後彼は日本に来て五年目になること（なんでそんなカタコト?:）、ジムに通いだして三カ月になること（なんでマシンの使い方知らんの?:）、あんまり汗をかきたくないこと（何しに来てんの?:）などを話し、終始上機嫌でした。ちなみにアイポッドで何を聞いているのか、何故だか絶対に教えてくれませんでした。

感情のトロ

さきほど、スーパー丸栄からの帰り道、大変面白い場面にでくわしました。

ある男の人が自転車で別の男の人のかかとか何かを軽く轢いてしまったようで、「大丈夫ですか?」とその男性に言い、言われた男性は「……大丈夫です」と、かなり痛そうに答えていました。痛そうである、これは大丈夫ではないと思ったのでしょうか、その割に大変に心無い感じで、彼はもう一度「大丈夫ですか?」と質問、言われた方はまたものすごく痛そうに「……大丈夫です」と。それを数回繰り返す、というだけで大変に興味深く、「わあ、ラチ明かねぇ!」とワクワクしながら、二人の動向を見守っていました。

すると、数回目の「大丈夫ですか」の後、言われた男の人が、

「大丈夫っつってんだろっ!」

と激昂。あれだけ「大丈夫ですか」を繰り返していた男が慌てて自転車に乗り、すたこら逃げ出してしまいました。

彼の「大丈夫ですか」はあまりにもしつこく、挙句言い方のトーンが同じで、明らかに

「大丈夫ですか」とは思っていなかったし、全くラチの明かんものではありましたが、「大丈夫です」と言っていた方もあからさまに痛がっており、あっさり「そうですか、ほな」とその場を去りがたい雰囲気をありありと発していました。そこへ来て「大丈夫っつってんだろっ！」と逆ギレ。わはは、おもろ。

なんとなく心がふくふくしたような感じで自転車を漕いでいると、次に、お母さんが子供に「早く来なさい！」と声をかけている光景が見えました。子供は三歳くらいでしょうか、お母さんから三、四メートルほど後ろで立ち尽くしています。少し遠い場所であったので、はっきり見ることは出来ませんが、くちゃくちゃした顔の雰囲気から、きっとその子は号泣しており、ダダをこねているため、お母さんが怒って「早く来なさい！」と言っているのであろうと思われました。

しかし、自転車ですれ違いざまに見てみると、なんとその女の子は、大爆笑をしていたのです。しかも、面白すぎて声が出ない状態、わかりますか？　私はそれを「笑いのミュート」と呼んでいるのですが、とにかく彼女は、もう何が何やら、楽しすぎて、動けねぇ！といった様子。

お母さんが、呆れて怒ってしまうほどに、笑い続けられることって？！

私はその子の笑いの原因を知らぬまま、しかし楽しい！　という気持ちがうつってしまい、何故か自分も大爆笑しながら、自転車で坂を下りました。

そんな感情のまま家に戻ったからか、私は今また、ある出来事を思い出しました。

ずっと昔、コンビニで見たカップルは、亀田三兄弟のどれかみたいなガラの悪そうな男と、大変にふくよかな女の人でした。女の人はお菓子コーナーにべたりと貼りつき、「なあ、見て~栗チョコやて~。あ~。これも美味しそう~思わん~?」などと、全く赤の他人の私でも、「お前、そんなだから太るんだよ」と軽くこづくことが出来そうなノリ。男はというと、そんな彼女にイラついているのか、それとも別に何かむさくさしたことがあったのか、終始喧嘩腰。しかも、ヤンキーが相手に対してすごむときみたいなキレ方なのです。例えば「お前」の「お」など、冒頭の文字を発音しない、決して大声を出さず、下唇だけを動かして言葉に抑揚をつけるやり方です。

「ぉ前、(は)ょぇ**ら**べ**や**っ」

普通の人なら、それだけで随分とビビってしまう、あるいはカチンと来てやり返してしまうような言い方なのですが、彼女は、そんな彼などどこ吹く風。

「なんでよ~、全部美味しそうやんか~」

「(さ)っ**き**も買う**た**ゃんけっ」

「痛い痛い痛い、つねらんといて~やぁ~」

「(は)ょ行く**ぞ**ぼ**け**こ**ら**っ」

「あ~、トッポの新作やてぇ~」

彼女の勝ち。

さすが、彼女はだてに太っていません。

あんたのそんな脅しでお菓子をあきらめちゃうのなら、あたしこんな体に、なっちゃいない。

私は、いいカップルだなぁ、どうせ太るなら、あんな大きい女になりたいなぁと感動しながら、コンビニを後にしたのです。

人間の感情には色々なものがありますが、「怒り」と「笑い」は特に派手で、「その感情への陥り甲斐」があります。一度その感情まで針が振れると、そこからどうやったって戻らなくなり、ますますその感情の深みにはまるのです。

高校時代、何故あれほどまでおかしかったのかとんと分かりませんが、私と友人たちはよく、笑いすぎて廊下で腰を抜かしていました。軽くおしっこを漏らす子までいました。最初は、何か原因があって笑うのですが、途中からはもう、ただただ笑ってることが面白く、「あ～うち笑ってる」「うちも笑ってる」「あんた笑いすぎ」「あんたも笑いすぎ」「笑い」「笑う」「笑～」みたいな感じで、どうにも止まらなくなってしまう。あれは何だったのでしょうね。箸が転げてもおかしい年頃、などと言いますが、今は絶対に箸が転げたくらいでは、笑えないですよね。

しかし、「怒り」へのハマり具合だけは、現役です。「怒り」は年齢に関係なく持続性があります。一度腹が立つと腹の立つ原因が分からなくなり、分からないのでまた腹が立って「とにかくもう、あんた、全体的にだめっ！」みたいな漠然とした怒り方しか出来ず、なので余計に腹が立ち、また怒って……という、怒りメビウス。

まあ、大人になると酒を飲むので、それで意味が分からなくなってしまうこともあり、飲み屋でよく、何をそんなに怒っているのだという人、いますよね。

私です。

いつになく長いエッセイで、皆さん「あれ？」と思われたことでしょう。散々前フリしておいて、一体何が書きたかったのか。

実は昨日、某出版社の方々と飲み会だったのですが、そこにいらした大阪時代からの知り合いの編集者の方と、大喧嘩をしてしまったのです。最初ははっきり、カチンときた話があったのですが、途中からは例の「怒りメビウス」にどはまりし、頭悪いしボキャブラリー無いもんだから、「(な) ん**じゃこら**」と巻き舌で言うばかり。他の編集者さんに「西さん、帰ろうね」と優しく手を引いてもらいその場を去りましたが、今朝起きたらなんとなく自分のテンションがおかしい。妙な興奮状態のまま買い物に行ったら、件の出来事に遭遇し、なんとなく「感情の吐露」について考えているわけです。わはは。

まあ、今となっては昨日のあの場に金持ちの独身男性がいなかったことが救いだな、と思いながら、新作のトッポを食べています。

関係ない

またくらいました。外人に。

先日、友人の誕生日を祝うため、神宮前にあるメキシコ料理のレストランに行きました。一度編集者の方に連れて行ってもらったのですが、料理が尋常でなく美味しく、マリアッチのような人たちが演奏し、歌を歌いに来てくれるので、誕生日会にぴったりだと思ったのです。

場所柄か、それとも本格的な料理と雰囲気のせいか、店内はいつも外人客で溢れ、挙句働いている従業員もメキシコ人、それもまた異国情緒をかもし出すのに一役買っているのですが、その日私たちの隣の席に、白人ばかりの二十人ほどの団体が座っていました。私たちが行った頃には、かなり出来上がっていて、大声でわめいたり、マリアッチと一緒に歌ったり、祖国の一気コールで酒をあおったりしてご機嫌だったのですが、私たちはそれほど気にせず、細々と友人の誕生日を祝っていました。

ただ、ひとつ気になったのは、彼らが時々、日本人である私たちの存在を気にかけているような素振りが見えたことです。英語で話してりゃいいのに、急に「ナンデヤネン～」と仲間に突っ込みこちらをチラ見したり、「ニッポン、チャ、チャ、チャ」などとはしゃいでみたり。悪いことではないのですが、アングロサクソンよ、我々に媚びずともよい。と、私は優しさと苛立ちがないまぜになった気持ちでトイレに立ちました。

狭いトイレ内で腰掛けていても、彼らが歌っている声が聞こえます。心を無にして小用に集中していると、聞こえてきました。小島よしおのコールです。「そんなの関係ねぇ、そんなの関係ねぇ、そんなの関係ねぇ、はい、おっぱっぴー」というあれ。アングロ……、そこまで媚びるか？　私たちに？　そう思っていたのですが、そういう悪感情とは別に、どうも違和感を感じます。何だろう、この違和感。そしてその原因は、すぐに分かりました。彼らは、こう歌っていたのです。

「ソンナノ関係ナイッ、ソンナノ関係ナイッ、ソンナノ関係ナイッ、ハイッ、オッ●▲★（誤魔化す）」

惜しい。

個室から出、手を洗う頃になって、私は「ぶっ」と噴き出しました。

私がそれを伝えた友人も、最初は「へぇ」と言っていましたが、後ほど「ぶっ」と噴き出し、「なんか、後からじわじわくるね」と言っていました。ね？

外人、ずるいなぁ。

そんな出来事があり、私は過去にくらった外人エピソードを思い出しました。

私がまだ大阪にいた頃、ある日、ディアモールという梅田の地下街にある、イートインも可能なパン屋さんでカフェオレを飲んでいました。どうして一人だったのか覚えていませんが、本を持ってくるのも忘れ、煙草も吸わないので落ち着かず、なんとなく手持ち無沙汰で周りを見ると、白人の男の人と日本人の女の子のカップルが窓際に座っているのが見えました。最初はただの恋人同士だと思ったのですが、お互い手にノートと教材のようなものを持っており、カフェで英語の勉強をしているのだと分かりました。それにしては、男の人のほうが体を前に乗り出し、えらいこと熱心に彼女に何か話しています。彼女の方は彼女の方で、恥ずかしそうに笑ってうつむいてみたり、彼を見つめたりしています。完全に教材そっちのけのふたりの様子を見て、

「ハッハーン。口説いてやがる」

と直感しました。退屈なことであるし、どんな風に口説いているのか聞いてやろうと、私は席を彼らの隣に移動しました。明らかに不自然な移動をしてきた私などそっちのけで、案の定彼は彼女を口説いていました。「ユーアービューティフル」だとか「ファットシンクアボウトミー?」的なことを言っていたと思うのですが、うろ覚えなのは、この後に彼が言った言葉が、あまりに衝撃的だったからです。

押しに押し、彼女も満更では無さそうだし、あともう一押しすればヤれる、という希望にメラメラと燃えた青い目はいまや蛇のように光り、そのまま中から小さい鬼六がたくさん出

て来て、彼女をがんじがらめにしてしまいそうでした。

そして、彼はとどめの一発を口にしました。

「アーユースケベ？」

私はカフェオレを「ぶっ」と噴き出しました。本当に。

鼻の高すぎる、青い目と眉の間が異様に狭い、金髪の外人が、めちゃめちゃええ声で、

「アーユースケベ？」

ずるい！

私はそのとき、おもろい顔などをして人を笑わせたり、己の失敗談を話して人の気を引こうなどとしていた自分の行いを大変虚しく感じ、「アーユースケベ？」と呟きながら、帰途につきました。

微怖

雪の降る日でした。

いや、途中から大雪になった日でした。途中から、とは、私がそのタクシーを停めたときは、小ぶりの雨だったのです。その日大阪から父がやって来、義姉が石神井公園で営んでいるお店で、お酒を飲もうと約束していました。電車を乗り継いで行ってもよかったのですが、雨だし寒いし、贅沢しちゃえと、手をあげました。

タクシーを停めるとき、私は静かに緊張します。行き先が遠い場所であればあるほど、です。なぜならばそこは完全な個室、ふたりっきりの世界。大概の運転手さんはとても紳士的で、道の行き方などを聞いてくる程度、後は静かに運転に集中してらっしゃいますが、たまにとんでもない爆弾がいるのです。中野から乗車、「下北までお願いします」と言った私に、「下北ってどこっすか？　ナビってくれるんすか？」と、半ばキレながら言い放った若い運転手や、「自分はＮＡＳＡで働いているのだが、長期の休みを取らされ日本に帰って来、暇なのでタクシーの運転手をしているが、ＮＡＳＡの癖で、時間ごとにどのポイントにどのような人種が多いかなどのデータ収集に余念がなく、その通りにしていたら儲かって仕方が無い」とぼやいていたロマンスグレーの男性（実話）。私の価値観や人生観をほんの数十分の間にあっさり覆してしまう人たちに出会う場所、なのです。

私はいつも通り緊張して、後部座席に乗り込みました。

「石神井公園まで」

「石神井公園ね、ほいほーい」

この返事からして、あらゆる予感に溢れていましたが、その後の数分間は何事もなく、静かに過ぎました。私はメールも来ていない携帯をいじるなどして時間をつぶしていましたが、そのとき、車内にビートルズの「イエスタデイ」が流れました。

彼の携帯電話です。

「もしもーし？」

普通に携帯に出る運転手もどうかと思うのですが、それを注意するような完成された人間では無いため、私は静かに彼の会話を聞いていました。

「うーん、はーい、じぃじですよー。うーん、あしたー？　ねー、来るのねー、うーん、はーい。まってるよー、ねー、はーい、運転中よー、きるねー、はーい」

そこまで！？　というほどの猫撫で声。会話の内容から、明日彼の家に、孫がやってくる、ということなのでしょう。

「すみませんねぇ、電話出ちゃってー」

さきほどの名残か、まだ相当の猫撫で声です。

「いえいえ。お孫さんですか」

「孫なんですよう。明日来るって言うんでー」

「いいですね。」

「いいったってあんたー、雪ですよー、明日ー」

「はあ」

「雪の日に来られちゃったら、ほらぜったい雪合戦とか雪だるまとかー、雪の遊びをするでしょうよー」

「そうですね、いいじゃないですか」

「いいったってあんたー、私もう歳ですしー、雪で孫がつるって滑って怪我してー、私のせいにされたんじゃー、かないませんよー」

「……そうですか」

「そうですよー」

「……でも、お孫さん可愛いでしょう?」

「そりゃ可愛いですよー、初孫ですからー。息子夫婦も喜んでますよー」

「へえ、息子さんもきっとお祖父さんに見せたいんでしょうね」

「そうでしょうよー、そうでしょうけどー、明日雪ですよー」

「はあ」

「息子は頭が良くてねー、大学もいいとこ出てー、親孝行でねー、嫁もまあいい人だしねー、仲いいしー、孫もいい子でー、最近四駆のいいやつ買ってー」

「わあ、順風満帆じゃないですか。いいですねー」

「いいったってあんたー、明日雪ですよー。四駆だからって油断してちゃあ、つるって滑って、ねー、あー、気持ち悪い」

「え？」

「気持ち悪いですようー」

「ご気分が？　悪いんですか？」

「雪がねー。あー、降ってきたー、あー、やだなー、気持ち悪いー」

「雪が、気持ち悪い？」

「つるってねー、あーあーあーあーあーあー、えらい降ってきたー」

窓の外は、みるみる真っ白になっていきます。雪は、周りの音を吸い取ると、昔聞きました。私たちの乗った車の周りも、きーんと耳鳴りがするほど静かで、その中で響く、運転手の爺さんの、猫撫で声の名残のある、べたべたと湿り気のある声。

「降ってきたー、気持ち悪いよー」

「いいたってあんたー」

視界がほとんど真っ白になったとき、私はなんだか悪夢を見ている気になりました。

早くつけ、早くつけ、と必死に祈り、石神井公園に到着したときは、一面の銀世界。結構な値段を払い、やっとほっとして車を降りるとき、爺さんが言いました。

「孫はねー、可愛いですよー。この前目の中に入れたけどねー、痛くなかったよー」

にこっと笑った爺さんの顔は、どこにでもいる、孫が大好きでたまらない爺さん。

怖い。

私は足元がおぼつかない中、義姉の店に向かいつつ、「イエスタデイ」を、軽くくちずさんだのでした。

誤魔化すなよ

この前、新宿までタクシーを使いました。運転手さんが大変に良い方で、乗り込んだ私に「お待たせい、たしましたっ！」と言ってくれるなどしました。タクシー業界にかなりの散財をしている私です、運転手さんはこれくらい気持ちの好い人でないといけません。ご機嫌になった私、「今日は涼しいですね」と声をかけてみました。すると、彼は、「そうですねっ、昼間は暑くて汗が■●▲☆っ！」と言いました。あれ？　そういえば乗り込んだ際、私が「伊勢丹まで」と告げると、「かしこまるり●▲☆っ！」と、語尾で完全に噛んでいたのを、強引に終わらせていました。気になって、「最近タクシー業界の景気はどうですか？」「厄介な客もいるでしょう」などと続けざまに聞いてみると、「そうですねっ、まあ苦しいといえばくる★▲●■っ！」「そうですねっ、ははっ、まあ、いらっしゃらないこともな●★▲■っ！」と、どうしても語尾を誤魔化す。どうして、誤魔化す？　そもそも、何故、確実に噛む？

その後も彼は、「青梅街道から向かってよろし★▲っ？」「ええっ、このあたりもだいぶ変わってしまっ★▲●■っ！」「なんでんかんでんは独特の臭みがあり●▲★っ！」などと、いちいち語尾を噛み、それを強引に封印する、ということをやり続けました。

どうしてそんなに噛むのでしょうか。お気づきの方もいらっしゃるでしょうが、彼は語尾に「っ！」がつくタイプの話し方をします。息せき切って話す、という感じです。早口、とはまた違う、前のめりな感じで話すと、語尾までパワーが持たず、舌がもつれてあないなことになるのでしょうか。

大変に大変に良い方だったのですが、私は段々疲れてきました。というよりイラついてきました。

「あーせーるーなーやー！！！」

と、怒鳴る寸前、タクシーは伊勢丹前に到着、降りる際顔見たれと思って見たら、やはり。彼の口の両端に、カニのように泡がぶくぶく噴き出していました。

大学時代の友人、Aちゃんが勤めていた会社にも、噛んだ後、それを誤魔化す人間がいたそうです。彼女は雑貨屋に置いてあるジッポライターや香水、携帯のストラップなどを卸す会社にいたのですが、朝礼の際、新商品の名前を上司が読み上げるそうです。その上司は舌が短いのか普段から噛む癖があり、Aちゃんの苗字である「おがさわら」さえも噛んでいたそうで、相当イラついていたらしいのです。そんな彼が手に取った新商品が、これ。

「おじゃる丸のまったりストラップ」

もう、絶対無理やん。

しあわせは
いつも
じぶんの
こころが
きめる

みつを

噛むに、決まってるやん。

案の定彼は「おじゃる丸のまったるり★▲■」と、誤魔化していたそうです。噛み、それを誤魔化す、という点において、私にはあきちゃんのように、身近に慣れ親しんだ人がいます。

母です。

彼女もいちいち噛み、それをなかったかのように強引に会話を進める人です。喫茶店にて、コーヒーメニューを読み上げる彼女が、

「アメリカンやろー、モカやろー、ブルーマウン●★▲、キリマンジ★●▲」

と、連続で噛んで連続で誤魔化したこともありますし、彼女の場合は噛むだけでなく、言い間違う、という特徴もあるのです。

「オールスター」を「オースルター」と言ったときは、何も注意もせず、広い心で静かに会話を見守ったものですが、「サニー（飼い犬）が掘った穴」を、「サニーがあったほな」と言ったときには、「おい！」と、親であることを忘れ、思わず乱暴に注意しました。

サニーといえば、母、リビングのサッシを開け、彼女を呼ぼうとしたのでしょう。しかし加奈子と間違え、

「か、にーっ！」

と呼んでいたこともありますし、私のことを、

「さ、なこぉ」

と呼んだこともあります。私の兄、広一郎と加奈子を間違えて、「かういちろう」「こなこ」などは、お手の物。

噛むのは構わない。いい間違えるのも、人間だもの。でも、誤魔化すなよ。と、私はいつも心の中で言っ★▲■●。

ズルイ奴ら

世の中には、ズルイ大人が多いと思います。

ネバーランドへ顔パスで行ける相原勇改めYASUKO改め相原勇ほどではありませんが、私は現代のピーターパンとして、ズルイ大人のあまりの多さに、キュートなハートを痛めています。なんやったら炒めています。

ズルイ大人のズルサを書き連ねていったら辛さのため体が透明になり、三十一なのに高校生役でうっかりスケボーに乗せられたりするかもしれないので言うのはやめておきますが、では代わりに、いい意味の「ズルイ」大人のことを書きます。

いい意味で「ズルイ」といえば、まっさきに思い浮かぶのが、絶対にシャ乱Qの「ズルい女」ですよね。

あんたちょっといい女だったよ、その分ズルい　お　ん　な　だ　ね。

この場合、ズルイとは言いつつ、そんなあんたに首ったけになっちまった俺、つんく。昔のあだ名つんくんの「ん」を取ったんだよ、あと「シャ乱Q」はメンバーそれぞれの昔のバンド名を混ぜたんだよ、という意味ですが、まあ、どんな風にズルイかと言うと、つんくの高級レストランとかつんくの花束とかようさんしてもろてつんくの誕生日には行かない、だのにつんくを首ったけにさせる、という。ズルい　お　ん　な　だ　ね。

そういえばつんくって、上沼恵美子に似てるって言われてましたね。私は財前直見がマイケル・ジャクソンに見えるのですが、どうですか。あと、秋川リサがハーヴェイ・カイテルに見えるのですが、どうですか。つんく♂て何。

私にとってズルイ大人を言いますか。本谷有希子さんの『ほんたにちゃん』という本で、こんな一説がありました。

「私はこんな、狙いまくりなのに滑るような人工的な女じゃなくて、純粋な『天然』の人に生まれたかったんだ！　（中略）天然の人間には、もう、どうやったってかなわないのだ。」

そう。

それです。

天然の人間には、どうやったって、かないません。私がいくら必死で面白い顔をしたり、面白エピソードに少しばかりの「盛り付け」をしてサーブしたりしても、天然の人間の面白さには、絶対に敵わない。それを私は「ズルイ」と思うのです。

例えば、私がバイトしてたバーの店長、K君。以前、ピロピロ飲みをするオーパーツのような人間、として登場しています。

アルバイト先では食材も配達ではなく従業員が買う仕組みになっており、気をきかした健君が食材チェック表を冷蔵庫に貼り付けていました。その字も、「うまく見せようと思ってシャッとか流して書く下手な文字」という、すでに「ズルイ」雰囲気はあったのですが、そこには負けずにバイトの女の子、マイティとひとつひとつチェックしました。

『サニレタ1、レモン2、ライム2、アボカド3、牛乳2、卵子1』

「卵」と「玉子」が混じって「卵子」。

私とマイティ、「卵子チェックしろって」「これセクハラやろ」と脱力。彼はそのほかにも、白髪ネギを冷蔵庫に保存する際、ラップにしっかりと、「長髪」と書いていたそうです。

もうひとり、バイトの男子、T。彼は常々「権力がほしい、大黒屋で売ってねぇかな」と言っていた元ニート、『闇金ウシジマくん』をすすめると尋常ではないブルーさで黙読している男なのですが、クソ忙しいときに客に頼まれた梅酒ロックを伝票に書く際、クソ忙しいんやから「うめR」とか書けばええのに、クソ忙しい中いちいち漢字で書きやがり、イラついた私が見たそこには「海酒ロック」とありました。しょっぱそう。

あるクラブイベントに行った際、Tは元・ニートだからか、大音量のフロアのソファでガチ寝を決め込んでおり、その寝顔も大変汚くすでに「ズルイ」だったのですが、起きた際、私たちに、

「あーびっくりした、俺、起きたとき寝てなかったわ」

と言いました。禅問答かと思いました。

もうひとり、バイトのH君のお母さんは、H君が家でかけている音楽を聴いたまますぐに歌ってしまう人だそうです。レイジ・アゲインスト・ザ・マシーンとかゴリゴリのものも「あちょっ」みたいな感じで歌ってしまう、というその時点でズルイ人なのですが、「ハナレグミ」の「家族の風景」を歌おうとしたとき、歌詞は、「キッチンにはハイライトとウイスキーグラス」で始まるのですが、彼女、「キッチンには、入らない〜」と歌っていたそうです。ほな、何が入るのん。

あーもう、みんなズルイ。

ル★ン★バ

先日、小学館の編集O野さんが、

「西さん、私ルンバ買いましたよー」

と真っ黒い目で言ってきました。ご存じの方もいらっしゃるでしょうが、ルンバとは、自動で掃除をしてくれる掃除機のことです。丸い円盤のような形をし、時間をセットしておけば自動的にドック（充電器のようなもの）から出て来て、障害物などをうまいことよけ、綺麗に掃除してくれるという代物なのです。以前宇多田ヒカルがテレビで自分のルンバを「いいんですよー」と、完全なる億万長者の顔で紹介していたのですが、確かに、いい。掃除機なんですが、ドックから出て来て、観葉植物やテーブルの足などをよけ、挙句ほこりがひどい場所は念入りに動いて綺麗にしてくれる様、「よいしょっよいしょっ」と声が聞こえてきそうなその姿がいじらしく、なのでO野さんが買ったと聞いたときはダイソンを持ちながら「くやしい」と思ってしまったほどです。

このO野さんという人は、「え？　モデル？」と目を疑うほど、ふたりで歩いている際、すれ違う人が彼女の頭からつま先までを嘗め回すように見るほど美しく、しかし「あいつに手出すとヤバそう（組織に消されそう）」というこわい匂いがぷんぷんにじみ出ている残念な女性なのですが、まーあ、まーあ、お酒を飲むことー飲むことー。

ふたりで飲みに行った際など、ビール↓芋焼酎の水割り↓芋焼酎の水割り「濃い目でお願いします」↓芋焼酎の水割り「さっきより濃い目でお願いします」↓芋焼酎のロック「濃い目でお願いします」……、という「アルコール度数をあげ続けなければ死ぬ」という飲み方をし、逃げるように帰った私の留守電に「クローゼットの中でマリリン・マンソン聞いてんの？」というほどの暗い声で「今日は……りがとう……ざいまし……」という留守電を残していきます。

ロック濃い目って何よ。

挙句、翌日会ったりすると、完全に二日酔いの私をよそに、「あれから自宅で気絶するまでワイン飲みましたよ～」と真っ黒い目でにこにこ言って来る。

先日ある飲み会があり、私と小学館のI川さんが参加。結構酔ったI川さん、皆が解散した後も、「じゃ、もう一軒行きますか」ということになり新宿の居酒屋で飲んでいました。するとO野さんからI川さんに電話が。時間は十二時を過ぎていました。「O野も来たいと行っていますが、大丈夫ですか」えっ今から？　しかし私も酔っていたので「おっけーおっけー」なんて言ってたら来ましたよ真っ黒い目でべろんべろんで。

Ｉ川さんとＯ野さんが揃うと嫌な奇跡が起きる、という経験があり、なんとなく不安を抱えていた私にふたりが言ったのが、

「カラオケ行きましょう」

ほらね。私が散々カラオケは嫌い、話が出来ひんしぷるぷる部屋の電話鳴るし歌ってるときみんなその人の歌なんて聞かんと自分の歌選んでるしなんていうか全員心ここにあらず、ていう感じがすごい嫌、て、今まで散々言ってたのに。Ｉ川さん、「西さんは歌わなくていいですから」と言いくさり、Ｏ野さん「酒飲んでりゃいいんですよ」と白目。

新宿東口のカラオケ館四階。

部屋に入った途端「すぱげってぃ」と言い放ったＯ野さんと奥田民生の「息子」を歌いだすＩ川さん。時々マイクで「西さん飲んでますか」と話しかけるのですがディレイがかかって「ますかかかか」となる始末、Ｏ野さんは靴をぬぎ、胡坐をかきながら酒を私たちに早々に配った後はひとりでスパゲッティの皿を抱え込んで「ずるーっずるーっ」とすすっています。

神様、助けて。

ガタガタ震えて一生懸命微笑んでいると、スパゲッティを（ひとりで）食べ終わったＯ野さん、「げふうっ」とげっぷをしてソファに寝転び、何故か自分の完全な上司であるＩ川さんを殴り始めました。Ｉ川さん、「いてっ」と言うんですが、ディレイがかかっているので「いててて……」「なにするんですかかかか」「西さんのんでますかかかか」

そのとき私が握っていたのは、本とボールペン。無意識でした……。気がつくと私は、そのふたりの地獄絵図を、一心不乱に描いていたのです。

ほーら　めのまえーは　とうめいーの　ひろいうーみだー
にしさーん　のんでますかかかかかかかーいてててててー
げふっ　げふうっすぱげってぃもうひとつ

気がついたら私はタクシーの中でした。描き上げた絵をふたりに投げつけ、彼らがそれに気を取られている間の逃亡劇。マリリン・マンソンに「地獄は新宿東口カラオケ館の四階にある！」と叫びたい気分でした。

ルンバ。私はルンバに言いたい。掃除しなければいけないもの、汚いもの、それは、部屋にあるんじゃない。あなたの持ち主だよ、って。

「よいしょっよいしょっ」

そのキュートな努力でO野さん、ついでにその上司のI川さんを掃除してください。

ちなみに「良い方いろは」で泥酔した私が、おしっこしているのを覗いた女性が彼女で、私が意味もなく殴っていたのが彼です。

結婚式

先日、私の親友であるAちゃんが結婚しました。

Aちゃんは、私がアルバイトしていたバーの常連さんでした。「なんかええこと思いついた」みたいな顔でにやにや笑いながらも、いっこうに「なんかええこと」を言わず、キャプテンモルガンというラムをただただ飲み続けていました。

テレビのディレクターをしている、ということでしたが、彼女を見て、「この人、ディレクターみたいな大変な仕事できてんのやろか……」と、勝手に不安になったものです。

ある日、Aちゃんの家でふたりで飲んでいました。Aちゃんも私も酔っ払い、畳をごろごろしていたのですが、そのとき、Aちゃんの携帯電話が鳴りました。「あ、仕事の電話や、ちょっと出てええ?」と、Aちゃんは言うのですが、おいそない泥酔で大丈夫かよと不安、しかし、電話に出たAちゃんはさっきまでのぐずぐずでどろどろの酔っ払いから一転、「●●法の●●が」とか、「ダムの●●が」などと、ダム建設に関する難しい話をすらすらとしだしたのです。度肝を抜かれました。

編集者さんと飲む際、泥酔して気が大きくなり、「なんでもやりまっせー」と豪語、翌日「西さん、なんでもやります、て、おっしゃいましたよね?」のメールに「ほんますんません許してください」と土下座文体で返信、という私からすれば、Aちゃんの姿は驚異です。実はAちゃんは、すげぇ仕事が出来る人なのでした。だまされたような気持ちで度々酒を飲んだのですが、どう見てもぐずぐずでどろどろのAちゃん。ぐずぐずで、どろどろの、Aちゃん。

私は、仕事の出来る人が好きです。尊敬します。そして、仕事の出来る女の人は、もっと好きです。男女差別といわれても、私はびちょびちょの女なので仕方ありません。さて、仕事の出来る女性は好きですが、いかにも仕事できますでしょわたくし、だから阿呆は去ね、というようなタイプは嫌いです。なんやものすごい早口で話すとか、難しい引用したり難しい形容詞つこたりする人。そういう人って、パソコンのキーをめちゃくちゃ早く叩くと仕事できるように見られるんちゃう?　という私の思惑くらいの軽薄さを感じてしまうのです。その点Aちゃんは、皆にシラフでも酔っ払っていると間違われるほどのぐずぐず具合。人に自分をみくびらせ、能力をひけらかさない、そんな女って、うちはすげぇあこがれます。まさかこんな身近に憧れの女がいたとは。しかもAちゃんかよ、と、私は臍を噛んだものです。

そんな彼女の結婚。

相手はTさんという、男というよりは漢、の昭和な兄やん。「不器用」という文字が目の前をかすめたら、おっと、Tさんそこにいたの、というタイプの人です。個性の強いふたりなので少なからず紆余曲折はありましたが、ともかくも結婚、挙句、子供まで出来たという、私の人生の憧れツートップを一度でやってのける始末。

いつもの私なら、「結婚式、邪魔するしかねぇ」「一泡ふかせてやる」と、平成維新軍の闘志を見せていたと思うのですが、この式が、すばらしかったのです。

人前式、といって、列席した人皆に結婚を誓う、というスタイル、教会や神前式と違い、宗教的な儀式が無いので、終始なごやかです。指輪の交換など、Aちゃんには指輪、Tさんには首輪（大型犬の首輪）、というユーモア。ブーケトスも、独身女性だけでなく、独身男性も参加するというもので、挙句飛んできた男性用のブーケはカリフラワーでした。今カリフラワーて、久しぶりに書きました。

何より驚いたのが、天気。当日の天気予報は「雷雨」でした。数日前から続くこの雷雨はものすごく、落雷のため●●線が不通だの、停電世帯が●●だの、テリーマンが子犬を助けるために新幹線を止めただの、とにかくどえらいことになっていました。式は葉山の海辺でやるため、雷雨では……と、少しがっかりしていたのですが、まさかの快晴。雨降りそうやけどなんとか曇り、ならまだしも、快晴ってどうよ。飲んでるときに鳴るのがウザイので友人の携帯をキムチ鍋で煮込み、ダークラムに泡洗剤をふきつけ友人に「ビールだ、飲め」と命令、などの悪行を重ねてきた私を列席者としつつも、それを相殺してしまうどころかプラスに変えてしまうふたりの「日頃の行いの良さ」には言葉も出ません。それとも、ふたりとも悪行が過ぎ、一周回っていい人、みたいになってしまったのでしょうか。デブが体重計乗って、たったの五キロ？

ともかくも素晴らしい天気と海の美しさ、式の素敵さに、私の上田馬之助的反逆精神も霧散、ナイチンゲールのような優しい気持ちでふたりを見つめ続けたのでした。

ちなみに私は、カリフラワーも、ブーケも取れませんでした。あはははははははは。

やけくそで、人間ながら超人オリンピックに参加。失格となったテリーマンの代わり、新幹線を押して博多までの記録を出そうと思います。

Aちゃん、ほんまに、ほんまに、おめでとう。

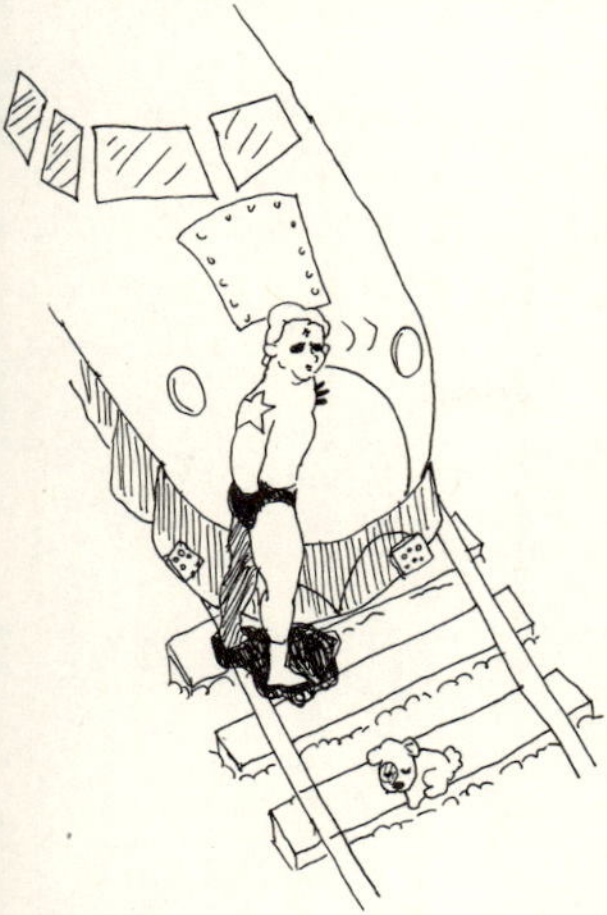

ちょっと楽しい・すごく好き

標語たのし

実家に帰るときや、知らない街に行くとき、密かに楽しみにしていることがあります。それは街角の看板に書かれた標語です。血眼になって探したり、見つけた途端デジカメでぱちり、というような熱心さはないけれど、印象に残る標語に出会うと、ちょっと得をしたような気分になるのです。

『行ってきます　かけていこうよ　心の鍵も』『ちょっと待て　慌てず確認　火の始末』『見ていますあなたのことを　後ろから』『こんにちは　そこから始まる　良い社会』『いいのかな？　あなたのそのゴミ　明日の資源』

こういう標語は、恐らく公募で送られてきたものや、小学生に作らせて優秀なものを選んでいるものが多いのでしょうね。中には（○○台　△△さん）や、（○○小学校６年△組だれそれ）なんて書いているものもあります。審査する方がどんな方々なのか分からないけれど、なんとなく五七五の最初の五文字にインパクトを持たせるのが、心を摑むコツのようですよ。先の例で言えば「ちょっと待て」「いいのかな？」などと、冒頭で突然馴れ馴れしく話しかけたり、倒置法にするのも効果大のようです。

一年ほど前、実家に帰ったとき、家に向かう道路で出会った標語がこれです。

『へんしつしゃ　やめてほしいね　そんなこと』

実家に向かう、人気のない曲がり角に、それは立てられていました。私の地元の小学校の五年生男子の作品です。どうでしょうか。まず最初の五文字のインパクトは、他の追随を許さない。学校の先生、もしくは地方の警察署が作らせたのでしょうが、冒頭の五文字に「へんしつしゃ」ときました。そして最後の句の「そんなこと」。どんなこと？　小学校五年生男子の考える、そんなこと？　これを書いた子もすごいし、これを採用した地域もすごい、と思うのですが、こういうのは、普通ですか。

興奮してしまった私が母に「えらい標語やなぁ！」と言っても、「そうかぁ？」とつれない返事。父に言っても友達に言っても、そう。地元ではこの標語は普通なのかと、なんとなく忘れていた折、また実家に帰りました。そしてまた、あの曲がり角にさしかかりました。

『へんしつしゃ　消えておくれよ　地球から』

これはどうだ。これはおかしいやろ。

作者は小学校六年生女子。そもそも何故最初の句が「へんしつしゃ」なのか、それはルールですか？　そして、言葉遣いはやんわりしているものの、「消えておくれよ」挙句「地球から」。全否定です。この倒置法は効果絶大。これほど「へんしつしゃ」の皆さんを地獄に叩き落す標語もないでしょうね。この曲がり角で変なことをいたそうとした「へんしつしゃ」は、そんなことする人は、この地球《ほし》から消えろい！　という小学校六年生の叫びに、肝を冷やすことでしょう。

しかし、気になったのが、うちの実家付近の標語はどうして「変質者撲滅」系が多いのだろう、ということです。放火や泥棒、ひったくりではなく、変質者。そういえば小学校に通っていたとき、近くの野鳥の森公園にはお尻を触ってくるおじさんがいるだとか、A団地の脇に止まっている車の中でおじさんが変なことをしている、とか、そういう噂はよくあったけれど、標語にしなければいけない、しかも一年余りにわたってというほど、変質者が多い実家近辺、というのも悲しいものです。それとも、最近の世相を表しているのでしょうか。だとしたら、もっと悲しいことですね。

高校生の頃、自転車で駅まで向かう途中の公園で、私と友達のAちゃんの間で有名な「へんしつしゃ」がいました。

彼は、朝の公園で仁王立ちになっています。そしてものすごく前傾姿勢にならないと乗ることが出来ない、競技用自転車を脇に止めています。「オラに、蛍光色をー！」と叫んだかのような、ど派手な、ぴっちぴっちのサイクリングスーツを着て、それに合わせた、派手を煮詰めたサイクリング用ヘルメット。空爆があったらまっさきに標的になりそうな人なので、前を通り過ぎる人は、いつもその人を見てしまうのです。ちらりと。そしたら、アレですよ。彼はぴっちぴっちのパンツから出しているんです。私と友達は初めその人を見たとき、思わず「ぶっ」と噴き出し、全力で自転車を漕ぎました。もしかしたら立小便をしていたのかも

しれない、そんな風に思おうとしたけれど、彼は毎日そこに立って、毎日フラッシュしてるんです。

まさに『へんしつしゃ　やめてほしいね　そんなこと』ですよね。彼が追いかけてくることはなかったけれど、さあ今日も一日がんばるぞー、という朝の清々しい始まりを打ち砕かれるのは、本当に腹が立つ。私と友達はいつも「見た？」「……見た」と、陰鬱になって駅までの道を急ぐのだけど、そう、見てしまうのが一番の悔しさ。あの派手ないでたちは、恐らく人目を引き付けるためだけのものでしょうね。

「オラに、エロい視線をー！」

今となっては懐かしい思い出だけど、あの人も、『へんしつしゃ　消えておくれよ　地球から』の前には、なす術もなかったでしょうね。その姿はとても、見たかったなぁと思うのです。

領収証ナウ

先日、小学館のIさんと、近所の喫茶店で打ち合わせをしました。お会計のときにレジの人に、「領収証をください」と言うと、聞かれますよね。「お宛名は?」、Iさんが「小学館で」と言うと、店の人が言いました。「えっと、漢字は、小で学で館ですか?」

Iさんは普通に「そうです」とおっしゃっていましたが、私は、少しだけびっくりしました。だって、「小で学で館ですか?」て。「小学生の小学に体育館の館ですか?」とか「小さい学ぶに館内の館ですか?」とか、それなら分かるのだけど、「小で学で館ですか」。

あなたは、何を知りたいんですか?

領収証の宛名のやり取りというのは、なかなか面白いものだなということに気付かされる出来事でした。いや、思い出させてくれる出来事でした。

私も領収証をもらうことにしています。宛名は「西」です。あんまり失敗はないけれど、「お宛名は?」と聞かれ「西で」と言うと、「西出　様」と書かれたことがあるのと、「漢字は?」と聞かれるのが面倒なので、最近は「漢字で、東西南北の西、で」というのをヘビーユーズしています。「西」と「で」の間を少し空けるのと、「西」を大きな声で言うのを、忘れてはいけません。これはかなり完璧に伝わる言い方なのですが、この間、まったく伝わらない人がいました。その人は某チェーン系居酒屋『ＷらＷら』で働く、五十代くらいのおばさんでした。ホールにいるときから「はいはいはいはいっ」、それはまるで親から「こらっ、はい、は四回でしょう！」としつけられてきたかのような連呼、突き出しを親の仇のようにテーブルに置いたり、お手洗を聞かれると宗教で禁じられていることをさせられる人のような陰鬱さで答えたり、何かしらこちらをいたたまれなく、そして何かやらかすのではとハラハラさせてくれていた人だったのですが、レジで私がいつものように「東西南北の西、で」と言うと、「はいはいはいはいっ」と面倒くさそうに領収証になにやら書き込み、私にふんっと渡しました。見ると、そこには「東西南北　様」とありました。

どうして。

考えさせてください。もし、私の言うことを丸呑みして書いたのなら、「東西南北野西出様」などになるはず。彼女は大層なせっかちで、私が「東西南北……」くらいまで言った時点で書いてしまったのでしょうか。早押しクイズでありがちですよね。「ミナミのマコトといえば…」分かった、ピンポン！　押してはみたものの、クイズには続きがある。「藤田まことですが……」しまった！　というあれ。そんな感じで、私が「東西南北……」まで言った段階で、はいはいはいはいっ、東西南北さんね、と書く。でも、まだ続きがありました。「の西、で」、やべ、間違えた。くそ、でも面倒くせえ。それで聞こえないふりをしたんでしょうか。職務怠慢もはなはだしい。挙句、彼女は、「あの、これじゃぁ……。」と言う私に一瞥もくれず、ホールへと戻って行きました。「忙」という文字が彼女の体にまとわりついていたのですが、ホールに出ても、そない仕事してへんやん。残念ながらその領収証は『18時新宿〇〇出版社の人と会うナルベクエガオデ！』というメモになりました。

領収証のお話をもう少し。

学生の頃、大阪にある大きな本屋さんでアルバイトをしていたことがあります。ミナミの繁華街に近いので、水商売の方がよく買いにいらっしゃいました。ママに頼まれた本だったり、店用に買ったものだと、領収証を切って行かれます。そのときに宛名を聞くのが、若い私にとってはとても楽しみでした。『女性セブン』を買いに来たお着物の女の人の「スナックなおみ　様」、『細木数子の六星占術』を買いに来たホステスさんの「パレ　いわき　様」ここらへんはどんなお店か想像のつく範囲です。

でも例えば、グラハム・ハンコック『神々の指紋』を買いに来たボーイさんの「スーパーモンキーズ　様」は、気になります。何故『神々の指紋』、そしてスーパーモンキーズは、どんなお店ですか？　神々に対抗して、超類人猿ですか？

『へらぶな釣り』を買いに来たオカマの「モウ獣広場　様」、それ領収証切っていいんですか？　店に置くの？　猛獣と書いた私に「もうはカタカナでしょう！」と、どうして怒るの？　へらぶな釣るなよ。

宮崎学『突破者』を買いに来た黒服の男の人の「ちゅう　ちゅう　とれいん　様」になる

と、もう訳が分かりません。

全ての面白領収証のことを覚えていないのが、悔しい限りです。もっと度肝を抜く宛名が、きら星のごとくあったはずなのですが、残念。

しかし領収証。まだまだ奥の深い、でも人生で決して役には立たない何かがありそうですね。そう考えると、いつもはシャクなレジでの支払いも、少し楽しいものになっていくかもしれません。

人のカゴん中

いつもはお昼間や夕方に行くのだけど、この前久しぶりに近所のスーパーに、夜中行きました。閉店間際になると、さすがにいろんなものが安くなっていますね。コロッケひとつ30円、お肉や魚の類は半額シールが貼られているし、お刺身300円引きも捨てがたい。お野菜はまとめて100円、お豆腐だって安いし、油揚げなんかも半額。楽しい。

レジに並ぶと、前には現場帰りでしょう、土建の服を着たままのおじさん。よく見るとフリーダ・カーロみたいに眉毛がびっちりつながっているのが気になったのだけど、それより気になったのが、カゴの中身。煮付け用のカレイ300円引きに、タコにするタイプの真っ赤なウインナー、1リットルパックの豆乳、そして1・7リットルの焼酎甲類「大五郎」。健康に気を使っているのかいないのか。全部今日お腹に入れるのか、明日以降のストックなのか。水分合わせて2・7リットル、つまり全部で約3キロの重さ。それは新生児一人当たりの平均体重に相当。焼酎を豆乳で割るのか。ウインナーはタコにするのか。両端に切り込みを入れてカニにするという手も！　彼の生活を想像すると、なかなか妄想は止まりそうにありませんよ。

そんなことを考えている場合ではありませんでした。私の順番です。桃太郎トマト、牛乳、大根半分、鱒の切り身レジにて半額、ひき肉の茄子はさみ揚げ50円引き。節約したものです。茄子はさみ揚げは帰ってすぐ食べんだろうな、とバレて恥ずかしかったりするのだけど、鱒と大根とトマトで、「料理していますよ」アピール。なかなかです。

お金を払ってふと後ろを見ると、若い女の子が並んでいます。おしゃれな格好をさらした、色の白い可愛い女の子、少しつんとした態度も、くすぐります。気になるもんだから何を買いやがったんだと、カゴを見ました。

そこには、ミートスパゲッティと、煮こごりが入っていました。

私は、もう一度その女の子を見ました。可愛い。色が白くて、つんとしていて、くすぐる。

そしてカゴの中をもう一度。

ミートスパゲッティと、煮こごり。

考えてみましょう。まず、ミートスパゲッティ、イメージ通りです。可愛い女の子は、絶対にパスタが好き。イタリア人より食べています。スーパーのお惣菜だから味の保証はないけれど、コンビニより安いし、作るの面倒ですものね。

さて、煮こごり。ご存じない方もいらっしゃいますか？　旅館だとか日本料理屋だとかの前菜に出てくる、何か（私にもよく分かっていません）をダシのゼリーで固めたようなアレ。惣菜として煮こごりを売っているスーパーもすごいのだけど、若くて可愛い女の子のカゴに、ミートスパゲッティと一緒に入っている煮こごりの存在感といったら。しかもあれって、一口で食べるから美味しいものですよね。だのに、4センチ×8センチほどの大きさで白いトレーの上に載ってぴっちりラップ。そして上には半額のシール。何の威厳も上品さもありません。煮こごり界の没落貴族ですよ。

女の子は、どうしても煮こごりが食べたかったのか。今日、家に帰ったら絶対にミートスパゲッティと、「煮こごり」を食べようと、そう思っていたのか。本当に気になります。

例えばスーパーに寄ったものの、「食べたいものないなぁ♥」。可愛い子は絶対に小食。小リスより食べません。うろうろしていたらスパゲッティを発見。「あ、パスタでいっか♥」可愛い子はスパゲッティとは言わない。パスタです。「これだけじゃ寂しいから、何か食べよっかな♥」ここまでは分かる。「あ、煮こごりにしよっと♥」

だめ、おかしい。

そこはポテトサラダとか、コールスローだとか、なんだったらプリンだとかにしてほしかった。煮こごり、て。ミートソースの味に、重ねてダシ？　挙句固まって？　もしかして煮こごりが主役？　パスタは箸休め？　フォークでは？

こんな風に私の妄想は止まりませんでしたよ。そしてふらふらと夢を見ているような気持ちで家路につき、茄子のはさみ揚げをあたためずに食べたのでした。

人のカゴの中を覗くというのはなかなかの悪趣味ですが、やめられない理由に、どうしても気になることがあるからです。例えば、鰻の蒲焼と梅干を同じカゴに入れている人。その日一日で食べてしまうわけではないでしょうけど、食べ合わせのこと、考えてんのか? 卵豆腐と茶碗蒸しを買っている人を見るとなんだかイライラするし、マーボー春雨の素とインスタントコーヒーなんかを入れてる人は、なんだかセンスねえなぁ、と思ってしまいます。

大阪にいるとき、近所のスーパー「食品館ラピュタ」で見た男の人のカゴの中は、ポカリスエットとジャムパンでした。いい、全然いいのだけど、合う？　しかもポカリスエットはペットボトルではなく350ミリリットル缶。急に食べたくなったものがジャムパンで、急に飲みたくなったのがポカリ、でもそんなに量はいらない。「ジャムパンをポカリで飲み下してぇ！」って、人生でなかなか思う欲求ではありません。

つまり、カゴの中身から垣間見れるその人の生活や、その人となりが、気になるのです。鰻と梅干？　ポカリとジャムパン？　みかんと歯磨き粉？　放っておけよ、と思うのですが、私はカゴを見ることで、少しでもその人を知ったような気になります。そしてひとり、ほくそ笑むのです。中には、前述の彼女のようにミラクルなカゴの中身を披露してくれる御人もおり、そんなときは楽しさを超えて気が遠くさえなるのですが、やっぱり私は今日もスーパーに行き、人のカゴの中を見てしまうのです。

趣味は何ですか

「趣味は何ですか？」

よく聞かれることです。お見合いの席で（未経験）、合コンの席で（未経験）、会社の面接で（未経験）。大抵は皆「映画鑑賞です」「音楽鑑賞です」「美術館巡りです」「カフェ巡りです」など、鑑賞したり、巡ったりするのが好きですよね。後は、「水泳」「サッカー」など体を動かすことだったり、中には「人と会うこと」などの、漠然とした日常生活を趣味にまで昇華してしまっている人もいます。

ちなみに私は、趣味はと聞かれると、困ってしまう人間です。

「趣味」を手持ちの国語辞典で調べてみましょう。

①そのものに含まれる味わい、おもしろみ

②実用や利益などを考えずに好きでしているものごと

③選んだものごとを通して知られるその人の好みの傾向

この三つの中で、一般的に私たちが想像するのは、②ですよね。実用や利益などを考えずに好きでしているものごと、といえば、例えば昔は小説を書くのは趣味だと言えました。でも、ある日急に作家になりたい！　自分の小説を活字にしたい！　と思い立ち、そのときからそれは趣味ではなくなりました。本を読むのも、映画を見るのも、音楽を聴くのも、自分では実用や利益を考えていないつもりでも、それに影響されたことを小説に書いたりして、いまいち②から遠くなっていってる気がします。「変な人間を探す」というのも、趣味だったのですが、それも「やった！　エッセイに書いちゃえ！」なんつって、やっぱり②からは離れ、なんとなく姑息な生活を送っているな、と自己嫌悪に陥ってしまいます。

「ええやんか！　趣味を仕事にしてんのなんて、ええやんか！」

うちの母なら言うでしょう。自己嫌悪に陥らなくていい、と。ちなみに彼女も少し前は「趣味が無い」と、老後のことを不安に思っていたようで、でも最近は「お喋り」というところに落ち着き、世界でもトップクラスの無口な父とふたりで暮らしています。

言われてないけど、お母さん、ありがとう。でも、やっぱりちょっぴり落ち込むのです。

何故か。最近、②を恐ろしいほど地でいっているつわものどもと暮らし始めたからです。

それは、四匹の猫です。

ちょっと、彼女たちに、趣味を聞いてみましょうか。

「趣味は何ですか？」

「うんこがたくさん落ちている猫砂の上で、ごろごろと転がることです」

「小さなゴミ袋の中に頭だけ突っ込んで、しばらくパニくることです」

「閉めが甘い水道から垂れた雫を、二時間くらい見ていることです」

「脱いだばかりの靴下を仮想敵にし、勇敢に戦うことです」

まさに②‼　実用？　利益？　ニャンだそら。

彼女たちは、本当に自由です。「気持ちいい」「面白い」という理由だけで生きている。それをすることによって自分の教養を深めよう、脳みそを刺激しよう、健康になろうなんて、微塵も、はなくそほども思っていません。他の子たちはどうでしょうか。落ち込むのは分かっていても、近所に住む猫に聞いてみましょう。

「趣味は何ですか？」

「人んちの縁側の下で、糞をひることです」

「ふすまを破って開けて、きちんと肉球で閉めることです」

「お風呂の湯気を仮想敵にし、勇敢に戦うことです」
②‼　では、犬に。
「趣味は何ですか？」

「廃品回収のトラックが通ると、そのメロディをリミックスして吠えることです」

「もらったハムを埋めて、埋めた場所をすっかり忘れることです」

「自分の尻尾を仮想敵にし、勇敢に戦うことです」
②‼　私の実家にいる、老犬のサニーちゃんにも聞いてみましょう。
「趣味は何ですか？　(耳が遠いので大声で)」

「……買ってきたばかりの靴の、靴底をはがすことです」

②!!

それで何度彼女の頭を叩いたか。古いボロボロの靴をどうぞと差し出しても行儀がいいのに、新しい靴をおろした途端、凶行に走る。それを怒った私たちがどつく。実用、利益どころか、彼女は痛い目をみるんです。でも、靴底が靴から剝がれるあの瞬間の快感を味わいたくて、また新しい靴に手を伸ばしてしまう。これこそが、趣味です。

趣味を、ちょっとでも自分の生活の役に立てようと思っていた自分が、恥ずかしい。死んでしまえ。

ゲロ、うんこの類は人間なので、さすがに出来ませんが、人から「え、何が楽しいの?」「それって、何の役に立つの?」そんな風に言われる、しごくまっとうな趣味を持ちたいなと、今日もゴミを愛で、畳で爪をとぎ、ほうきに闘いを挑み、レコード棚にゲロを吐く四匹のお嬢さん方を見て、しみじみ思うのでした。

仁義返してください

突然ですがね、「仁義なき戦い」に、どはまりしています。

あまりに高名すぎて、私などが今さらエッセイに取り上げることに、ある種のおこがましささえ感じてしまうのですが、「仁義なき戦い」ですよ！　私はこの作品を、すでに両親や担当編集者さん、仲のいい友達、そんなに仲の良くない知り合い、飲み屋で偶然隣に座った人、名前の思い出せない誰か、などに言いふらし、挙句他誌さんのエッセイでも書かせてもらっている始末なのですが、本当に好きなんです、この映画が。

どれくらい好きかって、ここ最近の私の「仁義……」出演俳優陣の物真似を散々見させられている色んな誰かに聞いてもらえれば、私の熱狂ぶりを理解していただけるのにな、と残念に思います。さて、最近の熱狂、と聞いておや、と思われる方もいらっしゃるでしょうね。私がこの作品を見たのは、実はついこの間のこと。作品の存在自体はもちろん知っていたし、友達に嫌というほど薦められてはいたのですが、「ヤクザもんかぁ」と、女らしいところを見せてはどうしても気が乗らず、とうとう今になるまで見ずじまい、という、今から思うとどえらい大損をしていたのです。
どうして今まで見なかったのか、恥ずかしさと悔しさがすぎて、夜中に飛び起き、「なんでじゃいっ！」と、大声で叫びたくなります。出来ることならタイムスリップをして、中学生の私の机にそっとVHSかベータを置いたり、大学生の私の背中をどん！　と押して、新世界東映に放り込みたい。そうすればきっと私の人生は違っていただろうと、そう思います。どう違っていたかは分からない、もしかしたらとんでもないことになっていたかもしれないけれど、でも、もっと多感なうちに見たかった、そう思うのです。

主役は一応、菅原文太さん演じる広能昌三という、昔かたぎのやくざです。一応、というのは、本当に、誰をとっても「主役やろがいっ！」というくらい、個々の俳優さんの演技が素晴らしいからなのですが、それはのちほど。

戦後の焼け跡、マーケットのシーンから物語は始まります。危険をはらんだ喧騒、触れるとすぐに爆発しそうな狂気を、手持ちカメラの映像がとらえていきます。後にこの物語の核となる人物がテロップで紹介されるのですが、ここは本当に日本か、そしてあんたたちは日本人か、と問いたくなるほど、その顔は動物的な闘争心と、泥臭い生命力に溢れている。この人たちが後にやくざ同士の抗争に巻き込まれ、ある者は狡猾に生き、ある者は誰かを裏切りしていくのですが、その変貌ぶりがまたすごいのです。

あるきっかけで人を殺した広能は、刑務所に入ります。そこで出遭った土居組の若頭役に、梅宮の辰っちゃん。漬物屋の前で変な人形になってるところか、娘の恋人を投げやりに許し

ているところしかイメージが無かったのですが、彼がまた渋いんです。出所するために、腹を切って自殺するフリをするのですが、そのシーンの恐ろしさといったら。多分まだまだ技術がなかったのでしょう、よく考えるとあまりに赤すぎる血のりなのですが、そんなこと、軽く払拭してしまう名シーンです。ちなみに血のりは回を重ねる毎にだんだん本物っぽくなっていくのですが、私は、このうそ臭い血の時代の「仁義なき戦い」が一番恐ろしいし、面白いし、興奮します。

「仁義なき」というくらいですから、やくざ世界の仁も義もない、血みどろの抗争を描いているのですが、そこには人間の悲哀やドラマ性を、意図的に排除しているのではないかと思えるような残酷さがあります。よくある任侠道の英雄譚的なものは一切なく、乱暴なほど物語は坦々と進み、あらゆる人があっさりと死んで行きます。「ああこの人なら……」という「いかにも」な存在の人物までも、あっさり、すっぱり。その死に様は決して美しくありません。そしてその人の死を悼む間もなくまた新たな抗争が勃発していくのです。

この、暴力シーンをストイックに淡々と描いていく様子は、キューブリックの「フルメタル・ジャケット」を思い起こさせます。やくざや暴力は決して格好いいものではない、だからといって戦争、暴力反対、なんていう簡単な図式でもない。この映画の画面から伝わってくるのは、ただただ恐ろしいほどの緊張感です。当時の東映の撮影所は、いかなるものだったのか、はは一ん、さては全員なんかやっとったなと、ひとり納得したくなります。

実際、深作監督は撮影中一時間ほどしか眠らず、撮影をし、終わったらスタッフ皆におごり朝まで飲んで、そしてまたそのまま撮影に臨んだそうです。恐ろしい。でもそんな現場の雰囲気が、ひしひしと伝わってくるのです。

何よりやっぱり、俳優陣が素晴らしい。最近のドラマや映画を見ておらず、偉そうなことはふたつ以上言うなとご先祖様に言われているので、ひとつだけ。当時の役者さんの緊張感、格好良さは、今決して見ることは出来ないと思います。私は、小林旭のようなシビレる男の人を見たことは無いし、菅原文太のように、やっぱりシビレる男の人を、見かけたことも無い。先日浅草マルベル堂でブロマイドを買いましたが、小林旭はマンボズボンのポケットを何かでぱんぱんにふくらましていたし、文太は木刀を持って着物にオーバーを羽織っています。（羽織っているだけ、腕は通していません。）梶芽衣子のように美しく泣き崩れる女の人を知らないし、北大路欣也のように悲しい口笛を吹ける人を知らないし、成田三樹夫のような渋い声の「おう」は聞いたことがないし、金子信雄みたいに本気でつぶしたくなる赤い鼻なんて見たことないし、梅宮辰夫のようなどうしようもなく惹きつけられる棒読みも知らないし、松方弘樹ほど目張りの似合う人を知りません。渡瀬恒彦の刹那、川谷拓三の死に様、田中邦衛の姑息、室田日出男の狡猾、池玲子のエロス……。もう挙げていったらキリがない、何せちょっとした脇役の人たちも、驚くほど光っているのです。主役級に。その点だけでも、私はこんな映画を知らない。

もう、出ている俳優皆ＭＶＰですが、中でも私は千葉真一に夢中。「仁義なき戦い」四作品のうち（本当は完結篇を入れて五作品、「新仁義なき戦い」三作品を入れると八作品になるのですが、私の中ではこの映画は「仁義なき戦い」「広島死闘篇」「代理戦争」「頂上作戦」で完結しています）、私が一番好きなのは「広島死闘篇」です。第二作目に当たるこの作品を挙げる方は多いだろうけど、唯一といっていいかもしれないドラマ性と切ない恋、そして暴力的で疾走感溢れる前半と、悲しいほど静かで美しい後半のコントラスト。この作品単独だけでも観る価値のあるものですが、でも私にとってはそんな作品性に加え、「仁義……」四作品の中で唯一千葉真一が出演している作品として注目なのです。

千葉真一は大友勝利という役で出演しています。最初の登場シーンの「おう、わしゃぁ大友連合会のもんじゃい。相手になるけえ表に出い！」という一言は、私が物真似するときに最も得意とする台詞なのですが、とにかく彼のしゃべり方がすごい。少し高めの声とくるくると回るような早口、しゃーしゃーと空気の抜けたような語り口は、物真似し甲斐があるのはもちろん、彼の異常なほどの存在感と相まって、じっと聞いていると頭がぐらぐらします。

これは友達と飲んでいて、なんとなく中だるみしてきたとき急にかますと、結構効きます。中には、なんて言ってるか聞こえないのか、「え？　なんて？」とか、白けちゃうことを言う人もいますが、でも、勝利に対する私の並々ならぬ思い入れだけは伝わるようで、何度もやっていると、「仁義……」を見たことが無い人でも「雰囲気は伝わる」と、そう言ってくれます。ちなみに五作目の完結篇を勘定に入れたくないのは、出所した大友勝利役を宍戸錠が演じているということもあるのです。彼は素晴らしい役者さんかもしれないけれど、だめだ。あの勝利の狂犬ぶりは、千葉真一にしか出来ません。それに完結篇は変に映画的すぎる。

画面の構成や台詞が、なんていうか「出来すぎている」と思うのですが、どうでしょうか。

台詞といえば、私の周りでも「仁義……」役者陣の真似をする人は多々いますが、皆それぞれイイ台詞を見つけることを主眼としています。「くっそ、あの場面を真似しやがるなんて、やるな」とか、「うわ、それ、取られた！」とか、なかなか闘争心をかきたてられる遊びなのですが、でも、無理から探さなくても、「仁義……」はイイ台詞の宝庫です。「吐いたツバ飲まんとけよ」、「あいつら言うたらオメコの汁で飯食っとんのよ」、「間尺に合わん仕事したのう」、「お父ちゃんはお前の好きな金の玉ふたーつ、持っとるけえの」……、役者陣同様、数え上げるとキリがありません。アフレコが少しずれているところもいい。

ここまで書いておいてなんですが、私の拙い文章では、この映画の素晴らしさを伝えきることが出来ません。でも、「ものすごくいいのだけど、伝えきれない！」というもどかしさは、「仁義……」を見た方すべてに共通するのではないでしょうか。何がいい、というのではない。ただただ「いい！」映画。やっぱり私は、そんな映画をほかに知らない。

最近、Aちゃんという友達に「仁義かしてー」（よく考えたら、すごい台詞ですね。仁義を貸して。）なんて言われ、Aちゃんちで鍋パーティをする折に持っていきました。Aちゃんの家は新築のマンションで、一人暮らしなのに37インチの液晶テレビ。朝の五時くらいまでお酒を飲んで盛り上がり、そろそろ帰ってよ、ムードだったのですが、Aちゃんはうっかり、DVDプレーヤーに私が持って行った「仁義なき戦い」を入れてしまったのです。

私？　もちろん、帰りませんよ。だって、37インチで「仁義なき戦い」。広能が、坂井が、山守が、若杉が、大画面で暴れまわっている姿といったら！　結局朝の七時頃までそれを見、実は大友勝利も見たいな、と駄々をこねようと思ったのですが、Aちゃんがベッドでふて寝しているので、しぶしぶ帰りました。そして帰り道、胸に誓ったのです。

「大きいテレビを買おう」

私の家のテレビは、友達にもらった、分からんが20インチ以下。引越しもすることだし、ここはひとつ、大画面で「仁義なき戦い」を見るぞ！　と。そして、買いましたよ、43インチ！　Aちゃんが37なら、わしは43じゃいっ！

それは昨日家にやってきました。和室の中で、「ぶっ」と噴き出しちゃうくらい存在感があるのですが、何せ仁義のため。今DVDは、Aちゃんから別の友人Aちゃん、Y、という順でのらくらと私の友達宅をまわっており、かなりイライラしています。イライラがつのり、とうとう深作監督ものを集め始めてしまいました。「仁義の墓場」「北陸代理戦争」「県警対組織暴力」「恐喝こそわが人生」「忠臣蔵外伝　四谷怪談」「阿部一族」「必殺仕掛人」……。

お金がもちませんよ、みんな、早く仁義返してください。

ルビーの氷雨

今朝起きたときから、頭の中で「ルビーの指環」がループしています。もうかれこれ三時間ほど。声に出して歌ってみたりするのですが、やっぱり寺尾聰さんのあの声じゃないと。あのサングラスじゃないと。

本当に、いい歌ですよね。私はここが好きです。

そして二年の月日が流れ去り　街でベージュのコートを見かけると
指にルビーのリングを探すのさ　あなたを失ってから

目に情景が浮かんできます。この場合の「街」は、そうですね、銀座でしょうか。人が無目的にフラフラと歩いていても、ちっとも貧乏くささが無い街です。その中でくたびれたトレンチコートか何かを着た寺尾聰。色の濃いサングラスの奥の目は、何を見るともなく空を彷徨っています。あれから二年か……、ふと思い出したところ、すれ違う人にぶつかられます。ぶつかった女はちらりと寺尾聰を見て、また興味が無い風な顔で歩いていきます。寺尾聰、小さく「すいません」と言い、目を上げると視界をちらりと横切ったベージュのコートの女。はっとして思わず見る、細い指。そこにルビーの指環は……寺尾聰は……。

どんだけええ女。

二年間も寺尾聰が思い続けた女。いや、思い続けてはいないかもしれない。彼も大人ですし、ちょっとした火傷のような恋も二度ほどあったよ。でも、ふらふらと歩いている街で見かけたベージュのコートに見る「あなた」。黒髪で、色が白くて、楚々として、女の色香がある、そんな人だったのでしょうね。ちなみに私の母はこの「色香」という言葉が大好きです。色気との違いは例えば「白蛇抄」の小柳ルミ子は「色気」で、「ダブルベッド」の石田えりは「色香」、分かりますか。

こういう歌に出てくる「あなた」とか「あの女《ひと》」って、絶対ドレッドにしてない、民族衣装の様なものも着てないし、変な赤い眼鏡もかけていません。ビンテージの汚い八万のスニーカーをはいていないし、ネイルアートなんかもやっていませんよね。なんていうか、今の女の人で、こういう素敵な歌の「あなた」になるような人って、なかなかいない。自分もおおぶりなピアスなんかをしている場合ではないな、と思います。日本の歌に出てくるこういう女の人になれたら、素敵なのになぁ。無理。

今朝の「ルビーの指環」は突然でしたが、私は悲しいことがあると、脳天に響く曲があります。「氷雨」という歌です。

小学一年生からカイロに住んでいたのですが、駐在員の常で父と母はパーティの連続でした。日本のように飲み屋がないのでうちの家でよくそういう会合を開いていたのですが、宴もたけなわになると、大人たちは必ずカラオケをするんです。小さい私たちは早々に寝かされ、眠れない私はよくメイドさんの部屋で遊んでいたりしました。そのとき、誰であれ、絶対に歌っていたのが「氷雨」です。言葉の通じない、でも優しいメイドさんと遊んでいる静かな部屋で、あるいは真っ暗闇のひとりのベッドで、それは聞こえてきました。小さいながら、なんだか面倒くさい女の人の歌なんだということは分かっていました。

飲ませてください　もう少し　今夜は帰らない帰りたくない……言いつつ、
唄わないでください　その歌は　別れたあの人を想い出すから……と他客に注文、挙句、
誰が待つというのあの部屋で　そうよ誰もいないわ　今では……と自問自答。

悲しいメロディのそれを聞くと、望郷の念、母親への恋しさ、自分の寂しさと相まって、胸がきゅうっと痛んだものです。リビングから聞こえる大人たちの馬鹿笑い、酒臭い空気、そして皆が帰った後の両親の言い争い。それらの記憶と、「氷雨」はべったりと貼り付いているのです。

この歌の女の人も、ルビーの「あなた」みたいな人なんでしょうね。

「酔ってなんかいないわ　泣いてない。煙草のケムリ目にしみただけなの。私酔えば家に帰

ります。あなたそんな心配しないで」

そんなん、よう言わんよ？

以前バイトしていたバーにも、女の人がひとりで飲みに来ることはありましたが、

「飲めばやけに涙もろくなる、こんなあたし許してください」

なんて言う人はいなかったし、よしんばいたとしても、

「え？　なんて？」

みたいな感じで、軽くあしらっていたでしょうね。日本の美しい情景、日本人の心を、私たちは失っているのかもしれません。

Are you GA?

苦手な生き物ありますか？

私は、カエルとネズミが大嫌いです。カエルの、あの表情の無さ、水かき、喉、生き方、精神性。全てが駄目です。カタカナの雰囲気も気持ち悪い。縦に書くと、「ル」の跳ねが脚に見え、ともすればカエルが水中で体を伸ばしているように見えます。ネズミは、東京に来るまでは、何とも思わなかったのですが、バイト先に出没するようになってから、カエルをごぼう抜きして、地球上で一番嫌いな生き物になりました。くさい、汚い、危険、気持ち悪い、こっちに来る。６Ｋですよ。

それとは別に、蛾。

嫌い、というわけでも、怖い、というわけでもありません。「チョウチョは綺麗なのに、ガはどうして気持ち悪いの？」というありがちなパンピーの意見とも違います。しいて言うなら、「気になる」存在なのです。それは、ある思い出があるからです。

私が、まだ大阪の実家で家族と暮らしていたときのこと。

ある日、終電間際の電車で地元の駅に着きました。扉が開くと、疲れた顔をした人たちが、続々と降りてきます。エスカレーターで下っていると、そんな疲れた雰囲気の中、くすくす、と笑う声が聞こえました。そしてその「くすくす」は私の周りで、少しずつ広がっていきました。いつもの癖で、「皆が、私を笑っている」と思ったのですが、どうやら違うようです。視線を辿ると、私の七人くらい前に、中年のサラリーマンが、がっくりと首をうなだれて立っています。そして、彼の背中に、ものすごく大きな蛾が、羽を広げてへばりついていたのです。ちょうど、両肩甲骨の間、刺繍のように。

思わず、私も「ぶっ」と、小さな声で言ってしまいました。

「わははー、このおっさんの背広、ネズミ色やろ？　わしの体もネズミ色やさかい、バレてない、バ、レ、て、な、いっ！」

と、ご機嫌な蛾の声が、こちらまで聞こえてくるようでした。何より、そのぐったりと疲れたサラリーマンの後姿と、汚くて大きな蛾が、随分としっくりきていたのです。「写真、撮りたい……」私は、そう思いました。しかし、そんな茶目っ気のある気持ちも、三秒後には、滂沱の涙と共に吹き飛ぶことになります。

「あれ、なんか、あの人、見たことある……」

エスカレーターを降り、歩き出したその人は、私の父でした。

「お父さんっ‼」

私は、思わず大声を出してしまいました。さっきまで「わはは、かっこわる」と笑ってたくせに、私は周囲に激怒しながら、走りました。父は、疲れて赤くなった目をこちらに向け、言います。

「お、おお……。加奈子か。おかえり」

「おかえり」は、お父さんの方やで！「お疲れ様」は、お父さんの方やで！

彼は朝から私たち家族のために、くたくたになるまで働き、飲みたくもない酒を飲んで、遠いマイホームまで帰ってきたのです。それを、なんだ、あの蛾はよりによって、どうして、私の父に？

「お父さん、背中にめちゃめちゃ大きい蛾ついてんで（笑）」

言えねー。

「皆に笑われてたで（笑）」

言えねー。

「うちも、笑っててんで（笑）」

言えねー！

私は、父に気づかれないように、その蛾を払おうと思いました。「なんか、ゴミついてんで（笑）」

パシッ。最初は蛾の付近を軽くはたいたのです。でも、蛾は、一向に動きません。

「?! おっと驚いた。なんやゴミでもついとったんかいな。でも、大丈夫。バレてへん、バレてへん」

ばかやろう、お前の姿は丸見えだよ。私は、もっと強く、はたきました。でも、動きません。終いには、父がつんのめるくらい強くはたいたのですが、動かないんです。

「バ、レ、て、へんっ！」

とうとう私は、蛾の羽をむんず、と摑みました。さすがにここまでやったら、蛾も逃げるだろうと思っていたのですが、なんと、それでも彼は、父の背中にしがみついて、離れないのです。

「お、お？　なんやコラ。自分、わしの姿が見えるんか？　お、お？　やるやないか」

私と蛾の、静かな戦いが始まりました。歩いている父に気付かれないように、私は蛾の羽をむんずと摑んだまま、ぐい、と引き離しにかかります。

「(離れろー)」

「いたいいたいいたいいたいいたいいたいっ」

「(うちの、お父さんから、)」

「あ、あーっ、何すんねん、あーっ、あーっ」

「(は、な、れ、ろーっっっ)」

ぶちっ

なんということでしょう。とうとう、蛾は、脚を六本、父の背広に残したまま、引きちぎられてしまったのです。

「この恨み、はらさでおくべきか〜」

私は彼の断末魔の叫びを聞きながら、その体を地面に叩きつけました。

て、いうか、逃げろよ。

それから、数年後。一人暮らしを始めた私の部屋に、ある日、また、蛾が出没したのです。

（続く！）

Yes, I am GA!

前回、蛾の話で思わず興奮して、(続く!) なんて書いてしまいました。

あれから数日経ち、いざパソコンに向かうと、「そない、引っ張る話でも……」と、改めて気付き、しれーっと別のことを書いて、続編は無かったことにしようかと思いました。しかも、これはエッセイ、随筆です。心に思い浮かんだ自由な事柄を、自由な態度で書くものである、と、私は連載第一回目にして宣言しています。

そやし、もう、ええか。

雨が降ると、ビニール傘を持っていこうか、お洒落傘を持っていこうか、迷いますよね。出先に忘れてきてしまうことが多いので、ビニール傘だと大して悔しい思いをせずに過ごせるのですが、お洒落傘だと、とても悔しい。かといって、いつまでもお洒落傘を使わないと、何のために買ったんだ、ということになり、それはそれで……。

……………………。

やっぱり、蛾の話をします。

ある日、一人暮らしの家に帰ると、窓に、蛾が張り付いていました。数年前私が命を奪ったあの蛾のような、大きな大きな羽を持っています。

「わははー、ここの窓、えらい汚いやろ？　ネズミ色なっとるやろ？　わしの体もネズミ色やさかい、バレてへん、バレてへん！」

そんな陽気な声が、また聞こえてきました。私はため息をつき、二度目の殺生を避けるため、窓をゆっくりと開け、そのまま蛾を逃がそうとしました。でも、蛾は動きません。

嫌な予感がしました。私は、孫の手を持ってきました。「ほれ、ほれ！」なるたけ大きな声を出しながら、蛾の体の回りを、孫の手でカツンカツン叩きます。

でも、蛾は、一向に動きません。

一緒や！　あのときと、一緒や！

私は、愕然としました。

蛾って、何で逃げへんの？

私は、雑誌を持ってきて、蛾の体を、軽くはたきました。すると蛾は、ぶぶぶぶ、と羽を震わせました。

「お？　おお？　何やこら、自分、わしの姿が見えとんのか？　おい、やるやないか」

一緒や！　あのときと、一緒や！

私は彼を追い出すことをあきらめました。窓を少し開けておけば、いつか自然に出て行ってくれるだろう。そう願い、暗澹たる気持ちのまま、眠れない夜を過ごしました。

朝、目が覚めても、外出先から戻ってきても、その蛾は、いつもの場所、窓に張り付いています。いつご飯食べてんの？　丸見えやで？　擬態って、何？　なんで、逃げへんの？

そんな生活が、一週間ほど続きました。私はもう、彼（彼女）を追い出すことをあきらめ、横目で彼の姿を見つつ、ご飯を食べ、本を読み、布団に入る生活に、すっかり慣れてしまいました。

そんなある日、私が家に帰ると、いつもの場所に、蛾がいません。

「⁉」

私は、慌てて、あたりを探しました。いなくなっていたら、万々歳なのです。それは、分かっています。でも、一週間以上も共に過ごした結果、私は言いようのない愛着を彼（彼女）にもってしまっていたのです。

そして図らずも、私は「なんか寂しい」とまで、思ってしまったのです。

「G、G」

名前を呼びながら部屋をうろうろしても、蛾はいません。ああ、そうか。彼（彼女）は、家を出て行ったのだ、どこか他に素敵な場所でも見つけて、そちらに移ってしまったのだ。

悲しい気持ちでその場に座り込むと、あれ？　聞こえます。ぶぶぶぶぶ。羽音が聞こえます。ぶぶぶぶぶ。

まさか⁈　音のする方を見ると、

「こっちやで」

蛾が、天井に張り付いていたのです。

「窓際、暑いさかいな、こっちに移ったんや」

良かった……！

私はほっと胸をなでおろし、またいつもの生活を始めたのでした。

彼（彼女）は結局、あと十日ほど滞在して、今度は本当に出て行ってしまいました。そのときの寂しさは、今まで感じたことのないものでした。

蛾。

以上のような理由で、とにかく奴らがやってくると、私は、「どうしていいか分からない」という状況に陥ります。ゴキブリなら優しく微笑んでつぶすし、カエルなら二度と家に帰りません。

でも、蛾。奴の扱いだけは、未だに分からないのです。

風の谷の家電

このエッセイにも度々登場してくれている親友のYですが、彼女と私は、とにかく仲がいい。相思相愛です。自分ではっきり言ってしまって、はばかりません。

仲がいい、という状態になるのは、色々な要素が必要ですが、やはり大きな理由のひとつに「気が合う」ということが挙げられます。「面白い」と思うことが似ている、「恥ずかしい」と思うことが似ている、そして、「気になる」ことが似ていることです。

私たちふたりが、共通で気になることがあります。

家電です。

引越し時期も重なっており、去年から、私たちふたりに家電ブームが巻き起こりました。始まりは、掃除機でした。私は今までずっと、誰かのおさがりの掃除機だとか、中古で買った洗濯機だとか、大阪時代から持っている家電で、何の苦労も感じませんでした。しかし、そんなウブな私に、ある日Yが、

「西さん、うち、ダイソン買ったばい」

と、言ってきました。ダイソン？　あの、吸引力が、一生変わらない？　CMや街頭の広告で何度か見たことがあるアレですが、外国製のええやつ＝高い、と思っていた私は、そんなものに見向きもしなかったのです。でも、Yは、言いました。

「西さん。ダイソンてな、排気口から出る空気が、うちらが日常吸う空気の、百二十倍綺麗らしかよ！」

百二十倍綺麗?!　掃除機の排気口から出る、あのくさい空気が?!

「うちも、買うわ」

買いました。八万円。

「西さん、一生掃除機の紙パック買い続けると思ったら、安かよ！」

次は、空気清浄機でした。うちは猫がたくさんいるので、何かいいものはないかな、と思い、適当に無印良品の可愛いやつでも……と思っていたのですが、Yが言いました。

「西さん。うち、ナショナルのナノイーゆう空気清浄機買ったバイ」

ナショナルの？　なんで、それ、ええの？　Yは、言いました。

「西さん、ナショナルの空気清浄機ってな、ナノレベルの汚れや、布にしみついた匂いまで、取ってくれるらしかよ！」

ナノレベル？　何レベルか分からんが、なんかすごそう‼

「うちも、買うわ」

買いました。三万円。

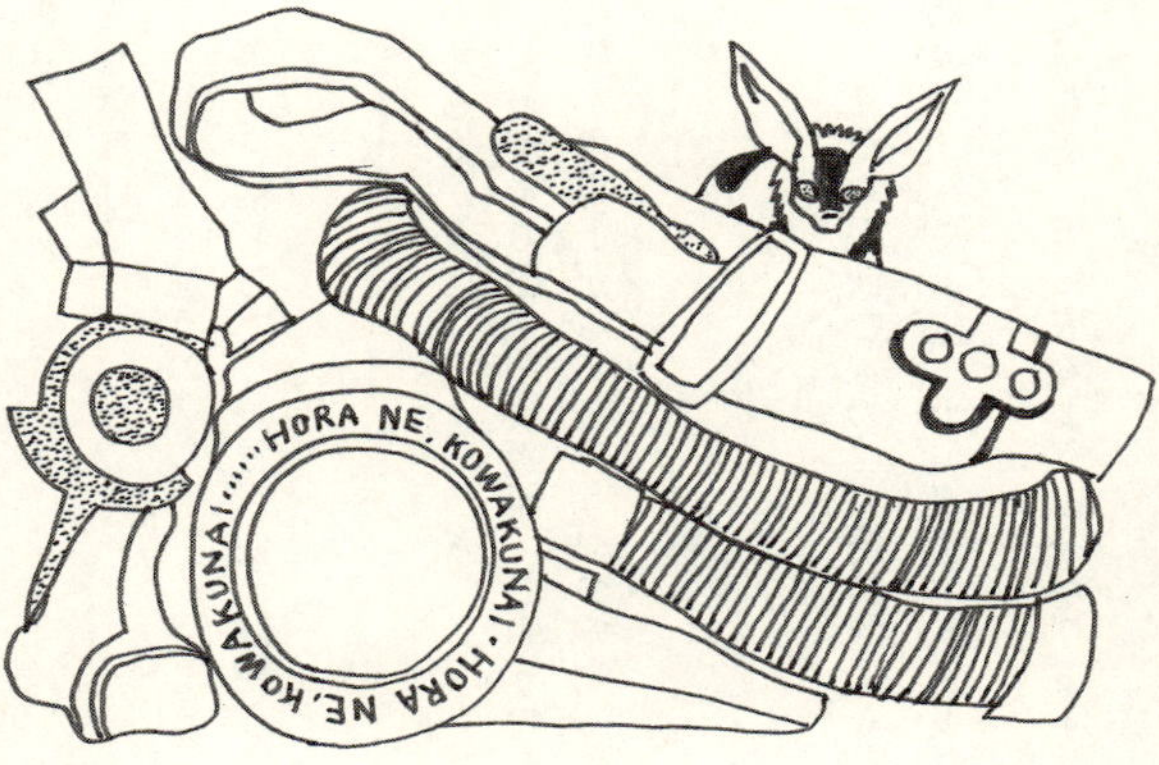
HORA NE, KOWAKUNAI・HORA NE, KOWAKUNAI……

「西さん、ファブリーズ一生分買うと思ったら安かよ」

二人で温泉に行ったある日。

「西さん、うち、ナノケアゆうドライヤー買ったＢＵＹ」

ナノケア？　またナノ?!　普通のドライヤーと、どう違うの？

「西さん、ナノケアってな、ナノレベルから傷みを補修してくれて、使えば使うほど、髪の毛が綺麗になるらしかよ」

買いました。二万円。

「西さん、トリートメント一生分買うと思ったら安かよ」

そんなこんなで、ある日私は、テレビで、お釜が炭で出来た炊飯器、というのを発見しました。十万円。炭で炊いたように美味しいご飯が出来上がる、というやつです。私は、Ｙに相談しました。すると、Ｙは言いました。

「西さん、一生熾す炭代考えたら、安かよ」

今心の中は、その炊飯器でいっぱいです。

最近では、洗濯機から出る洗濯後の排水が、私たちが飲む水の二百倍綺麗にならないものか、加湿器から出る水蒸気で、猫の肥満や私の老化、ひいては飽き性が直らないものかなどと考えています。

ナウシカが腐海の森を浄化しようとした気持ちが、手に取るように分かります。

料理のこと

エッセイ、というものの連載をするようになってから、やはりエッセイ集、というものが気になって、読んでいます。伊丹十三さんのエッセイが大好きで、眠る前に三、四編読んだり、他にも池波正太郎さんや森茉莉さん、向田邦子さんのものなどを読み、それから改めてウェブを開いて「ミッキーかしまし」を読み、死にたくなるという毎日です。そして、ふと気付きました。私は、料理に関するエッセイが好きです。昨日も青山ブックセンターで、『池波正太郎の食卓』『いしいしんじのごはん日記』『つまみぐい文学食堂』を買いました。写真や作り方が載った料理の本も大好きなのですが、活字で書かれた料理に、何かぐっとくるものがあります。「じゃこのたまごやき」「えびとみつばのかきあげ」「たけのことわかめのぬた」など、写真で見るより、活字で読むほうが好きです。絶対に知ってる料理なのに、何故か、見たこともない素敵な料理のように思えてくるのです。

普段私は、ほとんど自炊しています。外食は大好きなのですが、酒が入るとあまりごはんを食べないし、せっかく美味しいものを食べさせてもらっても、酔っ払ってほとんど覚えていなかったりします。しかもビールばかり飲んでいるので、ビールみたいなおしっこをたくさん出し、ちっとも自分の体のためになっていないような気がします。

なので、血となり肉となる、日々の自炊料理というのがとても大切です。

よく作るものは、煮物です。煮崩れないように、とか、素材の味を生かして、だとか、全然考えていません。材料を鍋に放り込んで、ぐつぐつ煮る。それだけです。小あじをグリルで焼いて、びっくりするくらいたくさんのネギと一緒におしょうゆで煮る。カブ、ホタテの缶詰を汁ごと入れて、カブがくずれてしまうくらいまで柔らかく煮る。片栗粉をつけた牡蠣を焼いて、ショウガと酒とおしょうゆで煮る。肉じゃがにはバターを入れ、豚の角煮にはハチミツを入れます。本で読んでやってみた、里芋の煮物にピーナッツバターを少し入れたのも美味しかった。

コロッケも好きです。この前やった鍋のあまりのキャベツがたくさんあったので、今日はキャベツたっぷりのコロッケを作りおきしました。他にもブロッコリーのコロッケ、かぼちゃのコロッケ、ネギをたくさん入れても美味しいし、ひき肉のかわりに牛肉の細切れを醬油と砂糖で炒めたものを入れても美味しい。「美味しんぼ」で小料理屋のハルさんが作っていた、イカをペーストにしたものに炊いたご飯を入れたコロッケも、少し手間ですが、とても美味しんぼ。

味噌汁は、毎日、豆腐とワカメです。たまにエリンギとネギ、油揚など。ヨーグルトを、ほんの、ほんの、少し入れると味がしまって美味しくなります。

友達が家に来るときは、「巻物づくし」でいきます。キムチとクリームチーズとキュウリを、酢飯ではなくごま油と塩味のごはんで巻いた海苔巻き、鰻を卵で巻いたう巻き、もやしとニラとしいたけの春巻き、オクラとトマトとモッツァレラチーズを豚ロースで巻いたトンカツ。ぐるぐる巻いていると、なんか落ち着く。

子供の頃から大好きで、でも、たくさん食べさせてもらえなかったものがあります。竹の子とわかめの煮物です。普通は「わかたけ煮」と言うのでしょうが、うちのはそんな上品なものではありません。大きな竹の子を丸ごとひとつ、ヌカと一緒に茹で、ぶつぶつと大きく切って、戻しておいた大量（！）のワカメと一緒に煮ます。味つけは塩とお醤油だけ。私はこれが大大大好きで、でも小さな頃は、竹の子食べ過ぎるとジンマシン出るで、ということで、あまり食べさせてもらえませんでした。

大人になった今、ビックリマンチョコを箱で買うように、春になれば狂ったように竹の子を茹で、大鍋で大量にそれを作ります。二、三日経つと、ワカメと竹の子のとろみが出てきます。それをご飯にかけて食べるのです。本当に、美味しい。二日酔いだろうが、酔っ払いの最中だろうが、それだったら、絶対に食べられます。

もうすぐ、春です。

きっとその頃にお会いする機会があれば、私の体から竹の子とワカメの匂いが漂ってくるでしょう。大人って、ええなぁ。

情熱大陸

私の友人で、Yという男の子がいます。彼はテレビの番組を作る仕事をしているのですが、この間彼と飲んだとき、大変有意義な話をすることが出来ました。

仙台の某パチンコ屋のCMに、革命戦士・長州力が出演していた、というところから、話は始まりました。そのCMは、こんなだそうです。

『延々と、トレーニングをする長州。画面からは、緊張感がみなぎっている。ひとしきり汗をかいた後、長州は飯を食おうとする。しかし現れたのは、丼鉢一杯にもられたパチンコ玉。長州、それを手に、「こんなん食えねーよ（笑）」と、破顔。』

素晴らしい。

私はYに持ちかけました。そのCMを作ったプロデューサーを、「情熱大陸」で特集してはどうだろうか。「情熱大陸」ご存知ですか。毎日放送制作の、情熱を持った誰かを追い続けるドキュメンタリーです。Yは俄然張り切りました。そして、「情熱大陸・CMディレクター某の話」を、ふたりで構成していきました。

まず、傾きかけたパチンコ屋が起死回生を図り、某に依頼をするところから始まります。某は最近スランプに落ち込んでおり、自分の撮りたいＣＭとは何か、そして、皆にとっていいＣＭとは何かが、分からなくなりかけていました。そんなときにこの話があり、迷いながらも、「やってみよう」ということになります。まずは、ＣＭに誰を起用するか、という会議です。

『会議室に集まるスタッフ。某の後ろのホワイトボードには、たくさんの出演者候補の名前が。「矢崎滋？　峰岸徹×　畑正●●●」

ナレーター「なかなか、決まらない。時計は、深夜二時を、まわった。スタッフに、疲労の色が見え始めた。そのとき」

某「……長州……。長州はどうだろう？」

スタッフ「（ざわつく）」

ナレーター「某の一言で、空気が、変わった」

スタッフ「……それ、いいっすよ、うん、いい！」

某「長州だ、長州で、行こう！」

某の書く「長州力」の力強い文字のアップ。』

体の弱かった幼少時代、テレビで活躍する長州や藤波に思いを馳せていた某の写真のアップ、長州になかなか連絡がつかない、発注していたパチンコ玉を載せたトラックが道路で横転、トレーニングマシーンがお菓子で出来ていた、などのトラブルカットが続き、とうとうCM収録本番。
『現場入りする長州。
ナレーター「スタッフに、緊張の色が走る。連日のハードスケジュールからか、皆疲労を隠しきれない」
某「はい本番、よーい、スタート！」
撮影を進める長州。
ナレーター「某の脳裏に、この日までの苦労が、フラッシュバックする。自分にとって、CMとは何か。自分は何を、人に伝えたいのか。某にはそれが、分かりかけていた」
モニターを覗く某。
ナレーター「撮影は順調。しかし、最後のカットで、長州の動きが、止まった」
長州「こんなもの食べれないよー……う～ん、ちょっと（カメラ）止めて」
ざわつくスタッフ。不安げな顔で、長州に駆け寄る某。
ナレーター「最後のセリフ、こんなもの食べれないよ、に対し、長州は、違和感を覚える、と言う。撮影は中断。某に、焦りの色が見える」
心配そうに見つめる某の目線の先、ぶつぶつ何かを呟く長州。
ナレーター「そのときだった」
長州「こんな、こんなん……食べ、う～ん。食えない。食えねえよ。……ん？　……こんなん食えねーよ……。こんなん、食えねーよ！」
某のアップ。目が輝く。
某「長州さん、それ！　それ、いいですね！　こんなん食えねーよ！」
ナレーター「長州力が、自分の言葉で、自分の感情を、露にした、瞬間だった。そのとき、皆が、ひとつになった」
某ひとりのインタビューカット。
某「分かったんですよね。自分にとって、いいＣＭって何かが。僕ひとりが作るのではない。皆で作り上げていくもの。長州力という人間の、あの一言で、教えられました。僕はＣＭを作ってるんじゃない。生き物を作ってるんだって、ね」
エンディングテーマ　葉加瀬太郎「エトピリカ」流れる
某「よーい、スタート‼」
長州「（嬉しそうに）こんなん食えねーよ！」
ナレーター「リングでは見せない、長州の笑顔が、そこに、あった」』
私たちの「情熱大陸」は止まりませんでした。新日本プロレスの犬軍団、後藤・小原の小原が、現在中古車専門店ガリバーで働いているらしいが、そこに引退した後藤が中古車を買いに行くまでを追う、というのはどうだろう。越中詩郎に「越中さんにとって、（必殺技の）ヒップアタックってなんですか？」ひいては、「ケツってなんですか？」と質問するのはどうだろう。など。

毎日放送の人、パクるんやったら、一声かけてくださいね。

テールズオブ合コン

遠のくケーキ入刀、ゴンドラ入場、お色直し、誓いの言葉、ブーケトス！

こんにちは、西加奈子です。

結婚願望が強いあまり、料理好きだよ！ 洗濯は毎日しなきゃ駄目なの！ 掃除は掃除機をかけただけでは掃除とはいわない、拭き掃除までよ！ という「ねえ、あたし、いいお嫁さんになるよ！」アピールははなはだしく、「重い」ひいては「ウザイ」と、男の人に敬遠されています。NU KA KU SA I！！

そんな私の窮状を見かねてか、編集者の方や友人が、「合コンしてあげようか」と、言ってくれます。

TOBITSUKE・YO！ と、心の中の私が言うのですが、もうひとりの私が細い目で、私をじっと見ているのです。

「大丈夫……？」

二〇〇七年、原油が高騰し、十七年ぶりにチョコレートやカップ麵が値上げされた今となっても、私は「合コン」というものに偏見を持っています。

「合コンなんかに来る男、ロクな奴おらへんわ！」

という、アレ。「合コンに来る男＝チャラい」と思ってしまっているのです。私自身チャラッチャラにチャラく、チャラさが過ぎて体が透明になりそうな感じなのですが、己のチャラさを棚にあげて、あえて言います。

「合コンに来て、出会いを求めて、それが本当の愛だと言えるの？」

バック・トゥ・ザ・フューチャー。

でも、心のどこかでは、思っているんですよ。仕事が出来て女遊びもせんくて親思いで優しくて照れ屋でプロレス好きで不思議本愛読も許してくれてうちの小説読んでへんくてとにかく素敵な人が「合コン？　やだよ！　俺ぜってぇ行かねぇからなっ」とか言っててもその人の友達が「美味しんぼ」の栗田さんの周りのおせっかいな女みたいな男で「お前このままだったら一生独り身だぞ！」とか言って強引に連れて行こうとして「いいよ、俺一人で（怒）」とかタクシーの中でも言うててほんまに嫌そうで仏頂面で合コンの待ち合わせ場所である新宿東口に連れて来られる。そこにいる「合コンなんか嫌！」とか言うてでも編集者の人が「西さんが来ないと、私の顔が立たないんで！」とかなんとかの理由で無理やり約束させられ当日も「え？　今日やったっけ？」とか忘れちゃってたりしてがっついてなくて「西さん！　頼みますよ！」て怒られて連れて来られた私。

合同コンパの夜
NUKAKUSAI
ADVISORY

なんつって、出会ったときはお互いなんとも思ってないし、飲み会がいざ始まっても私たちふたりだけなんとなく盛り上がっておらず皆も最初は気を遣ってたけど段々自分たちのことに夢中になって気が付けば彼と私だけその場の雰囲気から取り残されててチラと目とか合ったりするけどお互い照れくさいもんだからフイと逸らしちゃったりして二時間後。

「あ……」

ふと見えた彼の背広の後ろに大きく近藤勇の陣羽織の裏に妻が刺繡した髑髏のマークがマジックで描かれていて、

「いさみ……」

て思わずつぶやいた私に彼反応、

「え？　幕末、好きなんですか？」

そこから会話が始まり「毎年龍馬の墓参りに行くんです」とか恥ずかしそうに言った私をまじまじと見て「そういえば、お墓で会ったような気がする」と彼。私思い出し「あ、高杉晋作の墓の前で奇兵隊の歌をラップしてた人ですか」て言うと「そうです、あのときあなた、吉田松陰の辞世の句を百八回叫んでましたよね……？」会話はどんどん盛り上がり、
私「くすっ。髑髏のマークは、マジックで描くんじゃなくて、刺繡した方がいいですよ」

彼「（照）でも、刺繡なんて国宝級に難しいこととしてくれる人、いないんで」

私「（照）私で良かったら……」
彼「刺繍、できるんですか⁉　キャトルミューティレーションの謎を解くより難しい、あの刺繍を？」
私「キャトルミューティレーションの謎も、刺繍糸と一緒に、解いてみせますよ」
彼「キャトルミューティレーションの謎まで？　僕、そんな家庭的な人大好きなんです」
私「今私が利き手で握ってるヌカ漬け、自分でつけてるんです。この鎖骨に載せてる梅干も自分で作ったし、自分の墓石も、山から削りだして、今利き手で彫ってます」
彼「結婚してください」
私「えっ……」
彼「あなたしかいない。結婚してください。」
私「私で良かったら」
　みたいなことがあったらええけど……（照）。
　以上のようなシチュエーションにしてみせる自信のある方は、どうか合コンゆうもんを開いてみてください（土下座）。

餅と乙女

犬も猫も好きです。

犬の「撫でる？　ねえ、撫でる？」と期待に胸膨らませている表情が好きです。ボールを持てば「投げる？　ねえ、投げる？」。立ち上がれば「歩く？　ねえ、歩く？」。あの、どこまでもキラキラした、無垢な黒目勝ちの目が好きです。ちぎれそうなほど振る尻尾が、地面を蹴る香ばしい匂いの肉球が、後ろ足を持ち上げたときの困った顔が好きです。可愛さが過ぎて、撫でるだけでは足りず、私はよく実家の犬を噛んでいました。「痛いけど、これ、遊び？　ねえ、遊び？」彼女は決して、私を押しのけはしませんでした。

猫の「むー」という表情が好きです。「きょとん」でも「ぼけーっ」でもなく、「むー」という表情。あえて言うならば、「無ー」。確実に何も考えてない、前足を胸の下にしまいこみ、尻のあたりをまあるくふくらませて、少し据わった目でする、「むー」が好きです。仕事をしているとき、ふと顔をあげた先に猫の「むー」があると、もう、何もかもやる気がなくなります。以前猫を七匹飼っていたことがあり、ご飯を作っている際、あまりの「無」光線にふりむくと、全員がこちらを見て、「むー」「むー」「むー」「むー」「むー」「むー」「むー」となっていました。カレー鍋にカレンダーを突っ込みそうになりました。

「時」っていう概念、消えちゃえ。

実家では犬を飼っていたことがあり、今は猫を飼っています。

私はとても幸せです。


実家で飼っていた犬のサニーちゃんは、見た目は使い終わったマッチ棒のように貧相で薄汚い雑種でしたが、心は清廉な乙女でした。私がどこかから帰ると、

「あら、あら？　か●●さん（なんとなくカ行の名前であることは分かる）帰ってきはったわ、帰ってきはったわ！」

と私を見つけるや、

「か●●さん、おかえりなさいおかえりなさいっおかっさいおかえりなっっ」

乙女が自分のふわふわのスカートを手で持ち上げながら可憐に走って来るように、ケツをぐるぐる振り回しながらやってきて、

「どこいってはったの？　か●●さん、どこいってはったの？　お帰りなさどこいってはったのどこいっおかえりなさいおか」

と、乙女が嬉しさのあまり頰を染めるように、小便をじゃーじゃー垂らしていました。超乙女なもので、「あ！　おしっこ漏らした！」などとこちらが言おうものなら、

「あらっ、あらっっ！　いや、はずかしはずかしはず嬉しいうれどこいってはっ？」

と、腰をくねくね揺らします。

一方現在飼っている猫の餅（オカマ）。私が帰って来ても、

「お？　あたしに危害を加える気がない飯と水をくれる腹の柔らかい人間（それくらいしか認識していない）が帰って来たわ。寝てたーのーにー、まあ、でも、嬉しくなくもないこともないような気もしないでもないような感じがしないでもないこともないし、とりあえず、行ってやるわー」

と、大変回りくどい態度、森繁久彌がステージに上がる動きでのっそりと現れ、「ただいま」と言った私に、

「あーたーしーをーみーてーっ！」

と絶叫。腹を出し、床をごろごろ転がります。おしっこなどを恥じることもなく、

「小、してくるから」

とクールに私に言い放ち、猫砂ボックスヘイン。猫砂をごるごるかいて、

「ああああああああ、小だと思ったら、大が出たわよーっっ！」

と、急な大声で私に報告しに来ます。そして、お尻を私の方に向けます。私は餅のお尻を隈なくチェックし、「綺麗に大、お出来になりましたね」と褒めさしていただくと、また、

「小と思ったら、ね。」

とクールに言い放ち、「むー」という顔で、横になります。

サニーは死んでしまいましたが、もしサニーと餅が一緒にいたらどうだったろう、と想像するとき、私の幸福は最高潮になります。
サ「餅さん、餅さんの体って、白くって、えらいこと柔らかくていてはっていてはるのね」
モ「……（左目だけ開ける）」
サ「餅さんもうここ五時間くらい、私のお腹にもたれて動きはれへんね、五時間くらいっ動きはれへんねっ」
モ「……（足裏を舐める）」
サ「私動きたいんやけど、お腹空いたんやけど、餅さんが動きはれへんね。ええんよ、ええんよ」
モ「……（肛門を舐める）」
サ「動かはれへんねっ。ええんよっ、ええんよっ、それにしてもやわらか」
モ「むー」
サ「あれっ？」
モ「むーむーむーむーむーむーむーむー」
サ「いや、目開けて寝てはるわっ、いやぁ、モチさん目開けて寝てはるわっ。あれ？　うちも、モチさん見とったら……ねむなって……ぐう」

モ「あのさぁ！」
サ「えっ（小便漏らす）！！！」
モ「大しに行くわよー！！！！！（立ち上がる）」
サ「いやぁ、モチさん自由やわぁ、自由やわぁ！」
モ「（横になり）むー」

私の午後の妄想は止まらず、体にふくふくと幸福を溜め込みます。仕事なんて進みませんよ。

そしてその後は、哀しくなります。

サニーちゃんはもうこの世におらず、モチもいつか、私を置いていってしまうからです。

私は、犬も猫も、好きです。

炭のカマネー

買ってやった。

買ってやりましたよ。

以前このエッセイで書かせていただきました、お釜が炭で出来ている炊飯器。欲しい欲しいとは思っていたのですが、家の炊飯器はまだ働いてくれていることであるのに、「もうお前、ええわ」言うてあっさり燃えないゴミに出すなどすると、丸い地球に住んでいるため自分に悪行が返って来、「西先生！　今回書下ろしの執筆をお願いさしていただいていたのですが、他に立派な作家先生が多数いらっしゃることもありまして、なんと申し上げたら良いか、うん、もうお前、ええわ」などと言われる恐れがあり、挙句一度そういうことをしてしまうと勢いがつき、「まだレンジ動いてるけどオーブンになれへんもんやからヘルシオ買お」とか「洗濯機回るのは回ってるけど靴の除菌出来ひんからドラム式洗濯乾燥機買お」など、家庭内家電下克上のため財布が破裂、などという事態になりかねないと危惧するあまり、うずうずする気持ちを抑えながら日々を過していたのです。

たまにビックカメラの家電のコーナーに行っては「ええなぁ、やっぱええなぁ」と新しい家電を嘗め回すように見、実際べろべろ舐め、帰りがけに新しい電池を買うなどして己の欲求を小さく発散させていたのですが、この前、とうとう、炊飯器が、壊れました。

いつも米を二合炊くのですが、ある日炊き上がった炊飯器の蓋を開けると、芯を残したまま周りが餅のようにどろどろに溶けている、という、炊き途中なのかおかゆなのか分りかねる代物がそこにありました。原稿を大量に書いた後は頭がスカスカになり、うっかり満チンのカレー鍋をひっくり返したり、うっかり猫の肛門の匂いをガチで嗅ぎしばらく動けなくなってしまったりするので、その日ももしかしたらぼうっとしていて水加減を間違えたのかと、諦めて雑炊やリゾットにして食べたのですが、数日後、また同じようなことが起こりました。今度はしっかり、お米の分量や水加減を見、白米モードにセットしてからの出来事。

「壊れた……！　壊れた！」

その日はレンジでチンして食べるコンビニの白米を「臭い」と文句垂れながら食べ（味とかよく分からないのですが、そう言った方がなんかグルメいうか、通いうか、分ってる人っぽくてええかな、て思って）、翌日意気揚々とビックカメラ新宿店へ向かったのです。

ビッカメ、楽しぃー。

ぴかぴかの家電が並ぶ六階フロアーはパラダイスであります。ことに、何かをはっきり買おう、としているときには！　私は金色の野原を歩くナウシカのような気持ちで、「うふふふ」「うふふ」とそこいら中をふわふわ飛び回りました。偶然ビックカメラにめちゃくち

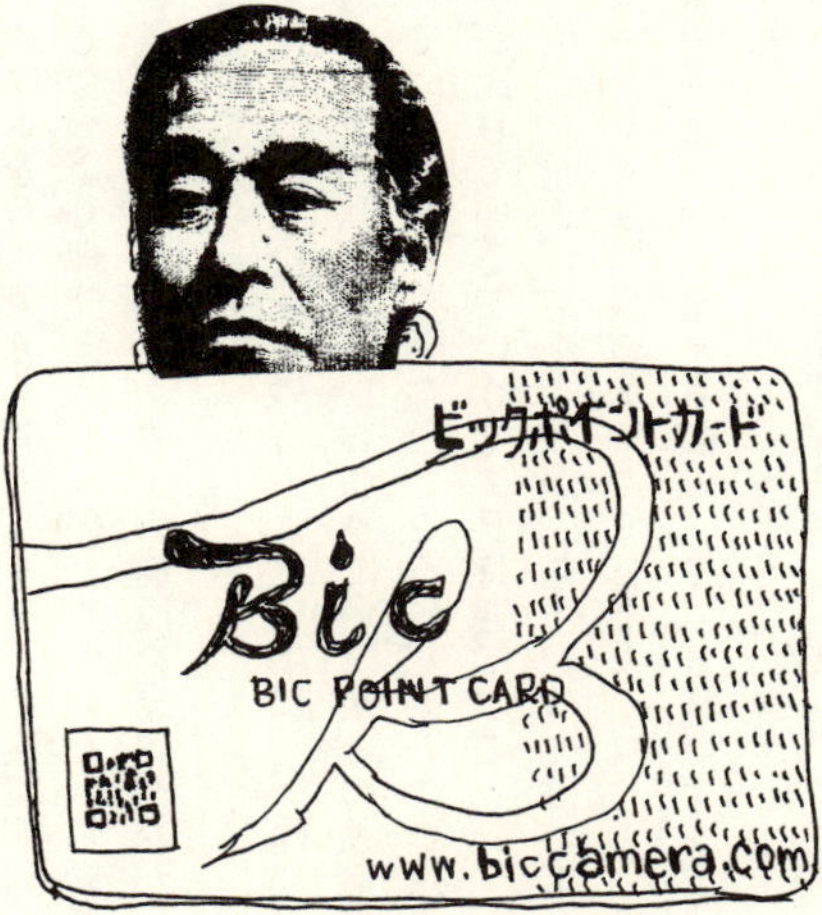
ビックポイントカード
Bic
BIC POINT CARD
www.biccamera.com

ゃ高い何かを買いに来た宮崎駿が私を見つけたら、「うわナウシカの本物おった！」と驚いたことでしょうね。

ビッカメ、楽しいー。

冷蔵庫を開け閉め、電話のボタンを片っ端から押し、レンジの前で料理のシミュレーション、ダイソンはうちが持ってるやつより性能ええのん出しやがったから素通り、ジューサーのピカピカの体をほれぼれと眺め、コーヒーメーカーの値段を見比べながら、私はとうとう炊飯器売り場までやって来ました。

ずらりと並ぶ炊飯器は川原に並べられた罪人の首のよう。中に、一際立派な顔をしている将軍クラスの炊飯器が数個あります。私が以前から狙っていた炭釜の炊飯器もそのひとつ。たくさんの炊飯器が並べられている雛壇から離れたところに、そいつ専用の台があり、上部にはテレビで延々機能の説明が流れているというVIP待遇です。

色は漆黒、漆紅、金麗の三色。立派！　あかーとか、ちゃいろっぽいーとか、まっくろーとかと違うんですよ。金麗にいたっては、読めませんでしたよ。

値段は八万強。八万。意気揚々とやって来たものの、やはり躊躇です。私は早速携帯を取り出し、親友Yにメールしました。

『今ビックカメラにおるんやけど、炊飯器八万超え、どない思う？』

Yは、あのときと、何も変わっていませんでしたよ（「風の谷の家電」参照）。

『西さん、前も言ったばい。一生炭買い続けると思ったら、安かよ？！』

私は店員の接客さえ受け付けず、ほとんど怒ったようにお客様ご購入カードなるものを手にし、レジへと向いました。「これください！」しかし、その頃には顔が「八万」みたいな表情になっていました。

さて、家です。

「MITSUBISHI　本炭釜搭載の炭炊きIHジャー炊飯器　金麗」は、これみよがしにその体を輝かし、台所に鎮座しています。隣にいる、実家から二十年ほど使っているコーヒーメーカーなどは、己のみすぼらしさを恥じ、拗ねて拗ねて。

今朝最初の「炊き」を実践しましたが、甘い！　甘すぎるほど！

魯山人先生も、旨みは、甘みだと言っている。

これからしばらく、夕飯はエクスペンシブおにぎりです。

可愛死に

皆さんは、「可愛くて泣いた」ことはありますか。「あるもの」が可愛すぎて、泣いたことはありますか。

私はあります。さっき。

ここからは、猫、にはまってしまっている皆さんだけ読んでくださいね。猫が苦手、またそんなにその魅力が分からない方たちにとって、猫好きたちによる猫の話ほどつまらないものはありません。それは分っています。何故なら私も、猫が苦手な方、なんやったら猫アレルギーだったからです。なんとなく彼らにはまってしまう人間の気持ちは分らぬでもないが、こっちがそれほど乗り気では無いのにいつまでたっても写メールを見せくさり（しかもその写メール一枚一枚の表情の違いが分からない）、猫がこうしたああしたどうしたとオチの無い話を延々しくさり、挙句こちらの虚無の表情におかまいなしで「思い出しうっとり」をしくさる。常識ある大人の行動として、あまりに恥ずかしいではないかと思っていたのです。

しかし、今。私は、私が軽蔑していたそんな人たちに百個くらい輪をかけた非常識な猫馬鹿になりくさっています。「みてーみてーみてーみてー」と写メールを見せ続け、「島耕作」が出世しすぎて「転生」してしまうまで、決してオチなど無い愛猫モチの仕草を延々説明、うっとりしすぎて微笑みながらうとうとしてしまうほど。彼らの「困ったなぁ」という気持ちが分っているのにもかかわらず訴えかける、「かわいいニャァ?」。タチが悪い。でもやめられません。

だから今日もやめません。

猫というのは、乗っかります。

物に乗っかる、人に乗っかる。物理的に何にでも乗っかるのはそうなのですが、ご利益に乗っかる、といいますが、自分以外の何かの徳に乗っかります。例えば私も『通天閣』という本を出版した際、『東京タワー』人気によいしょ、と乗っかろうとしたのですがバランスを崩し落下、誰にも介抱してもらえないまま心の骨折をして今に至るのですが、猫は、それが上手い。

以前猫を七匹飼っていた際、一匹の背中をなでると、皆、す、と近くに寄って来、同様に香箱を作ることが多々ありました。上から見ると猫七匹が背中を見せじっとしている状態、まるで畳という海に浮かぶ丸い船のようでした。撫でてほしいのなら甘えればいいものを、彼女らには、一匹の背中を撫でている私が、うっかり自分の背中も撫でやしないか、という意図があるのです。

そんな風に他猫の徳に乗っかるだけではありません。例えばこちらが本に夢中になっていると、本と私の間に入ってきて、「あたし、ほん」と、本のふりをし、本と同じように夢中になられることを狙っています。ふわふわの猫ががちがちの本になれるわけもないのですが、彼女らは「あわよくば」と思っています。熱心に障子の張替えをしていたら、障子の上にバリバリ乗ってき、「あたし、しょうじがみ」（紙はボロボロ）。熱心に雑巾で床を拭いていたら、床の上になるだけぺたんこになって寝転がり、「あたし、ゆか」（床は毛だらけ）。

とりあえず自分以外の何かに飼い主が夢中になっていると、それに「乗っかろうと」するわけです。私の超キュートなモチもそうです。

ただぼうっとテレビを見ているだけだと、モチは近くで大人しく座っているだけ。しかし例えばテレビにオノ・ヨーコが映ると、私は夢中になって見入ってしまう。そうなると、モチは動き出します。テレビの前にどんと座り、「アイ・アム・ヨーコ」「オア・テレビ」という風に無言で訴えかけてくるのです。私が「夢中」になっていることに気付くのもすごいのですが、挙句座る位置が絶妙で、いくら43インチの高額大画面とはいえ、オノ・ヨーコが笑っている、とっておきの顔が見えなかったり、例えば字幕の映画だったら、「俺とお前は、実は●●●●なのだ！」という大切な台詞の、●●●●が見えない場所に座っていたりします。

洗濯物を熱心に畳んでいれば、「あたし、たおる」と、洗濯物の山の中に鎮座し、次に手に取られ、畳まれるのを待っているし、珍しく仕事に集中していると、パソコンの上に寝そべり、「あたし、きー」と、静かな顔をしており、画面には「hfffffffffっふぇえええええええっわあああああああ」などという文字が出ます。

そして、さっき。

私は花粉症で、朝起きたら鼻が滝のようになっています。寝起きが一番ひどいので、布団の横にはいつも鼻セレブというティッシュを置いているのですが、それを何枚も何枚も取って、何度も何度も鼻をかみます。布団に入りながら夢うつつでそれを数十分繰り返し、やっと起きる、というのが春の日課なのですが、今朝は特に「これは鼻水ではなく実は脳みそなのではないか」というくらい鼻水がひどく、ともすれば煩悩がこぼれ出てしまったのでは、と疑うほど無我の境地になっていました。

私が起きた気配がすると、モチは私の布団の中でぐるぐる言いながら丸くなっているのですが、その日はそのぐるぐるが聞こえず、というよりそれを聞こうとする脳みそが働かず、私は目をつむりながら半分寝ぼけてティッシュを取り続けていました。そして、何十回目か、ティッシュに手を伸ばしたとき、私の手にティッシュとは違う、ふわりとしたものが当たりました。はっとしました。

まさか、と思い、そっとそちらを見ると、モチがティッシュの箱の上にちんと座り、「あたし、ちりがみ」と言っていたのです。

泣きました。可愛すぎて。

「うえー、うえー、かわいいよーかわいいよー」

こんな経験、初めてです。

さて、猫は「乗っかり」が成功し、誰かが自分に熱中し出すと途端にウザがる、という性質も持っています。私の超キュートなモチもご多分に洩れず、私が泣きながらモチに鼻水をこすりつけていたら、「ちょ、まじウザい」と言って、尻をぷんぷん振りながら、部屋を出て行ってしまいました。その尻のきゅっと丸まった輪郭、そして暗闇の中、本当に鼻セレブのような白い体をティッシュ箱の上で伸ばしていた、その残像が忘れられず、こうやって慌ててパソコンに向かっている今も、

「かわいいよー、かわいいよー」

と、泣いているのです。

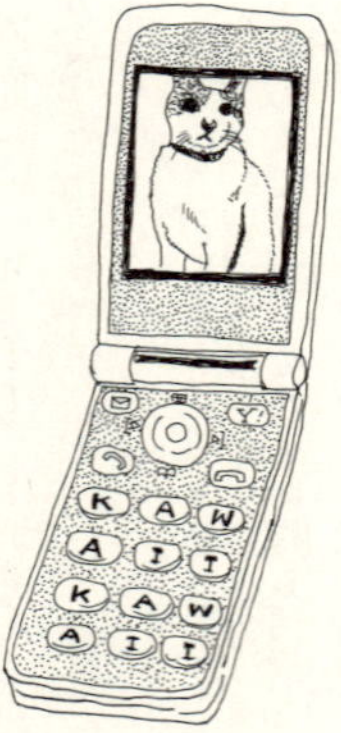

IE★

家欲し。大きい家。猫ようさんおってなー、モチが一番偉うてなー、風呂もえら大きうてなー、庭に木とか果物とか花とかあってなー、ほんでなー、わしなー、どん金持ち。

あ。

私の中の、ふきだし（主に漫画で登場人物の台詞を表現するために、絵の中に設けられる空間のこと。通常は楕円形に三角形がくっついたような形をしており、楕円形の中に台詞を描き、三角形の頂点が指す人物がその台詞を発していることを表す。＊ウィキペディアより）と、思っていること（楕円形の代わりに雲形の空間を作って、三角形の代わりに連続する小さな楕円を使うと、楕円の向かう先にいる人物が雲形の空間に入っている台詞を心の中で思っていることを表わす。＊ウィキペディアより）を、決定する機関が、猫の肛門の匂いを嗅ぐなどした際たまにバグり、思っていることをふきだしに入れてしまったり、言わなければいけないことを心の中で思っているだけだったりすることがあります。冒頭の三行は、その結果です。思っていたことが、思わずふきだしの中に入ってしまいましたよ。猫の肛門、すごいよね。

……………………。

でもわし、家、欲しねん。

中野通りの桜が満開でもあるし、散歩をしていました。その際、ふと思い出し、カバンの中から「昭文社でっか字マップ」（常備）を取り出し、林芙美子邸に行こうと思い立ちました。言わずと知れた『放浪記』の作者でありますが、すでに『放浪記』に関していえば、その物語性や林芙美子という作家の素顔などより、「森光子のでんぐり返り」の方が圧倒的なメジャー要因になっているという、私の中では非常に哀しい物語なのです。その証拠に林芙美子邸に行ってきた、などと友人に言い「だれそれ、ともだち?」と青演を垂らしながら聞かれた際、「ほら、放浪記の」と言うと、ぱっと顔を輝かせ、「森光子のでんぐり返りやんか！」と言い放たれる始末。

その林芙美子邸があんまり素敵で、印象的すぎたため、冒頭の三行のようなことを、ふきだしと思っていることの境もなく常に垂れ流す、という結果になってしまいました。

林芙美子が昭和十四年に落合にある土地を購入、二百冊近くの建築の本を読み、いっとうの大工を使い、こだわりにこだわって一年以上かけて作られた平屋の家、です。素敵やないわけがない。

門から玄関へのアプローチは程よい間隔で植えられた竹林、それがとても涼やかで、竹は音を吸い取るのか、「しんという感覚」が漂っているほど静か。ここを下駄で歩いたらさぞいい心持になるだろう、と静寂をずたずたに破くため息。

素晴らしい、的な感想を「やば」でしか言い表せないナウっ娘の私ですが、玄関を覗いたときから「やば」「やった」「やっぱー」「やばー」を連発、「居間には金をかけず、台所と風呂にふんだんに金を使おうと思った」という説明の通り、徹底的に使いやすさが重視された台所の凜とした佇まい！　ここで作るものは例えば大根を清酒と醬油で潔く煮たもの、だとか、季節の菜を刻んで軽くおひたしにしたものとか、決して豪華ではないが、素材の良さを味わう海原雄山がよし、とするものであり、間違っても「永谷園の麻婆春雨冷ごはんにかけよ」、だとか「ボンカレーあっためて素麵と混ぜよ」などと思いつかない場所です。

すっきりとした黒い石のタイルに檜の浴槽のお風呂は、きいんと静かな心地よさに溢れ、「無駄なものを排した」「シンプルライフ」が世界で十四番目くらいに苦手な私でさえ、そう、風呂はこうでないと、と納得。

金をかけてない、とはいえ居間だって次の間に抜ける開放的な感じと決して嫌味の無い床の間の配置など「やばっ」であり、林芙美子の書斎にいたっては、磨きあげられた黒みがかった木で出来たどっしりとした文机、そこに座れば目の前に厚いガラスがはめこまれた雪見障子、そこから見渡せる庭の木々、など、もう「やば」ではなく「ヤパ！」「ヤパ！」と叫びながら垂直にとーん、とーん、と飛び続けたい欲求に駆られます。

母屋と離れをつなぐ中庭にはざくろの木が植えられ、そのくねくねと曲がった黒い幹が邸の中で唯一怪しい美しさをかもし出し、庭の木々は決して作りこまれてはおらず、野性の荒々しさを残しつつ決して庭から浮くことはありません。完全に浮いていたのは私のとんでもないピンク色のスニーカーだけでした。もう、こうなったら「ピンク」というその突拍子も無い言葉だけでも浮きそうな雰囲気。ピンクて何、ピンクて何。

帰り道、空を見ながら歩く私の視線の先に真っ白な雲、それは絶対に、どんな形であれ愛猫モチの姿に重なり、「あんな素敵な家でモチと暮らせたら………」と、目についた不動産屋の「土地」と書いた広告を、凝視していたのでした。

IE★2

ゴールデンウィークなどという、私のような職業の人間からすれば何が黄金じゃと哀しい色になる大型連休、私は家でエッセイを書いています。

前回のエッセイのタイトル、IE★は、「家欲し」なんですが、分かってもらえましたか。自分の中で何か面白いことを言った際、いまいち受けが悪かったら「さっきのんはな、●と▲▲をかけてんねんけど……、分かってくれた……?」と過去のボケ説明をするという、絶対にクラスの人気者にはなれないタイプなのですが、今回も、もしかしてエッセイのタイトル、分かってもらわれへんのちゃうやろか、とひとり不安になり、またこうやってもそもそと書き足してしまいました。

私のハートは、猫の肉球より小さく、くさい!

ずいぶん昔、アメリカで成功しているという日本人女性のコメディアンが、日本のテレビでネタをやっていまいち受けなかった際、「日本人は笑いを分かっていない!」と憤慨していたらしい、というのを思い出しました。ああいう自信、「あたしは間違っちゃいない!

分からないあんたたちが悪い！」という考え方は、どこからくるのでしょうか。ほしい。

さて、前回の桜満開の季節から、今や青葉がぐんぐん芽吹き始め、去勢をしているはずであるのに愛猫モチが鼻を真っ赤にして尻をぶんぶん振っている、という季節になりました。木の芽どき、そういう新しい生命が続々誕生する神秘の空気に触れ、リルおかしい人が現れ始めるのも、また自然の摂理。さきほどなど、DEAN&DELUCAのトートバッグを持った男性に道で「こんにちは！」と声をかけられ、DEAN&DELUCAを持っている人間イコールヒエラルキーが高くお洒落な人、という安易な考えでもって安心してしまい「こんにちは！」と笑顔で挨拶を返すと、チャックの中から思い切りフラッシュしている人でした。ははは。うふふ。人間も、動物です。ともすれば、みんな、宇宙船地球号の乗組員です。出航！

そんなこんなで、相変わらず私の「家欲し」願望は止まりません。

春だからですか、それとも私が注意をしているからですか、新しいマンションの広告や、モデルルームの案内などを町でよく配られるようになりました。以前であれば完全にしかとを決め込んでいた私ですが、今は違います。片っ端から受け取り、立ち寄った喫茶店で、電車の中で、家で、ガン見しているのです。思えば小さな頃から、家の新聞に入っている広告で、マンションや一軒家の間取り図がついたものがあると、それをいそいそ部屋に持ち帰り、ここはうちの部屋、ここはお母さんの部屋、ここは、などと勝手に家族の部屋をあてがう、という、親の経済状況によってはとても残酷ではあるが子供らしい、無邪気な遊びが好きでした。

今、私は小さな頃と同じようなことを仕事机の上でやっているのですが、

「ここは、（うちの）寝室、ここは（うちの）仕事場、ここは（うちの）台所、ここは（うちの）トイレ。誰にも入らせへんし、触らせへん、ぜったいここはうちのもんぜんぶうちのうちがうちでうち、もううちほんまにここぜんぶうちのん」

と、全部屋自分にあてがってしまうという夢のような現実に発展しているわけです。大人になったものです。この大きなマンションもし買うても、ぜーんぶ、うち（と猫）のもんなんやなぁ。ぜんぶ、うちの、ぜんぶ、ぜんぶ……一生ひとり。

出航！

しかし、まあ、当たり前ですが、阿呆みたいに高いですね。家って。

林芙美子熱冷めやらない今、土地つき一戸建て、や土地そのものの広告などを見ているのですが、外れた額を一回マンションの共有部分に置いとけるほど高い。高いいうか、高すぎて一周回って安いと思われへんかと期待してじっと見ても高い。棟図かずおとか、假屋崎なんとかとか、すごいんやなぁ、とテレビに映る彼らを羨望と尊敬の眼でもって見てしまいます。フラワーアレンジメントしながらホラー漫画を描いても、あれほどの豪邸は建てられませんよ。それを各々の職業だけで建ててしまう彼らのポテンシャルの計り知れなさ。

例えば、今私が見ている中野区新井の百坪の土地ですが、これを買おうなどと思ったら、

私はあとどれだけ働かないといけないのでしょうか。

もちろんローンを組んで、組んだことにより仕事への意欲も向上する、ということもあるのでしょうが、私は普段仕事をする前に必ず『闇金ウシジマくん』を通読し、ヤミ金の恐怖にうち震え、「借金なんか、絶対しないわよー！」と叫んでからパソコンに向かう、という人間です。私の中でローンイコール闇金、と言っても過言ではない。

やはり、一生妄想の一軒家でモチと遊ぶことになるのでしょうか。それはそれで得意な分野なので、しばらくこの遊びを続けたいと思います。

少女漫画的恋愛指南

さあ、そろそろ夏ですよ、豚ども。

海かなんか行って？　スーパーカップ食って？　「あ、同じ豚骨……」で、運命感じて？　恋的なものを？　するつもりですか？　はは、あほか。

ちょっと肌の露出が増えるからと言って、太古裸で暮らしていた頃のことを細胞レベルで思い出し、いつもより大胆になってひと夏のなんとかを経験する、みたいなことを私は認めません。何年前から服着て生活してると思ってるんですか。アイポッドみたいなハイテック胸に吊るしといて野性的になるって、どないですか。

私の恋愛は部屋の中にあります。コンクリートでガチガチに固めた道路の上に建ってるRC鉄骨（RCてなんや）の建物の柱と柱の間にありますよ。「ハーレクイン」「セックス・アンド・ザ・シティ」、私の恋愛はそれだけで十分です。

最近、ある方から少女漫画雑誌をいただきました。可愛らしい絵と大胆な性描写、昨今の少女漫画はこないなことになっとるんかと、気がついたら何度も熟読してしまいました。

思えば私は兄がいるため、小さな頃から少年漫画のほうがなじみが深く、「キン肉マン」の超人募集にネプチューンマンのパクリみたいな超人を描いて送ったり、修学旅行の部屋割りを「北斗の拳」のキャラで決めようと提案、クジを「北斗」側と「南斗」側に分けたもののうっかり自分がアミバを引いてしまい、どちらの部屋にも入れない、という状況になったりしていました。

私はもらった漫画雑誌以外にも、コンビニなどで目についた雑誌を購入しました。性描写はマチマチですが、やはり私の根は乙女。一途な主人公が最終的に大好きな彼とハッピーエンドになる話が好きです。

真夏の海、アイポッドで野生化する少女たちの乱れた性が心配なので、私好みの少女漫画的恋愛指南をしたいと思います。

まず、昨今の「出会い」は、昔のようにハンカチ拾うとか、同じ本に手出すとか、そんな劇的なものではいけません。現在の少女漫画的には、ファーストインプレッションが悪い人でないと。

例えば初めて会った飲み会、じーっと自分の顔を見つめる男性、「何？ 何かついてますか？」とアタフタしたあなたに、「……プッ、お前って、アザラシに似てんな（笑）」などと言う男性です。なんとなくその人は長めの黒髪で、前髪の間から覗く目が細くてチョイ悪そうな人が多いようです。あなたは次の瞬間、「なっ?!」と言います。そして心の中で「何なの、あの人ー?·☆△！」と、怒る、ふくれる、すると「プッ、ほら、そういうとこが（笑）」

などと言われ、もうその人の印象は「最っ低っ☆」です。そういう彼と、これから恋の可能性があります。「出会いは最低、だけど、なんか気になっちゃうんだよね……」と、あなたは二ページ先のコマで水槽に向かって呟いてるはずです。

ここで注意したいのが、「アザラシ」の部分です。アザラシやカピバラ、レッサーパンダなど、愛嬌のある動物、を言うとき、彼はあなたのことを「かわいい」と思っています。ここが例えばキンシコウ、マレーバク、アメリカバイソンなど、に似ている、と言われた際は、「リアルに似ている！」と思っているだけ、挙句その男性は「普通に失礼」なだけなので、彼に期待するのはやめましょう。線引きが難しいところですが、動物図鑑を見るのを怠ってはいけない。

さて、出会いは「最っ低っ☆」ですが、その後、あなたはたびたび彼と「偶然」出会う機会が多くなります。町で、キャンパスで、本屋で。その度彼は「お、アザラシ」などと言って来ますが、その際余裕を持って「はいはい、わしよう似てる言われまんねん」などと言わず、いちいち激怒しましょう。「なっ?!」は必須。「ぶうっ」とふくれるのも必須。大丈夫です。あと六コマくらい進めば、路地裏で子犬を抱いてる彼を目撃したり、怒って「ずんずん」歩き出したあなたが躓いた際「おっと」と助けてくれる彼に「ドキッ」とするようになります。そして思うのです。「何このドキドキ?!　心臓、止まれー！」。

あなたはもう恋に落ちています。彼のことが気になって仕方が無い。さて、その時期になると、彼からアクションがあります。心配しないで、あなたから動く必要はありません。例えば「実家から親が出て来て彼女に会いたいってうるせーから、彼女のフリをしてくれ」だとか、「お前アザラシみてーでおもしれーから絵のモデルになってくれ」だとか。決して「付き合ってくれ、好きだ」はありません。ここらへんでも数回「なっ?!」や、「最っ低っ☆」はありますが、飽きてはだめ。とにかくいちいち「怒る」こと。

さて、そういった出会いが重なり、ふたりの距離は縮まっているはずです。あなたはその頃には完全なる彼への恋心を自覚しています。しかし、このあたりで「事件」が起きます。大丈夫、「実は俺たち、兄妹なんだ……」などということはありません。ちょっとしたことなんです。例えば彼の「アトリエ」でものすごい綺麗な女の人の肖像画を見つけてしまったり、町で「偶然」彼が女の子と腕を組んでいるところに出くわす。その際あなたは、「ちょー、うちあんたの彼女みたいな気でおってんけどー」などと言ってはいけない。

肖像画の際は、彼に「綺麗な人だね。恋人？ お似合いだよー！」などと言って、走ってアトリエを「出て行こうとす」る、彼が「ちょ、待てよ！」と言いますが、にっこり笑って駆け出していきましょう。涙を「堪える」のを忘れてはいけません。町で偶然、の場合もそう、「堪えて」にっこり笑う、そして「あれ？ 彼女？ こんにちはー！ お似合いじゃんー！」などと言い、「じゃあ！」と駆け出します。そして、家で泣きます。水槽の前で。熱帯魚に向かって「あたし、何やってんだか……」「馬鹿みたい……」などと、呟くのもアリ。

普通なら彼からすぐ連絡があるはずですが、いいえ、連絡はありませんよ。数日間は辛い思いをしてください。「こんな気持ちになるなら、好きになんてならなきゃ良かった……」

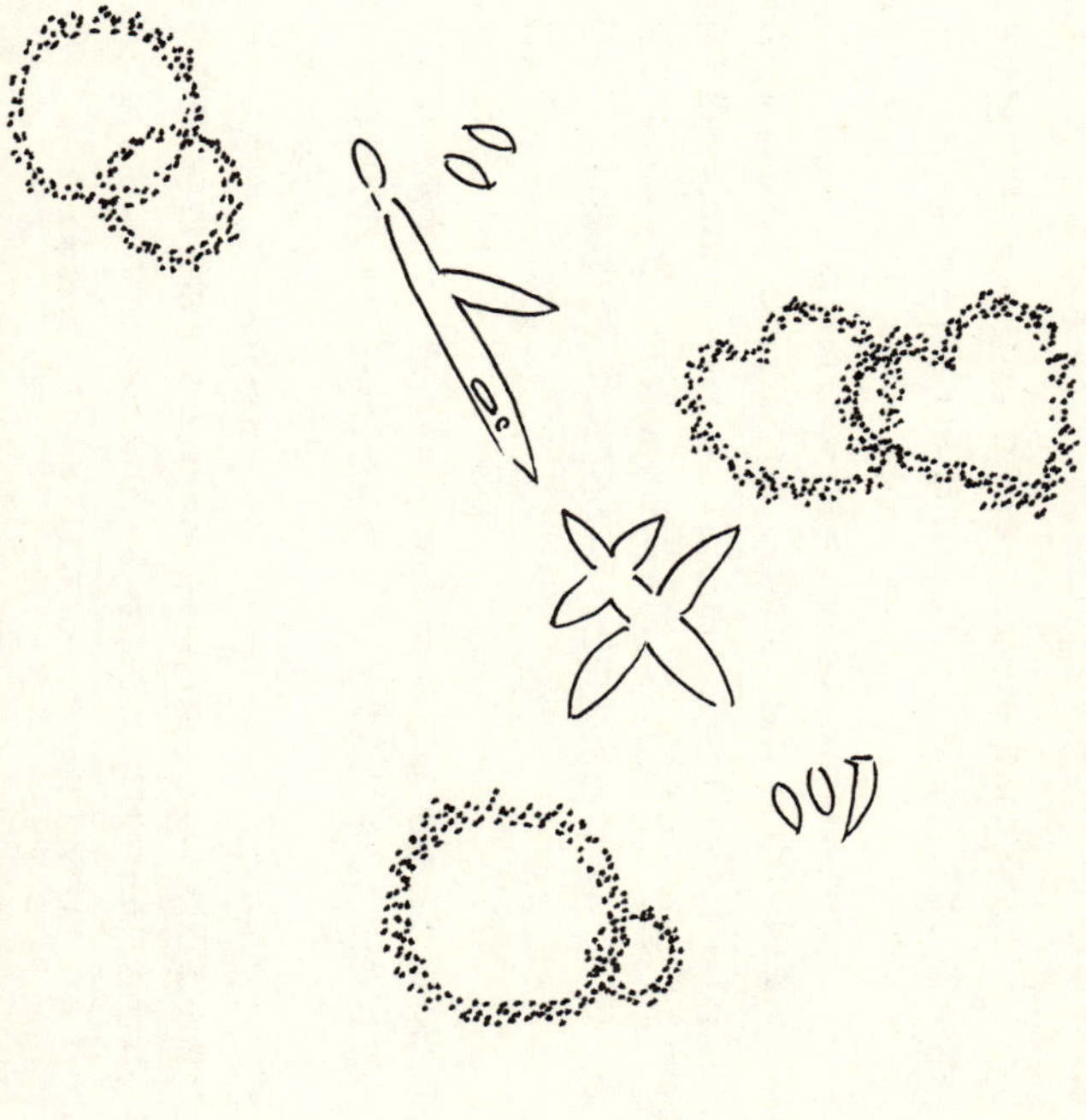

や、「優しくしないでよ……勘違いしちゃったじゃんか……」などと、ベッドで丸まりながら言うたりして、日々を過ごしてください。優しい男の子にデートに誘われ、彼を忘れるために行ったものの心の中では彼のことばかり、家まで送ってくれた際唇を奪われそうになると「ぃやっ……」と拒否、「ごめんなさい……」などと言って日々を過ごすのもアリです。

「あたし、やっぱりあいつのこと、好きなんだ……」

クライマックスは突然です。あなたが深夜、「月が綺麗だから」散歩に出ようとし、家を出ると、彼がいます。絶対に。「えっ……、どうして……」あなたが言うがはやいか彼はあなたを抱きしめ、言います。

「さらいに来たぜ」

そしてタネあかし。肖像画の女性は亡くなったお母さんでしょうか、町で会った女の子は甘えん坊で病弱な妹、ですね、きっと。「何早とちりしてんの、お前（笑）」「だって……」そう言って可愛い顔をあなたがしますが、「プッそういうとこがアザラシだっつーの（笑）」。もうこうなったらアザラシやカピバラにとことん失礼ですが、構いません。あなたは最後、もうひと怒り。「もうっ！」などと言うと彼が、言ってくれますから。

「ぜってー離さねー」

フィッシュ・オン！　恋愛って、こうでなくっちゃ。祝福のため、抱き合う二人のそばで、私がアイポッドを胸に吊るしながら半裸で踊ってさしあげます。

イカのテレホン

杉並区から有名になった警視庁考案の防犯標語があります。ご存じの方もいらっしゃるでしょう。「いかのおすし」です。

いか　いかない（知らない人についていかない）
の　のらない（他人の車に乗らない）
お　おおごえを出す
す　すぐ逃げる
し　しらせる（何かあったらすぐ知らせる）

これ、パッと見て覚えられますか。乗らない、くらいで諦めてしまいませんか。道を歩いていて、胡散臭さや危険を感じたとき、「いかのおすし、いかのおすし」と言いきかせても、結局浮かぶのって、「いかのおすし」ていう言葉だけではないですか。

なんとなく腑に落ちないまま、杉並区を歩く際はこの標語を見ているのですが、この前タクシーに乗った際、もっとすごいものに遭遇しました。立川警察署の、振込め詐欺防止の標語、「きつねのテレホン」です。

き　きりっとした態度であわてない
つね　常日頃、合言葉を決めておく
の　のせられて、すぐ支払わない
て　手口が違っても疑ってみる
れ　連絡（通報）する
ほん　本人に確認する

ここまで書いただけでも、私の頭の中にはキツネが電話しながらイカの寿司食ってる場面しか浮かびません。

覚えられるかよ。

日本人（に限らずかもしれませんが）は、語呂合わせで覚えるのが好きです。お店の電話番号などは、相当無理くりに語呂を合わせていますよね。

かく言う私も、語呂合わせで覚えるのが好きです。

高校生の頃、私は世界史を取っていたのですが、年表を覚えるのだとか、人物名を覚えるのだとかに、よく語呂を使っていました。

今覚えている年表が、1299年オスマントルコ帝国建国、「いい肉食うおっさん取るか↓いい肉食う（1299）おっさん（オスマン）取るか（トルコ）」という風に覚えていました。ですが、「いい肉食うおっさん取るか」以外覚えていないということは、その場限りのちゃちい語呂だったのでしょう。己の無力を恥じます。

無力を恥じるといえば、こういう失敗も。

ギリシア文化の自然哲学で、万物の根源を水と説いたのがタレス、数と説いたのがピタゴラスなのですが、これをこんな風に覚えていました。

タレ水（すい）と、ピタゴラ数（すう）。

しかし、よく考えたらタレスもピタゴラスも最後の文字は「ス」。ていうよりそこらへんの有名人全員最後の文字は「ス」。アイスキュロス、ソフォクレス、ヒッポクラテス、デモクリトス……。いいかげんにしてください。

タレ数とピタゴラ水、などと混同し、挙句ヘラクレイトスの説いた火、デモクリトスの説いた原子などに至ってはあきらめ、結局「勘に頼る」ことになりました。

友達のCちゃんが考えた、歴代アメリカ大統領の覚え方、というのもあります。これです。

「マルタウィルは栗降る取る、アケジにフォード、彼ぶくり。」

マ↓マッキンレー、ル↓ルーズベルト（セオドア）、タ↓タフト、ウィル↓ウィルソン、ハ→ハーディング、クリ→クーリッジ、フ→フーヴァー、ル→ルーズベルト（フランクリン）、トル→トルーマン、ア→アイゼンハウアー、ケ→ケネディ、ジ→ジョンソン、ニ→ニクソン、フォード→フォード、カ→カーター、レ→レーガン、ブ→ブッシュ、クリ→クリントン。

今となっては何故マッキンレーから？　こんな無茶なやり方、どうして覚えられたの？と昔の私に本気で聞きたいところですが、Cちゃんが黒板に書きながら、

「マルタウィル君（ここでもう無理がある）が、栗の木振って取ってな、アケジ君（また無理がある）に車のフォードをあげたらな、太ってしまってん」

と説明をしてくれた光景は、しっかりと脳裏に刻まれているのです。「いかのおすし」「きつねのテレホン」とどう違うのや、と言われそうですが、こうやって十数年経った今もはっきり覚えている、私にとっての１１５６なのです。

つまり語呂は、語呂そのものではなく、それを考えていたシチュエーション込みで覚えるものなのですね。

なので、「いかのおすし」も、「きつねのテレホン」も、警視庁や立川警察の考案者が一番覚えているのだと思います。

「あー、あんときあいつ、アイスコーヒーがぶ飲みしてたよなぁ」

「そうそう、で、急にむせてふいたよなぁ」

「きつねのテレホン、超覚えやすいよなぁ」

ご苦労様です。

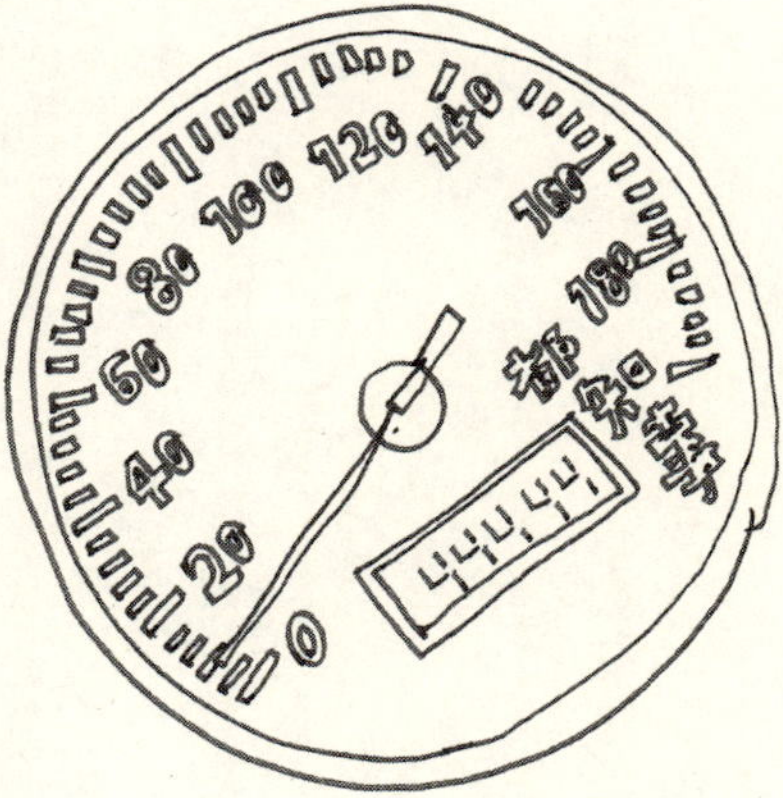

行ってみた

沖縄8度9分

沖縄に行ってきました。

親友のYと、五泊六日で。楽しかったですよ！

一日目は、恩納村のリゾートホテルに泊まったのですが、着いた途端テンションが上がり、近くの店でビールを飲んでいたら午後六時。日もあるし、そろそろ泳ぐかと水着に着替えてビーチに行けば、「遊泳時間は午後六時までです」の看板。何や海に時間あるかい、と乗り込もうとしたら監視員が集まってきたので、私たちはじゃあ誰のものでもない海に行こうぜと、浜を歩き出しました。やっと見つけたのが、まるっきり漁港。刑務所の塀のような壁を背景に、腰までの海にちゃぷと浸かり、「海！」と叫んで写真を撮り、部屋に戻りました。するると雨が降り出し、風も出てきました。台風が近づいてきたのです。

翌日は久高島という離島に行く予定だったのですが、もちろん無理。「船が出ていません」という情報を知り、私たちは濡れ、風に吹かれながら沖縄市内を散策。次の日も、雨。その日と次の日は、Yが友人の結婚式で別のホテルへ、私も読谷の友人宅でだらだらと過ごし、最終日に日帰りで久高島に行こう！　と約束しました。

そして迎えた最終日。やっと晴れ‼

じりじりと皮膚を焦がさんばかりの日差し、ポリバケツのようなまっ青な空、これが沖縄。見回すと皆暑そうにダラダラと汗をかいています。バスに乗ったら冷房がガンガンに利いていて、それでも手うちわで自分を扇いでいる人なんかもいます。

でも私。あれ？　全身にサブイボをびっしり立て、ま紫の唇で、ガタガタと震えていますよ。どうやら風邪を引いたようですね。重度の。

待ち合わせ場所であるホテルのロビーにつく頃には、百人の私のうち九十五人が「無理」を訴えていたのですが、残りの五人が斎藤道三級の荒武者、「阿呆いえ、せっかく晴れたんや、薬ようさん飲んだら大丈夫や！」と、島行きを強行したのです。

しかし、薬、効きやしねぇ。

島に向かう船の中で、Ｙさんに「なぁ、暑い？　暑いよな。わし、寒い……」と言い続け、パーカーのチャックを首まで上げて、ガタガタと震えています。島に着いたら着いたで、速攻タクシーを捜したのですが、離島にそんなものはなく、

「自転車借りて島まわろか」

と言い放ったＹを、静かな目で見つめるばかりでした。その頃には五人いた荒武者のうち二人が「無理」側に付いていましたが、残りの三人は強がり、「島や島や」と大はしゃぎ、何を言っているか全然分からない婆さんから自転車を借りて、島を探検することにしたので

す。

久高島は、神様が宿る島と言われ、例えば石だとか砂だとか、久高島のものは一切外に持ち出してはならないと言われるほど神聖な島なのですが、その美しさといったら、「言葉に出来ない」とは、まさにこういうことを言うのだと思いました。ぐらぐらの頭で。

そのぐらぐらの頭のぐらぐらぶりというのがすごかった。例えば海までずーっとまっすぐ続く一本道で、つながれたたくさんの黒い牛がいました。嬉しくなって、無邪気に「牛や！」と言うと、Y何故か無言です。しばらくしたら「なあ、西さん、ほんまに牛、見た？」「うん、見た！　二列になって、つながれてた、頭下げたりしてたな！」やっぱりY無言です。振り返ると、申し訳なさそうに「牛、おらんよ……」と。はははははは、私は、はっきり見たよ♥たくさんの牛。はははははは。そんな感じで私のチャクラは終始ガン開き、向こうから歩いてくる自分に手を振ったり、うっかり見つけた妖怪ポストに「幸せな結婚ができますように」と投函したり、すでに九十七人になっていた「無理」派も、「なんや意外といけるやんか」と、ひとりまたひとりと寝返っていきました。

わはは、島、楽しい！

しかし、海。加奈子よ、海はまずかった。

水着になった段階でサブイボしか出なかったのですが、荒武者たちによる「お、よ、げいっ、お、よ、げいっ！」というかけ声に乗せられ、入りました。

入った途端、

「あれ？　腰が流された」

と、思いました。腰から下の力がガクンと抜けたのです。後は波にもまれる一方。Yを見ると、久高の神様が降りてきたのか、何故か波打ち際でごろごろ転がっています。やっとのことで浜にあがり、まっすぐバスタオルまで歩いていく私。ごろごろ転がるY。バスタオルにくるまる私。ごろごろ転がるY。震える私。転がるY。…………

気が付くと、バスタオルの陰から、Yが静かな目でこちらを見ているのが見えました。その頃には荒武者たちは「やっぱ無理じゃい！」と、口々に叫び、バッタバッタと倒れ、戦国の世の無常を教えてくれました。

死ぬ思いをしながら本島に戻り、病院に行ったら、8度9分。はははは。死ぬかと思った。

沖縄、楽しかったなぁ。

体もすっかり治った頃、久高島で撮った写真を現像したら、真っ青な顔で笑っている私と、全写真ほとんど白目のY。久高の神はいたんだと、感動した次第です。

カンサイ・スーパー・誕生日

行ってきました。日本元気プロジェクト、カンサイスーパーショー「太陽の船」。前々から「スゴイ。なんか分からんが、スゴイ」という噂だけは聞いていたのですが、今年はなんと、アントニオ猪木が出る、ということで、早々にチケットを購入しました。何故か誰も一緒に行ってくれようとしないので、友人に無理を言ってチケットをおごり（ふたりで二万円）、予定を空けておいてもらいました。猪木にしか興味が無かったのですが、詳しく見てみると、他キャストもかなり豪華。ジャニーズ事務所の人とか、ハリウッド女優とか、ワハハ本舗の人とか。そして、長渕剛とか。

その日が押し迫ったある日、私はとある仕事で、ある人たちに会いました。その際、その人たちに「カンサイスーパーショー行くんです」という話をしたら、皆大変驚いていました。

「えっ！　行くんですかっ⁉」うらやましいんだなと思い、これはもっとうらやましがらせねばと、口を開きかけたところ、

「招待状二枚あまってますけど、いりますか？」

と、言われました。えっ。私が二万出して買ったのに？　それを言うと、ますます驚いて、「えっっ！　チケット買ったんですかっ？　買ったの？　え、買った？　えー」と、言われました。でも、まあ、もらえるものがあるのならもらって、それをまた違う友達に渡せば、ふたりで分かち合う幸せが二倍になると思い、くださいと言いました。するとその人は、

「ちょっと待ってくださいね。えーとぉ、このへんに捨てたんだけど、あ、あったあった」

と、ゴミ箱をあさっていました。えっ。私が、二万出して、買ったのに？

でも、そんなこと気にしてはいけませんよ。私は新たに友人ふたりを誘い、ワキワキしながらその日を待ち続け、とうとう、当日がやってきました。

ついその数日前、私は新日本プロレス35周年「レッスルキングダムＩＮ東京ドーム」に、蝶野と武藤の一日タッグ再結成を（一人で）見に行ってたので、ドームが広いことや、なのに席がものすごく狭いことは知っていましたが、初めて行った友人は驚いていました。会場はなかなかの入りです。ネットが天井まで張られ、なんだか異様な雰囲気。

そして、とうとう、「太陽の船」は、始まりました。

撃沈しました。

本当に、すごかった。

毎秒クライマックス。ハリウッド女優が甲高い声で笑いながら空中を飛ぶ、巨大な御輿の

HAPPY
BIRTHDAY

上でジャニーズ事務所の人が「祭りじゃいちょらぁっ●△×」と叫ぶ、何百人のキャストがそこらじゅうできゃっきゃっとはしゃぐ、もう何が何やら、脳みそに直接働きかけてくるそれらにぐったり。猪木が出てくる頃には異様な心拍数も相まって、ゲロ吐きそうになっていました。

しかも、せっかく見れた猪木は、お決まりの「元気ですかー！」に始まり（役作り一切なし）「元気があれば……」というくだりでは、セリフを噛む始末。後は延々旗を振り続けるという役どころなのですが、この頃には私は、ブルブル震えていました。

そして、今回一番の目玉がブチでした。全日の渕ではありません。さきほど、ジャニーズ事務所の、だとか、ハリウッド女優の、だとか書きましたが、何故かブチだけは「長渕剛」。何故なら、彼はもう、「長渕剛」というジャンルなのです。カテゴリーです。今回、それを再確認しました。

ブチ登場前に、カンサイも登場しました。会場は異様な盛り上がりです。カンサイは、ブチが行った桜島のコンサートに大変感銘を受け、ブチにこう言ったそうです。

「ごはんを、一緒に、食べませんかーっっ！」

そして「太陽の船」の主題歌をぜひ書いてほしいという、依頼の手紙を書きました。ブチはその依頼に対し快諾。すぐに曲が出来たそうです。そして、その曲を聴いたカンサイは、こう言いました。

「そのとき僕の、両の目から、涙がぁ、ぼたぼたぼたぼたぼたぼたぼたぼたぼたぼたぼたこの「ぼたぼたぼたぼたぼたぼたぼた」で、私のチャクラが少しずつ開いていきました。

ふと隣を見ると、友人はうつむいて、「あかん。あかん」と、小さな声で呟いていました。

ブチが登場しました。

ゴールドのぴたーっとした服を着て、両目の瞳孔が開いたような表情でした。そして、こう言いました。

「僕が、長渕剛、でぃーすっ！」

私は思いました。今日が私の、命日になる。

ブチは大変粋なロカビリーダンスのようなものを踊り、一曲四十分ほどもある「太陽の船」を、瞳孔をがん開きにして、歌い続けました。それと対照的に、開きかけていた私のチャクラは、静かに静かに閉じ、心の扉も、少しずつ閉まっていきました。後はただただ、静かな気持ちで、座席に沈んでいました。

しかし、最後まで見ることは出来ませんでした。

途中、友人が「あかんっ」と言ったと思うと、そのまま全力で走り出したので、私もあわてて後を追ったのです。友人は廊下に座りこみハアハア、と肩で息をして、大変苦しそうでした。

私はあの日、一度死にました。

カンサイに、ブチに、細胞のひとつひとつを殺されました。そして、新しい細胞を、植え付けられました。また生き返ったのです。新しい自分として。

あーすごいもん見たな。

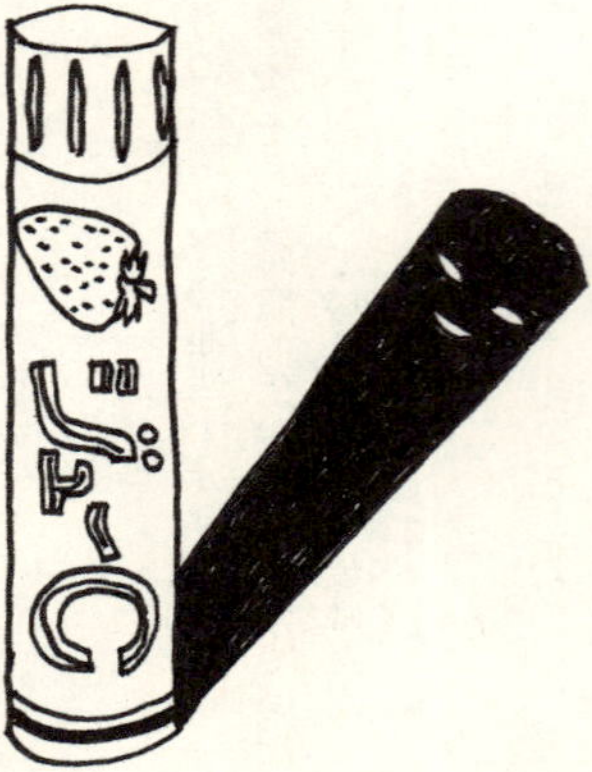

人間ドック（笑）

人間ドックに行って来ました。五月で三十歳の私、今年に入って、ずっと体調が悪かったからです。もともと風邪を引きやすい体質だったのですが、「沖縄8度9分」でも書いたとおり、すぐに高熱になる、というのが特徴です。「ちょっと寒いなぁ、風邪気味かなぁ」と思ったら、あっという間に八度、九度超え。二日間ほど寝て、お医者さんにもらったお薬を飲むと治るのですが、目がぼんやりとしか見えなくなったり、なんとなく呂律が回らなくなったりで、高熱が出るたび、脳細胞が死んでいってる気がします。友人から「顔色悪い」「早期発見早期治療」などとおどされたり、私は大学卒業以来一度も健康診断をしていない、というのもあり、勇気を出して、予約したのです。

前日は夜の八時から飲食禁止。もちろんアルコールも禁止。普段八時以降ご飯を食べないことなんて、ざらにあるのに、禁止されると異様にお腹が空くものです。仕方ないので原稿を書いていると、食べ物の描写が多くなりました。朝八時に病院に行かなければいけない、ということだったのですが、そんなこんなで悶々として眠れず、起きたのは七時半。口をぱくぱくさせながら焦って支度、すっぴんだと入門当時の長州みたいな顔になるので、帽子とサングラスを着用して、家を飛び出しました。

病院に行くと、圧倒的に高齢の方ばかり。帽子にサングラスの私は明らかに異質、パジャマをもらってこそこそと着替えを終えました。最初は身体測定、次に採血、採尿です。私は高校のとき、友達と献血に行き、係りの人に「がんばって！」と言われるくらい血が出ず、死ぬ思いをしてなんとか血を絞り出した帰り、貧血になって道路で倒れているところを、同級生のTさんに発見された経験があります。なので血を四本も採られるということは、それだけで恐怖。ガタガタと震えながら採血、ふらふらになりながらおしっこを採り、「健康」という雑誌を読みながら、自分の順番を待ちました。レントゲン室の先生の「息止めてくださいー」という掛け声と、超音波の先生の口臭に顔をしかめつつも順調に検査を終え、とうとうバリウムです。経験者から、「あれは嫌だよ」という噂を耳にしていたのですが、本当に嫌でした。

立ち上がっている大きなベッドのようなものにもたれます。前にはカメラが設置され、どうやらこのベッドごと後ろに倒れたりするのでしょう。ウサギのゲロのようなもの（白くてドロドロしてる）が入ったコップを渡され、係りの先生はガラス窓の向こうへ。マイクでこちらに指示してきます。「じゃあ西さん、空気と一緒に飲み込んでください」の意味が分からず、何度もゴクリを繰り返し、いい加減吐きそうになったところで、「はいじゃあ、残りのバリウムを一気に飲んでください」と地獄の声。涙目でバリウムを飲みながら、思います。

これ何やろう、うち、これ、なんか経験してる。遠のく意識の中で考えていると、おととし皆で行ったキャンプで、飲むお酒が無くなり、山手線ゲームで負けた際、焼肉のタレを一気させられたときと同じような気持ちでした。「はい一回転してくださ〜い」「ゆっくり左側を向いて、ストップ‼」などと、ガラスの向こうではこちらをからかっているのか、というような指示の嵐、挙句「絶対にゲップはしないでくださいね」。脳内物質が出始めたのか、おかしくてたまらなくなり、「あはははははははははははははは」と、検査中ずっと大声で笑っていました。

バリウムが終わったら下剤を飲んで、待ちに待った昼食。コンデンスミルクと大豆の炊き込みご飯、竹の子とかぼちゃの煮付け、芽キャベツのグラタン、鱈のお吸い物、イチゴ。待ちに待ったはずなのですが、バリウムで気持ち悪いし、一口食べて、思わず「薄っ」と声に出してしまうほどの薄味。体の健康のためには絶対にこういう食事がいいのでしょうけど、味気なかった。醤油かソースか粉チーズを思い切りかけたくなりました。言いつつ、お腹が空いていたのでイチゴを残して完食。

午後は婦人科検診を済ませ、一時間ほど待てば、検査の結果が出ます。ドックを受ける前に簡単なアンケートを書いたのですが、そのアンケートと、検査結果を見比べながら先生との面談です。このとき、私は先生に、勝手に出勤前の水商売女性と決め付けられていました。平日の昼間に大金出して、三十の女がすっぴんにサングラスで来る、挙句飲酒量が半端ではない、とくれば、仕方がありません。「昼夜逆転の生活じゃあ」「お客さんにお酒勧められるのも分かるけど」「いつまでも元気で続けられる職業ではなし」などと、圧倒的な決め付け会話、面倒なのでうなずいていましたが、でもせめて、「職業は?」の一言があっても良かった。

今回ドックの結果はおおむね良好でした(あれだけ心配していた肝臓も!)。じゃあ、いつものあの謎の高熱の原因は? 先生曰く、私は内臓が普通の人に比べて小さいそうです。で、抵抗力も弱い。すぐに高熱が出るのは子どもの症状なんですって。とにかく「小さな頃から体が弱かったはずです」と言われました。驚きました。皆さん、こんなことあるんですね。三十にして、やっと自分が虚弱であることに気付くなんて。

私が幼少を過したカイロの空気は汚くて、衛生状態も本当に悪かったんです。そんな中、生水をごくごく飲んでいたし、得体の知れない路上販売のお菓子を食べたりしていました。それでも、私は病気一つしませんでした。なのに、ここ最近、花粉症だアレルギーだ熱だ神経痛だなどと、体を壊し気味なのは、大人になってガタが来たというより、空気清浄機だ浄水器だサプリメントだなどと言って、自分が本来持っていた抵抗力を壊してしまっていたのかもしれません。

内臓をあんまり甘やかしてはいけない、ということですね。なので肝臓を鍛えるため、また飲みにいってきます。

ライブ de NIGHT

相撲を見に行って来ました。

人生初生相撲です。文藝春秋のTさんとSさん、そしてノンフィクション作家のKさんに連れて行ってもらいました。Kさんは、相撲好きが高じて、長野から両国の国技館の見えるマンションに移り住んだという、筋金入りの相撲好き。相撲の知識を教えていただいたのはもちろんのこと、席に着くや絵番付をくださったり、名物のあんこあられをくださったり、焼き鳥をご馳走してくださったりと、至れり尽くせり。それだけでも来た甲斐があったと思わせてくれました。

私たちは二階に座ったのですが、東京ドームや府立体育館とは違い、両国国技館は意外にもちんまりしているので、二階席でも十分に取り組みを見ることが出来ます。今度この国技館で行われる「IGF（イノキゲノムフェデレーション）」で、カードも知らないのに猪木を見られるかもしれないという理由と、その席だけ抽選で「イノキアイランド」に招待されるということでスペシャルリングサイドを取ったのですが、これは相当近いな、と思いました。

今まで東京駅などで何度か相撲取りを見たことはあるのですが、裸でがっぷり組んでいるところを見るのはもちろん初めて。土俵が思ったより小さいなぁ→それに比べて力士はでけぇなぁ→ということは土俵の中に留まるのって難しいなぁ→……相撲って、大変やなぁ！という当たり前のことに気付くことが出来ました。

持ち前の外見判断力で、「あいつまわしの色変やから弱そう」だとか「尻の形が悪いから弱そう」だとか思っていた力士が、自分よりセンスのいい色のまわしの力士や、堅そうな尻を持った力士を投げ飛ばすのには驚きましたし、「にぃしぃ〜」いう呼び出しさんの声が朗々としていて、とても気持ち良かった。何より肌と肌が触れ合うときの「ばちっ！」という音や、土俵外に投げ飛ばされたときの迫力などは、やはりライブでないと、と思いました。高見盛のロボコップ的動きや「川村某のこと、あんた忘れてないでしょ」と細木数子に言われていた千代大海、二〇三センチの琴欧州、噂の朝青龍や、スーツ姿でうろうろしている武蔵丸を見られたのも、ミーハーな私には嬉しかったです。

しかし見ていて思ったのは、外国人力士が本当に多いなぁ、ということでした。「バルト」という力士がとても人気で、私たちの前に座っていた白人の団体さんなどは、母国の旗を振って、「バァルトウッ！」と、精一杯応援していました。そういえば外国の方って、相撲取りのことを本当に「スモウレスラー」というんですね。「スモウ」まで言えるんやったら、「トリ」くらい言えるやろと思うのですが、そこは彼らのこだわりなのでしょうね。勝手に

NIGHT ★ NIGHT
NIGHT ★ NIGH
NIGHT ★ NI
GHT ★ NIGHT

してくださいね。

もうひとつ気になったのは、懸賞金がかかった取り組み。取り組み前にアナウンスのおじさんが「この取り組みには●●から懸賞金がかかっております。」と言います。●●はスポンサー名ですが、「元気はつらつぅ、オロナミンC」や、「悪臭を一撃で取るニオイノンノ」や、「辛い便秘にイチジク浣腸」などと淡々と言うその口調には興味をそそられました。「読むのん、嫌やろなぁ」と、思いました。

しかしすごいのは永谷園。高見盛の一番には、永谷園が四本ほど懸賞金をかけています。アナウンスのおじさんは「お茶漬けの永谷園、梅干茶漬けの永谷園、鮭茶漬けの永谷園、わさび茶漬けの永谷園……」と言わなければいけません。「お茶漬けはお茶漬けでええやないけ」、という会場の雰囲気をものともせず、全お茶漬けの種類を言わせる根性はすごい。

今回は間に合わず売り切れだったのですが、十二時と十四時から売り出されるという一杯三百円のちゃんこも食べたいし、升席でビールを飲みながら観戦、というのもいいなぁと、次回の相撲観戦を、早くも楽しみにしています。

NO、NEWYORK

シャワーを浴びてコロンをたたき、ニューヨークに行ってきました。

私は大変なチキンなので、NYに行ったことのある人に片っ端から「危なない？」と訊いてまわったところ、皆声を合わせて「全然、大丈夫！　今の治安は日本と変わらないよ！」とのこと。でも、それって、ものすごいビクビクしながらホテルの周りを回るミニマル旅行やった癖に、帰国後「ローカルしか知らない店に通っちゃってさぁ」とか、「現地の人とすごいフィーリングが合うんだよね」なんつってグローバルな自分を作ってしまう感じなのでは？「危ないよ、怖かったよ～」などと言うたら、「なんやあいつ、旅慣れてないわ」と馬鹿にされるから、虚勢張ってるんとちゃうの？　私は最後の最後まで心の紐は緩めませんよ。

街で地図を見たら観光客とバレてあっという間に囲まれ、金品、パスポート、靴から、海外に出るにあたって勇気を得るために持って来た上田馬之助著『男は馬之助　場外乱闘を生きてみろ！』に至るまで、のきなみ強奪されるのではと恐れ、機内ではもっか、街歩きの予行練習です。ガイド本を持つのではなく、地図を折りたたんでポケットに入れておこう、

「私は観光客では無いし、金目のものは何も持っていない。ましてや、あなたに敵意など微塵もない。私は仏教徒であり、私を殺すとあなたのカルマが増え、この先六千回生まれ変わってもその罪業を背負わなくてはならない」という英語は何だろう、などと予習、有料のビールを「おしっこ行きたなるから」我慢し（真ん中の席なので遠慮してしまう）、ニューアーク空港到着を待ったのです。

空港にはNY在住の友人が迎えに来てくれました。かれこれ六年ぶりほどなのですが、全く変わっておらず、というか、ちょっと変わってても……というくらい変わっておらず、大変ほっとしました。私はといえば長らくの印税生活ですっかりセレブリティに、見るからに舌が肥え、どう考えても舌が肥え、圧倒的に舌が肥え、空港で会っても舌が肥えているから分かってもらえないのではと心配していましたが、空港ロビーで一緒の飛行機だった日本人女子と話している私を見つけた彼の第一声は、「声でかいからすぐ分かったわ〜。相変わらず、酒飲んだら土下座してんの？」。やってること昔と変わらんなぁ、と、ニューヨークまで来て思い知らされただけでした。

空港からホテルのあるミッドタウンまで、セレブリティでチキンな私は、最初からタクシーで行く気まんまんだったのですが、道が混むらしく、彼はバスと電車を乗りついで行こうと提案してくれました。しかし、このバス内の光景が、私に衝撃を与えました。

運転手のおじさんはガイドブックで読んだ「にこやかな挨拶をしよう！」を実行してもにこりともせず、笑わないくせに目をじっと見つめて逸らさないというやくざなテクで私を圧倒、左隣に座った黒人のおばさんは天龍のような太い腕に「神」と刺青をしており、右隣のヒスパニック系のおばさんは目をつむって何か分からない歌、モンゴルのホーミー的なそれをずっとくちずさんでいます。途中で乗り込んできた大木凡人眼鏡をかけたブッチャー激似のおばあさんは、私の対面に先に座っていた、川島なお美が五人くらい入れるぶかぶかのズボンをはいた、ものすごくワルそうな男の人をどかし、舌打ちをされてもめげずに座った途端後方席に知り合いを見つけたのか、立ち上がろうとせずそのまま大声で会話。斜め前に座っていたおっぱいが奈良大仏の頭のイボほど大きな黒人女子は、携帯電話で「ファッキン」を連発しながら大声で喧嘩です。

車内マナーって、何？

そんなもんは、鼻糞ですか？

私のキュートな心臓はハザードの点灯を続け、私のキュートなスーツケースを持って立ってくれていた友人を見ると、「いや、俺もこんなすごいバスは初めてやで」と言っていました。天龍とモンゴル人と大木凡人とブッチャーと川島なお美と大仏の邂逅。

でも結局、今回の旅行で一番「怖」と思ったのが、このバスでした。つまり、皆の言っていた「治安全然大丈夫」は、嘘では無かったのです。

私が泊まったホテルは二十七丁目にあり、友人に言わせると「立地が最高」とのこと。メトロカードなるものを買ってもらい、地下鉄での移動をレクチャーしてもらいます。エクスプレス（急行）と乗り換えさえ間違わなければ、終電も無いし、本当に便利です。ホテルは、イメージするホテル、というよりアパートメントという趣、思いのほか結構な宿泊費を払ったのですがバスローブもスリッパも冷蔵庫もアメニティも無し。バスタオルは痛いほどけばだっているし、シャワーもお湯がなかなか出ません。でも友人に言わせると「全然いい方やん。俺が昔泊まったホテル、引き出し開けたらゴキブリ百匹くらい出てきたで」と言っていました。

ホテルサービスって、何?

そんなもんは、鼻糞ですか?

チェックイン後、友人がいつも利用するという三十四丁目にある深夜営業の韓国デリへ。韓国料理を好きなだけ取って、重さで料金を支払います。イートインも出来るので、そこでビールを飲もうということになり、同デリで瓶ビールを購入。クアーズライトというビールが彼のおすすめらしく、まとめて六本買いました。あれやこれやと思い出話をしていたら、深夜二時。エンパイアステートビル前まで行き、「はい、エンパイア見たことにしよ!」と言うて彼と別れ、ホテルに帰りました。時差ボケや興奮で眠れないかと思いきや、普段二十四時間、生物の営みを全く無視した生活を送っているせいか、ぐっすり眠りました。

これ、「続く」にしてもいいですか?

のー、にゅーよーく

今回ニューヨークに行くにあたって、予習大好きな私は、何カ所か行きたい場所をロックオンしていました。そこに行くための地下鉄の駅や地図などを何度も読み返し、その度、赤線、赤丸をつける。しかし、赤を入れすぎて、結局、何が大切か分からない。挙句、自分の予想とひとつでも外れた出来事が起こるとパニック、口をぱくぱくしながら崩壊に至るという有様が、ありがちな私の旅行。

しかし、今回は違います。大体パニックになるのは、「人前でガイドブック読んでたら観光客とバレて……」という、件のビビリのため。ニューヨークでは、そんな必要が全くありません。白人が歩いてたら「生粋のニューヨーカーである」という偏見を持っていたのですが、そんなことは無く、皆地下鉄の乗り場でガイドブックや地図を広げて悩んでいます。つまり、観光客が多いのです。それに、そんなことをしている人を、誰も見ていない。興味が無いんですね。東京と同じです。「HANAKO」読んでるOLがおろうが、ビデオ撮ってる外人がおろうが、誰も見ない。

なので私も堂々と『地球の歩き方 ニューヨーク』を広げ、地下鉄出口に貼ってある周辺地図と自分の地図を見比べ、呑気に写真など撮って、街を回りました。

ブルックリンに地下鉄で向かっていると、なんと隣に座った白人カップルに路線を聞かれました。「うち、ニューヨーカーやと思われてる!」と驚愕、喜びを隠しつつ、ものすごく適当に道を教えていると、「●×▲□○▲リバー?」と聞いてきます。何言うてるか分からへんけど、「この電車は川を渡っとんのか?」もしくは「地下鉄やから川の下潜っとんのか?」と聞かれているのだろうと思い、それも曖昧に「いえす」。ふたりはなんとなく腑に落ちない顔をしていましたが、まあいい。ニューヨーカーは適当やろうからと見当をつけ、そ知らぬ顔で座っていました。すると今度は、反対側隣に座っていた屈強な黒人男性に「日本から来たのか」と聞かれました。え、え、うち、今、たった今、路線教えてたん、聞いてた? うち、ニューヨーカーやで……? しかし嘘なので、渋々「いえす」と答えると、「この刺青の意味を教えてくれ」と言います。見ると、彼の太い腕には漢字で「勉族」と彫っていました。

なんで、意味知らんのに、彫るの? 一生、残るのに?

それを一番聞きたかったのですが、他人には興味の無い街なんだろ、ニューヨーク。出来るだけクールを装おうとしたのですが、「勉族」って、何やろ。仕方なく、「努力と家族」と、また適当に答えると、「ふうん」と、興味の無い顔。

なんで、聞くの?

勉族

でもここは、他人には興味の無い街なんだろ、ニューヨーク。私は「こんなことには慣れている」という顔をして、電車に揺られていたのでした。

他人に興味の無い街、ニューヨークと書きましたが、普通に話しかけられる街、ニューヨークでもあります。道を歩いていると、女の子に「その靴はどこで買ったんだ」とか「ピアスは自分で作ったのか」と聞かれ、おじいさんに「雨は降るのかね?」、おばさんに「あの猫うちで飼ってるのとそっくり」と言われます。最初は「観光客やから馬鹿にしとんのか」と身構えていたのですが、どうやらそれは普通のことらしいのです。話しかけた後はそ知らぬ顔をして別れるし、そこから友達になるというようなこともありません。なんか、本当に「普通」なのです。

例えば、滞在中、男の人に「ドゥユーハブタイム?」とよく聞かれました。私はそれを「時間ありますか?」と勘違い、てっきり「きゃっ! ナンパね!」と思い込み、日本女子、馬鹿にされてはいけないと力んでいたのですが、それは「時計持ってる?」つまり「今何時?」と聞きたかっただけ。「のー!」などと高飛車に言い、靴音荒くその場を離れる自分を思い出し、きゃーっと大声を上げたくなるくらい赤面してしまいました。

さて、地下鉄を降り、ブルックリンを歩きます。フォートグリーンというところに行きたい店があったのですが、そこに至るまでの道には、スパイク・リーの映画や、SPEEDの細い子がチャラい黒人をはべらせチャラい歌謡曲を歌っていたPVに出ていたような建物が並んでいます。緑も多いし、なんか、ええとこやなぁ、と、温泉街に来たような気持ちで歩いていると、いました。いましたよ。

　ヒスパニック系の男が、大声で何か話しながら、後ろから歩いてきます。あんまり大声で、しかも明瞭なので、ハンズフリーの携帯電話で話しているのかと思ったら、違うようです。「しゅっとみー！」「まざーふぁーざーぶらざーしすた！」などと叫び、振り返った私から目を離しません。これは困った。慌てて目を逸らし、余裕ぶって歩いていると、私を追い抜きました。ほっとしていると、少し歩いてから、くるりとまわり、また戻ってきます。困った。わはは。ちらりと、周りを見ると、アパートの下に椅子を出した、即身成仏みたいなカリカリの爺さんが座っているだけ。絶対に助けにはなりません。後をついてくる彼の服装を見ると、バスの中で見た川島なお美五人仕様と同じようなぶかぶかのズボンをはいており、目が、右目がロンドン、左目がフィンランドあたりを見ています。ケミっ子である彼は、何かを吸引し、キティになっているのでしょう。昔、新今宮の朝市で、通天閣と名古屋テレビ塔を同時に見ている器用なおっさんが「覚醒いたしました！」と敬礼しているのを見かけましたが、それが懐かしく思い出されます。白昼とはいえ、これはかなりハザード。心の中で恐怖に号泣しながら「南無阿弥陀仏」「堂々と、堂々と」などと唱えながら歩きました。大通りまで、あと少し。彼は相変わらず私の周りを「ぐるぐる」していましたが、大通りに出た途端、引き返し、元来た道を帰って行きました。何なん？　あんまりドキドキしたから、近くにあった店に入り、ビールを一気飲みしてしまいましたよ？

　ここで忘れてはいけないことがあります。ニューヨークは、なんと、信じられないことに、驚愕の事実、開いた口がふさがらないとはまさにこのこと、あんびりばぶるなことに、外でアルコールを摂取してはいけないのです！！！　酔っ払っていたら、逮捕されるというのです‼　映画で缶ビールを紙袋に入れたまま飲んでいる人が登場しますが、あれはこういうことだったのですね。ニューヨークよ、こんな暑いのに、コーラみたいなチャラいもん飲んで、歩いてられますか？　私はほろ酔い気分で店を出、近くにあった売店でビールを購入、映画のそれのように紙袋で隠しつつ飲み歩いたのです。

マンハッタンとブルックリンを結ぶブルックリンブリッジという橋の袂に、小さな公園があります。川の向こうにいわゆる摩天楼を望み、静かだし、とても素敵な公園です。私はそこで都合三本のビールを飲み、大変良い気分で帰途についたのでした。

まだ、続いてもいいですか。

脳入浴

　さて、路上で酔っ払ったし、ちょっと危険な目にも遭いました。日本の皆には怖かった思い出をちょっと水増しして話し、「無事帰って来て良かったね」と言ってもらえるし、禁止されている「路上で飲酒」をしたことで、「西さんって、勇気あるね！」とも言ってもらえます。「旅なれてるよねぇ」「西さんは海外生まれだから、外国人に対して気負いが無いんだろうね！」なども、期待出来るかもしれませんよ。

　旅行の目的はこれで果たしたので、残りの日も、ひたすらブラブラしました。私はとても貧乏性な人間なので、旅行に行ったら『地球の歩き方』に載っている「おすすめスポット」を回らないと、損をした気分になります。かといって自由の女神はしょうもなさそうやし、エンパイアステートビルは見たしということで、ＭｏＭＡ内を走って回り、ジャズを聴きに行った先で演奏の途中で退席、セントラルパークに行き、芝生の上で寝転がり四秒ほど『男は馬之助』を広げてみました。あんまり歩き回ったので、サンダルのかかとがアスファルトの熱で溶けてしまったほど。

食事は、知り合いの作家さんにもらった各国料理の本を見て、南米やプエルトリコ料理、南アフリカ料理などを選んで食べました。いったいアメリカという国はパンが主食な癖に、まずい。そればっかり食うんなら、もっと美味く作れ！　と、海原雄山が怒っていますよ。

さきほど言った国の料理はご飯がメインなので口に合い、挙句スパイシーなとこがビールにも合うので、大変嬉しい。日本食は美味しいと悔しいので食べませんでした。しかし、せっかくニューヨークに来たのだから、何かニューヨークらしい料理を食べておかないともったいないなと思い、うっかり早起きした最終日の朝、ガイドブックを見て、「昔ながらのアメリカンダイナー」なるところがあるトライベッカまで脚を運びました。

そこは、映画に出てきそうな、本当に昔ながらのダイナーでした。ちょっと無愛想なおっさんの店主と、短いエプロンをつけたアルバイトの女の子、常連のおっさんや立ち寄ったデブの警察官。「しめしめ、アメリカっぽいとこ来たわ」と、メニューを見ると、ガイドブックに書いてあった「この店に入ったら、迷わずランバージャックプレートをオーダーしてみて！」が、あります。

ランバージャック。

実はこのダイナーに来たのは、アメリカを実感するだけではなく、それを食べることが目的でもあったのです。

ランバージャックとは、ランバージャック・デスマッチの略。ランバージャック・デスマッチとは、リング下に何人ものセコンドがつき、リング外へエスケープ、もしくは転落した選手を強制的にリング内に押し戻すプロレスでの試合形式のこと。アントニオ猪木がタイガー・ジェット・シンを、ザ・シークを、ラッシャー木村を破った、あのデスマッチです。私は「迷わずランバージャックプレートをオーダー」しました。試合に備えて、余裕ぶって圏外なのに携帯をいじくっていると、やってきました。ラッシャーの掌くらいに分厚いパンケーキが二枚、海原雄山が怒る不味いトーストが二枚、小猫の死体ほどのオムレツと、シンのサーベルでも突き刺せないカリカリのベーコン、駅の隅に落ちているゲロほどの量のふかし芋です。

「無理」という刺青を右手の甲に彫りたくなりましたが、ここで負けてはいけない。

女の子が仏頂面で注いでくれたオレンジジュースの音がゴングに聞こえました。大切なのは「え〜、こんな量なん？　予想外……」と焦る顔を見せないこと。「あ、こんくらいね、食べなれてる」というニューヨーカーを装い、黙々とフォークを動かしました。パンケーキにバターを塗り、メープルシロップを阿呆ほどかけましたが、それだけで吐きそう。最後にはこんな苦しい思いをして、自分は何をやっているのか、え、そもそも自分って何だろう。自分を定義しているものは？　自我とは？　人間とは？　という段階まで行き着きました。それはそれで脳内物質が出て気持ちよく、薄くて不味いコーヒーを飲み干す頃には「なんか楽しくなってきちゃって」、目が合った女の子に笑いかけてシカトされても全然平気でした。猪木さん、私、やり遂げました。

そんなこんなで、私の初ニューヨーク旅行は、幕を閉じました。

三度に亘ってニューヨークのことを書いたのですが、聡明な読者の皆さんはお分かりでしょう。普通やん……？　うふふ、そうです。そない、面白くなかったんです。ジャズも素晴らしかったし、たまたま見たバスケも迫力あったけど、それもなんとなく「予想していた」通りの面白さ、路上で酒を飲んではいけないという事実のように「信じられない！」ほど驚くような経験も無く、地下鉄に乗って、たまに人に道を訊き、ビール飲んで、ご飯を食べ、ホテルに帰って寝る。なんと普通なことよ。占いで「将来の結婚相手は外人かもしれない」と言われ、多大なる下心もあり、無駄にお洒落をしていたのですが、そういう運命的な出会いも無く、ロンドンフィンランドさん以外の危険な出来事も、無い。「イエローマンキー！」と叫ばれたり卵を投げつけられることも無いし、うっかりブロックパーティに参加させられ、日本語ラップを披露することもありませんでした。何もかも普通。すっかり油断した脳みそは、ぬるま湯につかり、リラックスしている普段の私。

それが、大変具合が良かったのです。再三自分のことをチキンと言っていますが、私は冒険が大嫌い。ちょっと危険なことやトラブルなんてこの世から消えちゃえ、と思っています。旅行に行くことの醍醐味は「非日常」の空間や出来事ですよね？　それで脳みそが刺激を受け、普段使っていない筋肉を使い、創作意欲もわいてくる、というからくりですよね？　それは、困ります。あんまり「非日常」だと、花やしき富士Qハイランドくらいの眼になってしまうし、あんまり楽しい旅行だと、帰って来てからもしばらく脳みそが「きゃっ、きゃっ」と興奮、創作どころかガイドブックを読んで復習の毎日。無駄にその国に感化されてしまい、「お化粧なんてしなくていい！　人間、中身が大切なんだもの！」とか、「結婚ていうのは単なる制度であって、要は本人同士がいいと思っていたら、それで幸せなんだと思う」「あくせく仕事してどうなるっていうの？　大切なのは、今でしょう？」などと言い出しかねません。

ならば旅行に行かなくて、よくね？　と言う誰かの声が聞こえてきそうですが、それは無視！　旅行は、行きたいの！　三十やし、自分で稼いだお金もあるし、なんか家でお尻かいて「セックス・アンド・ザ・シティ」のDVD借りてきて見てる、とかは嫌なの！　「西さんまた日本にいないんだねぇ」とか、言われたいの！　「月一度は旅に出ないと、煮詰まっちゃって……」とか、言いたいの！

リフレッシュしたとはいいかねる今回の旅行ですが、でもなんか、また行きたいねんニューヨーク。

バリ1

すっかり旅行づいている私ですが、バリにまでも行ってきました。

バリは初めてでした。私の洋服や雰囲気について、皆さんによく「絶対アジアとか好きそう（柄多いんだよ馬鹿）」、「バックパッカーでアジアとかまわってそうだよね（汚いんだよ死ね）」と言われますが、私はアジア、特に東南アジア方面に何の興味も縁もありません。それどころか、湿気多そう、スリ多そう、ボラれそう、顔濃そう、馴れ馴れしそう、などと、国際的見地からいえば確実に偏見の眼でもってそっち方面を見ていました。なので、今回友達のAちゃんに誘われなかったら、一生行っていなかった場所であると思います。

NY同様、チキンである私は、早速『地球の歩き方・バリ島』を購入。インドネシアはイスラム教が多いが、バリ島は圧倒的にヒンズー教が多いこと、左手は不浄とされているので握手などしないこと、頭は神聖なものなので子供の頭を撫でたりしないこと、などを徹底的に予習。中でもバリでは、ジゴロといって、組織的に外国人女性、特に日本人女性を甘い言葉で誘い、金品を巻き上げはては結婚まで持ち込んで家を購入させるという、誠意大将軍よりもタチの悪い悪玉男たちがいると知り、アナルが痛くなるくらい身を引き締め、デンパサール国際空港に降り立ちました。

バリは、熱かった。暑い、ではなく、熱かったです。

クタという観光客が大変多いエリアに滞在したのですが、クラクション、人いきれ、湿気と、匂い、それらがいっしょくたに混じり合って、独特の熱気を産んでいました。街を歩くジゴロな男たちは、ちゃらっちゃらにちゃらく、いくら熱いとはいえ、あんな奴らについていく日本人女性たちの趣味を完全に疑ってしまいます。本国ではオフィスレディなどをしているのでしょうか。あんな男に引っかかれる人はパンツまるだしで、夢の中へ、夢の中へ、行ってみたいと思っているような手合いだろうと思わざるを得ませんが、実際はベージュのタイトスカートなどを穿き、しっかりパンツを隠して、丸の内あたりを闊歩しているのでしょうね。世も末。南無！

着いたのが結構遅かったので、私たちはホテルで早速休むことにしました。安いツアーだったのに、なかなかの高級ホテルで、日本円の強さを実感していたところ、ホテルの部屋で軽い衝撃を受けました。ドリンクバー、というか、ウェルカムフードのようなものが置いてあるコーナーを見て、「オレオクッキーや〜」「プリングルズや〜」と、何もたとえない彦摩呂を降霊させていたところ、ウブな私が見慣れない正方形の箱が。「箱や〜」と彦摩呂を崩さなかった私ですが、なんとそれは、コンドームでした。オレオ、プリングルズ、エビアン、コンドーム。バリのウェルカムは、なかなか奥が深そうですね。それとも、日本人の女ふたり連れだから、「あいつら、ぜってぇバリ人連れ込むぜ」と、勝手に解釈、先回りをされたのでしょうか。だとしたら、悔しい！　南無！

ぷんぷん怒りながらシャワーを浴び、早速現れたものすごく大きいゴキブリを溺死させて、ベッドへ。眠れません。興奮？　時差？　違います。普通に、めちゃめちゃうるさい。めちゃめちゃ、うるさい。

すぐ近くがクラブなのでしょうか。リアーナやレッド・ホット・チリ・ペッパーズやショーン・ポールが、バリの夜中に大声で歌っていました。それらは全て「寝るな〜、寝たらあかん〜、寝たら死ぬで〜」に聞こえました。ていうか、近所の住民から、苦情はこないのでしょうか。バリの「夜」の概念も、なかなか奥がふかそうです。

（旅行シリーズ、あまねく続く！）

バリ２

次の日は早起きして、とりあえずホテル周辺と、海辺を歩いてみることにしました。前日あれだけうるさかったのに、いつの間にか私はぐっすり就寝。Ａちゃんはちっとも眠れなかったそうで「あんなうるさいのに、よく眠れるね」と言われました。私は、生きてる中で一番、眠ることが好きです。どうか誰も、私を起こさないでね。

クタの街を海に向かって歩いていると、様々な方向から声をかけられます。物売り、タクシー、ナンパ、ただのひやかし。朝のはよから、すでにイライラしてきました。しかも、そこいら中を歩いているオーストラリア人女性にはちっとも話しかけず、私たちをピンポイントで。完全にナメられとる。ＦＢＩＴシャツでも着てきたら良かったと後悔しましたが、とりあえず海。バリがサーファーのメッカであるということが、分かりました。轟々と波が立っていて、海は綺麗なのでしょうが、波が強すぎて波打ち際が濁っています。こりゃ相当沖に行かんと綺麗な魚や可愛らしい貝は見れんな、と思いました。

相当沖に行かんと。

この言葉をどうか、胸に刻んでおいてくださいね。

私たちは結局クタのビーチを後にし、ブノアというエリアへ行きました。三日目にレンボガンという島へ行こうと計画しており、その島へ行く船が発着するのがブノアなので、下見も兼ねて、ということです。発着場所に着くと、早速おでこに「怪」という文字を浮かべているおっさんに強引に声をかけられ、「レンボガン島に行きたいのであれば俺の船で連れて行ってやる」的なことを言われました。彼が話を熱心にすればするほど、彼のおでこの「怪」と、私のおでこの「疑」は濃くなって。日本国内においても自分以外を信じない私ですから、当然その男の言葉も信じず、Aちゃんと逃げました。

ブノアにも物売りなどはいますが、クタよりは全然少ないほうでした。ただ、みやげ物屋が連なる場所へ行くと、おばちゃんやお姉ちゃんたちが一斉に「マタギ」「マタギ」と言います。マタギ？　バリにもマタギが？　いえ、よく聞いたら、彼女たちは「見るだけ」と言っているのです。見るだけ、見るだけと声をかけ、こっちが安心して見ていると、オカマの嫁入りの強引さで物を買わすわけです。とは言うものの、何十円、何百円の世界。とてもマタギのような勇ましいものではありません。

しかし、見るだけ↓見るだけ↓見るだけ↓マタギ、というあまりに強引な変換。高校時代歴史を教えていた、空きっ歯で統一教会員の先生が「マホメットはムハンマドがなまってそうなったんや。よう聞いとけよ。ムハンマド、ムハンマド、ムハンマド、マホメット」と無

FBI
なんかバリの布

茶な言葉の背負い投げを決めていたのを思い出しました。

ブノアのビーチには、砂の上までせり出したレストランが数多くあります。大好きなミーゴレンをビーチ上で食べるという贅沢。しかもちんちんに冷えたビールは百円そこそこ。皆が阿呆のようにバリやバリやと騒ぐのが、分かった気がしました。

その勢いで夜はジンバランというエリアのこれまたビーチ上のシーフード屋台へ行きました。新鮮な魚介類を選んで、それを料理してもらうのですが、すべて計り売り。値段がはっきりしていない食い物イコールぼられる、という意識の高い純日本人の私は、温厚なバリ人があからさまに嫌な顔をするほど値段を聞き、やっと落ちついて食事をすることが出来ました。空には満天の星、波の音を聞きながら、ロマンチックに……

女と食事。

そのときほど、恋人が欲しい、と願ったことはありません。

私たちは女同士、格安マッサージをしてもらい、口数少なに、ホテルへと戻ったのでした。

（まさかの続く！）

バリ3

島。

島といえば、38度9分の熱を出しながら、腰から下を流された沖縄・久高島が思い起こされます（「沖縄8度9分」参照）。あのとき見た幻の牛、元気かな？　遠くから手を振りながら歩いて来た私、幸せかな？

レンボガン島に行く日本人は、私たちだけでした。あとはほとんどがオーストラリア人です。オージービーフを徹底的に詰め込んだ、屈強な、デブの、劇的にスタイルのいい白人たちに囲まれながら、私たちは船で島を目指しました。絵葉書で見るような、ここまでくるともう嘘やろというような、真っ青な海が続いています。昔はどこの海もこれくらい綺麗だったのかなと思うと、なんとなくものすごい損をしているような気になって、背中がそわそわしました。

レンボガン島は、さっきの海に輪をたくさんかけたような絵葉書仕様。白い砂浜に生き生きと生えるココヤシ、山の斜面にはお洒落すぎるコテージが並び、海にせり出したカフェーで、優雅にランチ。「アングロサクソンの考える夢のリゾート」とはまさに、というような佇まいです。私とAちゃんは「なんやここ！」「何これ！」「何〜ここ〜」「何なのここ〜」「ヤバない？」「ヤバい〜」「ヤバいよな」「ヤバいよね〜」などと実のある会話をしながら、なるべく人のいないビーチを目指しました。

浜には、街で見る「怪」超人のバリ人とは違う、素朴な現地の漁師さんたちが網を繕っており、その前で、オーストラリア人の女の人がおっぱいを出したり引っ込めたりしています。その光景に少しばかりくらくらしながらも、海！　私は貝が大好きなので、ここはひとつ、泳げないAちゃんの前で格好ええとこ見せるかと、貝を採りに海へ入りました。

相当沖へ行かんと。

聡明な読者の方なら、この言葉を、覚えていらっしゃいますか。

バリの海はサーファー向き。波打ち際やちょっとした浅瀬などは、波にもまれた砂で、少し前も見えません。私が欲しいのは、貝。なので私は、買ったばかりのシュノーケルをばっちりつけ、ぐんぐん沖へと向かったのです。しかし、いつまでたっても砂まみれ。いい加減飽きてきた私が顔をあげると、あれ？

流されています。

ものすごく流されています。

Aちゃんとの距離は、実際で言うと、そんなに無いはずなのですが、自分がこのあたりやろと想像していたエリアより、全然沖で、挙句右側に流されているのです。

焦るな。私はシュノーケルをつけているし、周りにはサーファーだっているし、Aちゃんだって私が泳いでいるのを知っているし。そう自分に言い聞かせ、とりあえず浜に戻ろうと、泳ぎ始めました。しかし、一向に進まないのです。それどころか、どんどんどん流されていきます。水の中にいるのに、体全部に冷たい水をかけられたような気がしました。本当に、ぞっとしました。

怖い。

そう思うと、もう駄目です。水を飲み、パニックでおかしくなりました。

「Aちゃぁああああああああん」

大声で呼びましたが、Aちゃんは私が泳げることを知っているので、はしゃいでいるのだろうと判断したらしく、手を振ってきました。違う！　溺れてるねん！

怖い怖い怖い怖い怖い怖い。

水をたくさん飲み、心なしか、右足も攣っているような。

「Aちゃぁあああああああああああん」

もう一度そう呼ぶと、さすがにAちゃんも様子がおかしいと思ったのか、手を大きく振って、何か言っています。でも、聞こえません。

怖い!!

何故かそのとき、私の頭に「マタギ」という言葉が浮かびました。私の知り合いの友達にマタギがいるそうで、そのマタギと山で飲むと、酔っ払ったマタギが回りの木を上機嫌で切り倒していくそうです。

　私は溺れながら、会ったことのないそのマタギが、大声で笑いながら木を切り倒していく様を思っていました。なんでやろ。人間パニくったら、ワケのわからんことになるものです。怖い。木を切るマタギ。怖い。木を切るマタギ。……。

　しこたま水を飲み、どんどん流されていく私がマタギと共にあきらめかけたとき、ぽぽぽぽぽぽ、と音が聞こえました。マタギ？　音のするほうを見ると、一隻の漁船が近づいてきました。

　‼

「たすけて～」

　私は手を振って、必死で叫びました。するとは、漁船のおっさんが、あろうことか、にっこり笑って、手を振ってきました。違う！　溺れてんねん！　私はさらに大声で、

「へるぷみ～」

　と言いました。産まれて初めて「へるぷみ～」って言いました。すると、おっさんはやっとわかってくれたのか、船を近くまで寄せてくれました。私はほうほうの体でそれに乗り、ぽぽぽぽぽぽぽぽぽぽ、と浜まで帰って来たのです。

　死ぬかと思った。

　浜には心配顔でAちゃんが待っていてくれました。私は頭の中のマタギと酒を酌み交わしながら、「生きててよかった……」と、心から思いました。

私が捕まった波はカレント、という引き波だそうで、もしそれに捕まったら、無理に波に逆らおうとせず、流れに沿って浜と平行に泳ぎ、カレントが無くなったところで浜に戻ってくるのが正しいやり方だそうです。皆さん、どうかお気をつけください。

そんなこんなで、バリの最大の思い出は「溺れたこと」です。

三度にわたって姑息に文字数を稼ぎ、挙句「溺れた」オチ。

バリの素晴らしさを伝えきれていないのではないかと心配ですが、本当にいいところですよ。皆さんも一度、訪れてみてはいかがですか。

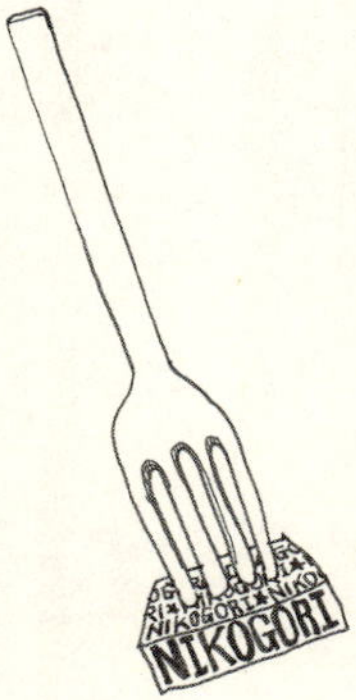

やったこと・思ったこと

クイアくれ

こんにちは！　うちのテレビは、43インチです。貧乏人よ、ひれ伏せ。

以前までテレビがなかったり、あっても映らなかったりだったので、テレビを見るという習慣が随分となかったのですが、あれ、一度見てしまうと駄目ですね。いつまでもいつまででも画面を見つめて、ボーッと、ボーッと、ひたすらボーッと、してしまいます。見ているときは脳みそつるつるで、何も考えていません。画面の中で人が動くのが興味深くて、煮魚の目で、ひたすら画面を見つめているのです。たのしい。

そんな私が、最近気になって見ている番組があります。

ケーブルテレビでやっている、「クイア・アイ」というアメリカの番組です。クイアは英語でオカマ、という意味らしく、だから直訳すれば「オカマの目」。日本でもよくあると思うのですが、見るからにモテないダメ男を、お洋服だとか髪型だとかを変えて、モテ男にする！　という企画。「クイア・アイ」ではそのコーディネートを五人のオカマがやるというわけです。彼らのうち四人はインテリア・コーディネーター、スタイリスト、ヘアメイクアップアーティスト、フードコーディネーターの肩書きを持っています。もう一人はいまいちよく分かりません。「あなたって意外と胸板厚いんだね」「髭濃い人好き」とか言うてるだけのような気がするのですが、なんとなく彼は、礼儀とかマナーなどを改善させる人のようです。

洋服を変える、といってもクローゼットの中を全部捨ててそっくり取り替えるとか、インテリアも、壁をハンマーでぶち壊して間取りから変えてしまう、などの大げさな「アメリカ！」という内容で、それが面白いのもあるのですが、この前、ハタと画面を見つめ直したことがありました。

先ほどの「髭濃い人好き」な男の人が、変身し終わった男の人に最後のレクチャーをするのですが、そのとき「いいこと？　彼女が家に来たら、絶対にコートを脱がせてあげること。それをしないと、彼女怒って帰っちゃうわよ」と言っていたのです。私は、

「え？　アメリカ人女性は、コートを脱がしてあげないと、怒って帰る？」

という、字面だけを受け取って驚いたのですが、彼は続けます。彼女の雰囲気にぴったりのスペシャルカクテルを作ってあげる、車に乗るときにドアを開けるのは当たり前、一度目のデートは礼儀正しくタクシーを手配して帰すこと、時にはロマンティックに馬車デートなんかもいい。

「とにかく基本は、彼女をレディとして扱うことよ！」

とにかく、基本は、彼女を、レディとして、扱う？

そんな男、嫌やわぁ……。

私はそう思いました。

彼の家に行ってコートを脱がしてもらったりしたら、「え？　凶器探してるんですか」と、疑われたことにショックを受けるし、スペシャルカクテルとか持ってこられたら、「とりあえずビールやろボケ」と思うし、馬車なんて手配されたら、驚いて馬に飛び乗り、走りだしてしまいますよ。


先日、女友達数人とお酒を飲んでいたとき、恋人がいない子の「誰かいい人おらんかな」の一言に、皆であれこれ提案していました。私が知っている男の子で、三十代半ばで、今ちょうど恋人がいなくて、仕事をちゃんとしていて、男前ですごく優しい、とっておきの子がいるのですが、その子のことを言ったときの、皆の反応が圧巻。

顔の前でぶるぶるぶるぶる手を振り、目を細め、太い声で、

「おらんおらんおらんおらん」

呆気に取られている私を尻目に、「驚くほど変な性癖があるのではないか」、「陰でものすごく暴力をふるうのでは？　顔以外に」「実は結婚して孫もいるとか」「男じゃないかも」「いや、そもそも生きていないのでは」などの有様。そういえば、と思い、「クイア・アイ」による、「いい男論」の話をしたら、皆一様に言いました。

そんな男、キモイ！

オカマ

クイアたちの面目、丸つぶれです。類は友を呼ぶというか、不幸は不幸を呼ぶというか、「レディとして扱うって何やねん!」と言いながら酒をあおる彼女たちを見て、恐ろしいほどの居心地の良さを感じたのでした。

私たちだって好きなタイプは人並みに「優しい人」「面白い人」などの、どうとでもなる幅の広さを持っていますが、例えば男の人と飲みに行って「今日は奢るよ」なんて言われたら、大変大変恐縮し、恐縮がすぎて段々落ち着かなくなり、貧乏揺すり激しく、だから楽しくもなくなり、やはり男の人がトイレに行っている間にさっさと勘定を済ませてほっとしてしまう、という性格です。

いうて私などは最近出版の方々とお食事に行って、奢ってもらうのに慣れてきたセレブリティですが、親友のYは「奢るよ」といわれると、「何? うちのこと金ないと思っとるん?」という重症。しかも、彼女弱冠二十六歳ですよ。どんな、二十六年間やったの?

プライドが高いくせに自信がない、そんな私たちを改造してくれるクイア、どこかにいないですか? いやいや今回は、うまくまとまりましたね!

家のテレビは、43インチです。貧乏人よ、ひれ伏せ!

奇跡体験！ビフォーアフター

前回幽体離脱やちょい奇跡の体験を書いていて、思い出しました。半年ほど前に大阪に帰ったとき、急にお腹が痛くなり、あるデパートのトイレに行きました。あせっているからといって慌てて二階トイレなどに飛び込むと、同じような考えの婦女子がずらりと並び、かえって惨事を巻き起こすものです。急がば回れ。ここはひとつ我慢して、もう少し上階にある紳士服売り場の女子トイレに行くのがいいでしょうね。

相当ギリギリやったのですが、私は涼しい顔をして、エスカレーターを使い上へ。そのままままっすぐトイレに飛び込むのもどうにもあれなので、もっと涼しい顔で男物のシャツに触れたり、つまり「恋人のプレゼントを探しているのだけれど、そういえばトイレにでも行っておこうかしら？」という女の人になりすまし、もうあかん、もうわし限界や、というところでトイレへ。

えー。

ずらりと並んでいました。女、女、女です。

なんでー。

平日の昼間、紳士服売り場階の女子トイレが、こんなに？

皆、私と同じ考えだったのでしょう。あすこは、空いてるはず。唯一違うところは、恐らく皆は私のように「恋人のプレゼントを……」という嘘の演目を上演していないところです。「トイレ行きたーい♥」エスカレーターを上がり、空いているであろう紳士服売り場へ、そして店員の目もおかまいなしにトイレへ直行した類です。はしたない。

でも、私はさっきまでの自分を恨みました。限界でトイレへ行くなんて、どうかしている。かといって「譲ってください」とは、恥ずかしくて言えないし、他の階のトイレに行くため歩く、という行為をすると、非常に危険。もう、そこまでの状況だったのです。私は、脳みそをフルに使って、トイレ以外のことを考えることにしました。

トイレで、トイレ以外のことを考えるのは、かなり至難の業です。ふたつ前に並んでいる女はメールなどしており、その呑気な様子に相当腹を立てていたのですが、いつの間にか「あいつの尻と私の尻を取り替えたい」という妄想に変わる始末。頑張れ、私は小説家なのだ。何か、思い浮かべろ、トイレではない、何かを。

青コーナー側の花道を、ゆっくり歩いてくる槇原敬之。セコンドは米良美一。ロープの間からゆっくりリングインする槇原敬之。レフリーは米良美一。大いにわく観衆を見る槇原敬之。リングアナは米良美一。ここでゴング、ゴングがまきぐそ。

駄目でした。

もう、駄目でした。

お母さん、ごめんね。お父さん、ありがとう。友人よ、忘れないで。


加奈子は今日ここで、死にます。


そのとき、奇跡が起きました。

私の順番まで、あとふたり、メールをしたあいつと、おばあちゃんです。

メールの順番が回ってきたのに、メールがおばあちゃんに「あ、先どうぞ。私和式駄目なんです」と言い、そう言われたおばあちゃんも、「私も駄目ですねん。脚がね」

そして、

「どうぞ」

と、私の方を振り返ったのです。

私はなんと、また涼しい顔で、「あ、そうですか？　じゃ」なんて言って、ゆっくりと個室に入りました。最後まで余裕を決め込む私のプライドの高さ。そしてその悲しさ。

カギを閉めた途端、大声で泣き出したくなりました。

あたし、生きてる。

トイレを出た後、今度は本当に余裕で、各階の売り場を見て回り、奇跡を起こしたデパートに少しでも恩返しと、たくさん買い物をして帰りました。

免許グラデュエーション

皆さんは、免許をお持ちですか。車の免許です。

私は持っていません。履歴書の資格欄に何も書くことがない、というくらいの些細な弊害だし、そもそも履歴書なんてこの先一生書きたくないし、「いらんわ、そんなん」と、思っていました。でも、石原都知事のおかげで風営法が厳しくなり、その結果クラブの深夜営業時のアイディーチェックも大変厳しくなりました。ちょっと酔った勢いで寄っただけ、明らかに二十歳をとうに超えた私なのに「写真つきのものがないと入場させられないんす」などと生意気なクラブ店員に鼻であしらわれてムカついたり、わざわざパスポートを持参して、「そんなにまでして遊びたいの？」などと、ちょっとした恥をかいたりするようになり、「欲しいな、免許……」と、思うようになりました。

九月頃から、私はえらいこと退屈な生活を送っており、昼過ぎに起きてだらだらと猫を触ってみたり、昼寝した後だらだらと猫を触ってみたり、宅急便を受け取ってだらだらと猫に触ってみたりしていたので、待てよ、こんな時間をなんとか有意義に使えないものか……そうだ、免許取得だ！　と、思い至りました。

と、いうことで、今、教習所に通っています。

むろんオートマティック車です。マニュアルで取得された方は、「なんや簡単やんけ」とお思いでしょうが、私にとっては苦痛の毎日です。

そんなことせーへんて、と思っていた私ですが、アクセルとブレーキ、間違えたりします。冷静でいられればいいんです。でも私は、怒られるのが大嫌い、皆嫌でしょうが、私は皆さんのそれに輪をたくさんかけた怒られ嫌い。助手席でちょっとでも声を荒げられると、「あああああああああああああ」とパニックになり、なんでかしらんアクセルを踏んでしもたり、S字をほとんどI字で突っ切ってしもたりするのです。挙句、教官は大げさにブレーキを踏み、

「ちょっとっっ西さんっっっ今路上だったら、僕死んでたよっっ！」

などと言うのです。私の友人があるとき、背後にいつの間にか人が立っていて、

「ちょっと、僕が高岩（新日本プロレスのジュニアの選手）だったら、あんた死んでたよ」

と言われたそうですが、それを思い出しました。

教官が妙に先生ぶっているところも、鼻につく。先生だもの、それは仕方がない、ここは大人しく聞こうぞ、そう思うのですが、どうしても。

「みんな最初はね、ヘタクソだったの。大切なのはね、九十九パーセントの努力と、一パーセントの才能」

「想像してごらん、大好きな人を助手席に乗せて、湾岸道路を走っているとこ。そう、大切なのはね、希望を持つこと」

「ちょっと西さん聞いてんの？　免許取るのに一番大切なこと教えてやろうか？　教えていただきます、つう、謙虚な姿勢だよっ」

　大切なこと多すぎて、わからへんわ。

　他の生徒さんたちは、随分と楽しそうです。若い先生と話したり、生徒さん同士仲良くなったり。そんな皆を横目で見ている私、西加奈子です。

「飴？　すぐ噛まないなぁ。でも、中に梅とかパウダー入ってるやつあるでしょ？　あれだと、途中で噛むね。なんていうの、味の、グラデュエーションを味わいたいから」

　味のグラデュエーション。それって、味の卒業やで。そう言ってやりたいところですが、下手にたてつくと、次の授業が怖いので、先生には何も言えない私、西加奈子です。

　もう、一生、絶対に車乗らへんから、誰か免許くれ。

青い眼がほしい

私は時々、編集の方や書店員の方などと話していて、自分の読書量のあまりの少なさに赤面することがあります。

「西さん、○○読みました？」

と言われると、たいがい読んでいません。小さな頃はよく読んでいたような気がするのですが、いまいち覚えていませんし、じゃあ何故、小説家になりたかったのか、と、よく聞かれます。小説家になりたくなったのは、ほとんど偶然ともいうべき状況からだったのですが、私の読書観を、決定的に変えた本が、一冊あります。

それまでの私は、よく映画を見ていました。中学生の頃にマリオ・バン・ピーブルズ監督の「ニュー・ジャック・シティ」を見て、「ニューヨーク怖《こわ》！」「ニュー・ジャック・スイング、かっこええ！」「アイスT、走るの遅《おそ》！」などと、五感に響く衝撃を受けました。その快感が忘れられず、スパイク・リー、チェン・カイコー、クストリッツァを観、私はほとんど、それに満足していました。

その本に出会ったのは、冬でした。

寒い日で、私は大阪の本屋にいました。何故だかとても心細くて、家に帰るのをためらって、ぐずぐずと書棚の間を歩いていました。どうしてそこにいたのか、そして、どうしてあんなに心細かったのか。十六歳やそこらの女の子にきっと訪れる、唐突な不快感や尽きることのない貪欲や、自意識との付き合いや居心地の悪さを、やり過ごそうとしていたのだと思います。そしてまさにそのときこそ、一冊の本に出会うべきタイミングだったのです。

ふわりと目に飛び込んできたのが、モリスンの『青い眼がほしい』でした。

ほとんど吸い込まれるように手に取って、ページをめくりました。冒頭の不思議なテクストの後、物語の最初の一文が、これでした。

「秘密にしていたけれど、一九四一年の秋、マリゴールドはぜんぜん咲かなかった。」

それを読んだとき、私は言いようのない（本当に、言いようのない！）戦慄を覚えて、背中を粟立たせました。

「秘密にしていたけれど」

その言葉、本当になんてことのないその言葉が、私の心をしっかりと捉えてしまったのです。親密さ、美しさ、残酷性、そのどれをも、その言葉は持っているような気がしました。

物語は、黒人の少女クローディアによって語られます。彼女は、両親にもらった白人のビードールの可愛さを理解することが出来ません。白い肌、黄色い髪、そして抜けるような青い眼。どうしてそれが「可愛く、愛されるべきもの」で、自分たちの黒い肌、ちぢれた毛、そして漆黒の瞳が愛されないものなのか、それを知ろうとして、人形を壊してしまう、そんな女の子です。

彼女には友達がいます。ピコーラという十一歳の黒人の少女。彼女の家族はその貧困と醜さゆえ、自他共に傷つけあっています。学校の皆は彼女の隣に座ろうとせず、白人の商店主は彼女を見もしません。彼女は自分の醜さの原因は、ひとつであると考えています。皆が自分を忌み嫌い、見ようともせず、そして家族皆がそれによって傷つけあう醜さの原因は、この黒い眼である。そして彼女は神に毎晩祈ります。

「どうか私に青い眼をください。」

彼女は、実の父親に犯され、その子を宿す、という悲劇的な結末を迎えます。眼をそむけたくなるような、おぞましい現実です。

ピコーラの不幸な子供は、早くに死んでしまいます。クローディアは、彼女の子供が死んだのは、自分がマリゴールドをうまく咲かせることが出来なかったからだと考えます。私が、種を地中深く埋めすぎたのだと。でもそれは、彼女の思い込みです。その年、マリゴールドは、どこでだって、咲かなかったのです。

それが、冒頭の言葉につながっていくのです。

「秘密にしていたけれど、一九四一年の秋、マリゴールドはぜんぜん咲かなかった。」

トニ・モリスンは、例えばこの「秘密にしていたけれど」という「言葉」について、後書きでこう記しています。

「それは馴染み深い言い回しである。……おまけに、その言葉にはどこか謀議めいた響きがある。この謀議は行われると同時に拒否され、人目にさらされると同時にひそかに維持される。ある意味では、まさしく書物を書く、という作業と同じだ。」

その日から私は、この本を毎日読みました。時折、学校で思い出しては、授業中に一節を書き記しました。それはほとんど、誰かに宛てた恋文のようでした。熱に浮かされたように、私はモリスンが紡ぎだした「言葉」を、紙に書き続けました。

「尼僧たちは情欲のように静かに通り過ぎ、醒めた眼をした酔っ払いが、グリーク・ホテルのロビーで歌っている。」

「年老いたこうした黒人の女の生涯は、彼女たちの眼の中に凝縮されていた――悲劇とユーモア、邪悪と晴れやかさ、真理と幻想のピューレ。」

「最初の小枝は細く、しなやかで、緑色をしている。そうした枝は完全な円になるほど曲がるが、折れはしない。」

「きれいな婦人の言葉が猫の毛を動かし、ひとつひとつの言葉の息が毛皮を分けた。」

私はこんな残酷な物語を知らなかったし、こんなに美しい、人の心をえぐるような言葉の数々を知りませんでした。もちろん、この「言葉」は、私たちが普段使っている言葉です。その事実も、私を愕然とさせました。普段私たちが使っている、この言葉。それを、これだけ美しく操ること。そしてそれが、私の心をこれほど深く震わせること。『青い眼がほしい』は、当時の私が書き記した丸や線やメモで、真っ黒になりました。ここまで何かに熱中し、焦がれ、疲弊したのは、初めてでした。

小説というのは、自ら能動的にその世界に入らなければ、その物語を摑むことは出来ない、と思っていました。例えばとても綺麗な赤色や、エロティックな肢体や、耳に響く轟音によって惹きつけられ、それに釘付けになり、衝撃を得るような、そんな類のものではないと、思っていました。しかし、当時の私は、モリスンの紡ぎだす言葉に、文字通り打ちぬかれ、五感の全てを奪われ、ほとんど精神的に、常に勃起しているような状態になりました。

恐ろしいことに、物語の中、ピコーラの父であるチョリー・ブリードラヴが、ピコーラに欲情し、犯してしまう場面。それさえ、異様な美しさでもって、私の目前に迫ってきたのです。これが、言葉の持つ力なのか。これが、小説なのか。

でも、あれからずいぶんと経った今でも、それは私を奮い立たせ、打ちのめし、背中を押します。恥ずかしいけれど、そんな世界の、端の端の端の、尻尾の先の雫の端の、まだまだ先の地面に落ちる寸前くらいに、自分が存在しているということを思うと、おこがましさと恥ずかしさで死にそうになるし、そしてそれ以上に、幸せで死にそうになっています。

アネモネ

最近また、自転車に乗り始めました。

東京に出て来てから、長らく乗っていなかったのです。

上京してすぐのバイト先が渋谷で、終わるのが深夜三時や四時、始発を待つ時間がもったいないので、当時住んでいた桜上水まで、大阪から連れて来た自転車で帰ろうと思い立ちました。すると、渋谷から下北までの間に一度、下北から桜上水までの間に一度、計二度警察に止められました。そのときの警察の態度が「お前これ盗んだんじゃね？」というような横柄なもので、上京したてのウブな私は、彼らの高圧的な態度と、（東京の警察は大阪弁やない！しかも若っぽい喋り方や！）という大発見に、完全にビビりました。大阪にある「リンリン」という店名の自転車屋で購入したのですが、「どこで買ったんだっつってんのあ？」とすごまれ、（なんか、電話みたいな名前やった！）と焦って思い出そうとし、ぶるぶる震えながら「テルテルです」と言ってしまったほどです。

それからは、近所に買い物に行くぐらいしか使わず、長距離走行は控えていました。三度引越しをしましたが、その度に「西号（自転車の名前）」は、家の駐輪場でしょんぼりとしていて、昔私が住んでいた四天王寺から毎晩北新地まで通っていたこと（三十分）、電車代がなくて天保山まで走ったこと（二時間）などの勇ましい思い出を忘れてしまったようでした。

でも最近、また西号と共に、そこいらを徘徊するようになりました。自転車で走りやすい街、というのが、どうやらあるようです。私の家の近所は道も広く、大通りに出なければ車もそんなに通らないので、とても走りやすい。なんとなく遠くのスーパーにケチャップだけを買いに行ってみたり、玄関につながれている犬を冷やかしたりしています。職を失った昼間のおっさんのような感じです。

歩くのも好きですが、自転車に乗っていると、なんとなくワクワクします。あれ、なんでやろ。漕ぎ出す瞬間の「行きまっせ〜」いう感じや、鍵をかけるときの「到着〜」いう感じ、それらは私の気持ちを高揚させ、悩んでいることやムカついていることを、少しずつ薄くしていってくれます。

そしてこの間、私は、忘れられない光景を見ました。

その日は、まず、夕焼けが見事でした。太陽が見えなくなった後の十分くらい、空がピンク色に染まって、それが段々淡い橙色に変わっていく瞬間、境目が薄い紫色になります。多分次の日は雨で、こんな色のスカート欲しいなぁと、私がいつも思う空です。

（うお〜、久しぶりに見た〜）と興奮しながら自転車をゆっくり漕いでいると、私の前を、カートを押したおばあさんが歩いていました。カートはゴムの葉っぱみたいな深緑色、若草色のスカートをはいて、卵色のサマーセーターを着ていました。髪の毛はふわふわとパーマをかけていて、それが目を見張るほど真っ白でした。

歩道の真ん中をえっちらおっちら歩いているもんだから、自転車では抜くに抜けず、いつもなら「ババァ、端っこ寄れ」などと思うのですが、家も近くなっていたし、その日は素晴らしい夕日のお陰で、少しゆるりとした気持ちになっており、私は自転車を降りて、おばあさんの後をゆっくり歩くことにしました。おばあさんの足は足首が無く、つるりとしていて、セーターに合わせた卵色の靴が肌色に馴染んでいるので、大きな太い指で歩いているみたいに見えます。とても背が低くて、その上背中を曲げているから、なんだかちんまりした和菓子のようにも見えました。そして、髪の毛が本当に白くて、あれだけ白いと、今日のこの夕焼けに染まってしまうのではないかと思うほどでした。

おばあさんは、花屋の前にさしかかろうとしていました。そこは、いつも私が行く花屋でした。店先にゼラニュームやハーブの鉢が溢れるように置かれていて、銀色のバケツの中に、少し古くなった花を安くして入れています。その花をいつも買うのですが、その日はアネモネでした。私はこのアネモネという花が大好きです。あの真っ黒くて毒々しいめしべや、その黒を少し混ぜたような赤や青や紫の、小さな花びら。花瓶に挿しても、決して「アリガトウ」みたいな可愛いことを言いそうに無い、生意気で綺麗なそれらを見ると、どうしても欲しくなり、買ってしまうのです。

そのときも、アネモネを見てしまい、挙句婆さん歩くの遅ぇし、寄ってみるかと、自転車を停めようとしました。すると、おばあさんも、立ち止まりました。おばあさんは、見ているというより、体ごと傾けている感じで、じっと、何かを見ていました。顔はちゃんと見えませんが、角度から視線の先を辿ると、どうやら、私が欲しがったアネモネを見ているのでした。「取られてしまう」と思い、一歩踏み出したそのとき、私は「あ」と、小さな声をあげました。

おばあさんが、バケツから青いアネモネを一本、ひょいと抜き取り、そのまま、歩き始めたのです。

それは、一瞬の出来事でした。そのように、思いました。

おばあさんはアネモネを隠すことなく、堂々と、店の前を歩いていきました。えっちらおっちら、あんまり遅いから、さっきのあの素早い行動が、嘘みたいでした。お店の人は、見えていなかったのか、出てきませんでした。私は、一本なくなったアネモネの、銀色のバケツを見て、それから、ゆっくりゆっくり遠ざかっていく、おばあさんの背中を見ました。なんだか分からないけど、胸が「じいん」としました。

空は柔らかいピンクと淡い橙、真ん中に紫の帯が出来ていて、銀のバケツの中のアネモネは、赤で、紫で、青で、うっすら濡れている。おばあさんの髪は真っ白、小さな手で青いアネモネを一本だけつまんで、そのまま、持って行ってしまった。

私の大好きなアネモネ。

考えたら、ただの、「ババァの万引き」です。でも、その美しい光景に、私はすっかり魅せられてしまいました。冗談ではなく、何故だか、泣きそうになりました。

あんな気持ちになるのは、久しぶりでした。

「だって、あんまり、綺麗だったんだもの」というおばあさんの声が、聞こえてきそうでした。「一本だけ」。

私は結局そのまま自転車を押して家まで帰り、駐輪場に「西号」を止めました。そして、全くおかしな話ですが、「西号よ、こういう瞬間のために、うちらは生きとるんやなぁ」と、思いました。

西号は、仕事を終えた後の牧羊犬のように、凜として、そこにありました。

二十歳成人式説

今年でうっかり三十歳になりました。

この前、取材をしていただいている際、

「一人暮らしをされてから、何年経ちますか？」

と聞かれ、

「えーっと、二十二歳で大学卒業してからだから……、四年くらい？」

と言ってしまいました。ど厚かましさを恥じ、十二畳四畳の素晴らしいワンエルディーケーの自宅で己をぼこぼこにしそうになりましたが、心は今も、二十六歳なのです。私が上京してきたのが二十六のとき、初めての東京で、あたふたしているうちに小説を出版していただく、という恐ろしい幸運に恵まれました。つまり二十六歳は私の人生のターニングポイントなので、心に残っているのです。それでそう言ってしまったと思うのですが、心のどこかで、（このましれーっと二十六である、と押し通そうか。取材者はなんと言うだろうか。

「え？」という顔をしたら、すかさず「やだ、間違えた！　ペロッ！」とベロを出して誤魔化そう。でも万が一、万が一、「そうですか」とスルーされたら、私はまだ二十六歳に見えるということであるし、そのまま流してもいいのではないか。流していい？）と、考えていました。

なんやったら、ちょっと、わくわくしていました。

しかし、取材者の女性は、思い切り、「え⁇　二十……、え⁇」と、私の年齢の矛盾を糾弾してき、またその糾弾ぶりが尋常ではなかったので、ペロッとするのも忘れ、「すみません。八年目です。すみません」

と、サンドイッチ方式で二回謝りました。自分のアイスカフェオレを呑み終わり、なんでか知らんけどその女性のアイスカフェオレに手を出してしまった私を「いいですよ！　どうぞどうぞ！」なんつって許してくれたのに、ちょっと年を間違えただけで、「はぁ？　ぜってぇ許さねぇ！」という表情。女の敵は女である、と、改めて思った次第です。

しかし、三十歳。

皆さんは三十歳、という年齢に対して、どういう印象をお持ちですか。まだまだ若いじゃねぇか？　そろそろ考えた方がいいよ？　どうして敬語が使えないんだ？　昨日鍋屋横丁でゲロ吐いてんの見たよ？

私が十六歳のとき作成した人生設計では、三十歳で三人目の子供を産んでいるはずでした。「真っ赤なバラと白いパンジー、子犬の横にはそこそこ金持っててあんまり怒らへん、ようご飯食べる男の人がいてほしい」と思っていました。

しかし、大学時代アフロヘアーにマイケル・ジャクソンTシャツで法律を専攻、合コンに誘われもせず授業の合間に酒を喰らっていた時点で、あるいは二十三歳で変な髪型だからって深夜見ず知らずの人に殴られ、心斎橋ビブレ脇で倒れていた時点で、はては二十五歳で激安スーパー玉出で十円の白米パックを買おうか買うまいか迷っていた時点で、その人生設計は破綻していました。そこで一念発起、小説家になりたい！　という目標も出来たことであるし、あたし二十六歳、己をリセット、ともすれば生まれ変わったのだという気持ちで上京。「ばぶばぶ〜！」てなもんで、人前でゲロ吐くは号泣するは喧嘩するは。真っ赤なバラと白いパンジー、そして子犬を酔っ払ってむしゃむしゃ食べてしまうような毎日です。

んちゃ！

今私は、友人と「成人式を三十歳にしろ」説を居酒屋の隅でこっそり唱えています。三十歳にしてやっと大人の仲間入りをする「ことにしてほしい」と、思っているのです。

二十六歳、藩の正使として講和条約を結んでいた高杉晋作と、「昭文社　でっか字マップ」を見ながらウキウキして渋谷の街を歩いていた私とは違うし、二十九歳、新日本プロレスを設立したアントニオ猪木と、暇だからってブレーキかけずに自転車で坂を駆け下り、「もんたよしのりが言うてることはほんまやったわ」と、はしゃいでいる私とも、全く違います。

「二十歳を過ぎれば大人」というのは、今の時代、あまりに乱暴であり、残酷な話です。

だからといって「成人式自己申告制度」を取ると、「俺っち、四十だけど、まだ子供（にこっ）」と言い出す奴や、五十を迎えた夜、盗んだバイク（原付）で走り出す奴なども現れるので、せめて！　三十で大人、ということにしてくれませんか、と思うのです。「西さん、今年で三十なの？　やっと、大人の仲間入りだね！」とさえ言ってもらえれば、結婚がうんと遠いことや、「ございますんですけど」と変な敬語を使ってしまうことや、ともすれば「うんこ」の一言できゃーきゃーはしゃいでしまうことも、許してもらえるような気がするのです。

脳にやさしく

親友のYから、実家のある長崎のお土産に、「亀山社中」と龍馬の名前が彫られた、箸をもらいました。嬉しくてわきわきしていると、パッケージにこう書いてありました。

『食事の用途以外に使わないでください』

ふむ。

箸を、食事の用途以外に使う、とは。例えば伸びに伸びた観葉植物が根性無く曲がっているので、土に刺して植物と紐で結び、支えとする。エアコンのフィルターが猫の毛で目詰まりしているので、細い方で突っついて、綺麗にする。長い髪の毛をまとめる際、手近に良い感じのヘアゴムが無いため、くるくるまとめて、かんざしとして使う。それぞれ、なかなか良いアイデアであります。とても、使えそうな感じです。

でも、なぜそれら良いアイデアの実行を頑なに拒むのか？　『食事の用途以外に使わないでください』の、文字よ。しかし、少し考え、私は思い至りました。

きっと、こう言いたいのだ。『食事の用途以外の、危険なことに使わないでください』。ともすれば、『使わせないでください』と。箸を、食事する以外の危険な用途に使う、なんて大胆な輩は、幼児に決まっています。

例えば、こんなふうです。

「ばぶばぶ。（わ、このお箸というやつ。持つところが手にフィットして、先が細くて尖っている。）ばぶばぶ？（つまり、人の眼を攻撃するのにぴったり？）ば〜ぶ〜。（と、思っているところに、向こうから私にそっくりな私の母が歩いてくるよ〜）ばぶっ！（よし、ここは早速、眼球をつっついてみよっ！）」

「あら、えっちゃんお箸上手に持てるのねぇ。偉いわよ〜」

「ばぶ〜！」

「ぎゃあああああああああああっ！　えっちゃぁああああああああんっ！」

こういう警告文を、最近、至るところで見るような気がします。くだんの箸のように少し具体的な主張は無いまでも、幅広く、『幼児の手の届くところに置かないでください』というのは、よく見る文句です。幼児って、ほんまに阿呆やから、明らかに食べても美味しくない、毒々しい色をしたプラスチックの何やかやを口に入れくさって、飲み込んだりしくさって、ゲロなんて吐きくさって、泣きくさって、親に病院連れてってもらいくさって、大変な治療費をかけくさることに、なりくさります。

私も昔、おはじきを前歯と前歯の隙間にどうしても、どうしてもはさみたくなり、にこにこ実践、にっちもさっちもいかなくなって、母親に泣きついたことがありますし、私の友人の妹は、クリネックスティシューを小さく切って水に浮かべたら、なんか美味しそう、ということを発見。あまりに美味しそうなのでむしゃむしゃ食べ、お腹が大変なことになり、病院に行くまでの車中で脱糞したことがあるそうです。

だから、『幼児の手の届くところに置かないでください』は、意義のある警告だと思います。よしんば幼児が手に取って血を見たとしても、「手の届くところに置いておいた保護者が悪い」という言い訳が出来るのです。

もし何か起こったとしても、私たちは警告したよ！　だから、悪くないんだからね！　という、言い訳。誰の？　企業のです。しかし、昨今この企業というやつは、「責任問題」にあまりに敏感でありすぎるような気がします。

「マクドナルドが、美味しいもんで、食べすぎちゃったから、こんな体になっちゃった。どうしてくれんの？」

というデブの訴えがまかり通ったという、アメリカの恐るべき判例があります。それを知って私は愕然としました。では、マクドナルドは、「マクド、美味しいで。でもな、美味しいからって、食べ過ぎたら、太んねで」と、パッケージに書かないといけないのでしょうか。

そこまで、せなあかん？

くだんの箸かて、日本人やったら、箸の用途くらいわかってるやん。「食事以外の用途に使わないでください」て書いといて責任逃れをせなあかんくらい、皆、訴えるきっかけを、

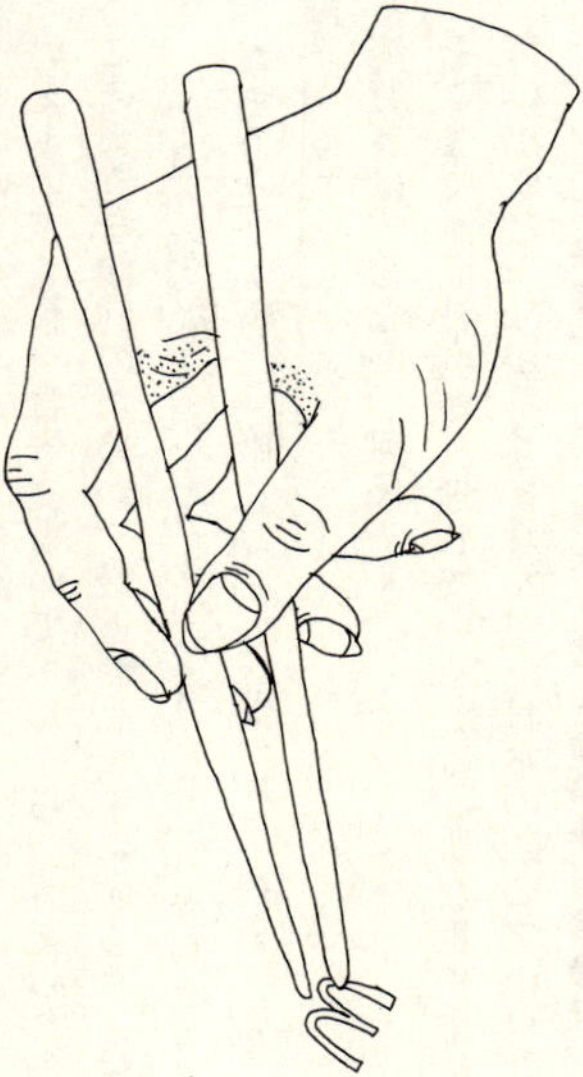

虎視眈々と、狙ってはるの？

「いえーい、これ、警告文書いてへんから、訴えられるわぁ！」？

　このような傾向のためか、最近商品を手にすると、見ていてイラつくような警告まみれです。「中身が飛び出る恐れがありますから」「やけどする恐れがありますから」「手を切る恐れがありますから」「喉に詰める恐れが」「恐れ」「恐れ」「恐れ」。そない？　そない、危険？

　消費者は、そない、阿呆？

　そこまで訴訟社会が浸透しているとは、嫌な世の中になったものですよ。

　言い出すとキリがありませんが、日本の駅のアナウンスも、親切がトゥーマッチだと思います。「次は●●駅でー、お乗り継ぎは●●と●●でー、今日は雨やからー、傘の忘れ物が多いからー、ホームと電車の間が空いてるからー、カーブが多いからー」。

　脳みそに、優しすぎます。これでは、自分で考えよう、という気が、起こらない。

　おかげで、私の脳みそは、つるつるですよ！　もう、こうなったら、

「あまりにアナウンスが親切やから、私は考えるということをしなくなり、脳みそがつるつるになって、婚期を逃しているし、やけくそでお酒ばかり飲むものだから、酒代が馬鹿になりません。どうしてくれるんですか」

　と、訴えるしか、ありません。

ネーミングセンス

この前いつものように鼻糞を掘りながらテレビのニュースを見ていると、「発明家主婦の一攫千金」なるものを特集していました。六時三十五分くらいから始まるこういった企画は「激突！　百貨店スイーツ商戦」や「穴場の激安ワンコインランチ」など、何のプレッシャーも感じずに見ることが出来るので好ましいのですが、今回のこの企画、ある場面で、私は珍しく掘る手を止めました。

それは、七十歳の主婦が考えた商品でした。彼女は腰が悪く、立っているのさえ苦しい有様、なんとかならないかと思っていたところ、太めのファッションベルトをすれば腰が支えられて楽だということに気付き、お尻から腰までをがっちり支えるベルトを発明、今では年商二億を誇る、ということなのです。素晴らしい、素晴らしいが、別にここまではよくある話、私の手を止めさせたのは、商品名です。

『ラクダ〜ナ』

というのが、その名前でした。私は、「ここにもか！」と、ため息のように言葉を吐き出しました。名前の由来はもちろん「腰、楽だなぁ」です。「楽だなぁ」から紆余曲折も経ず『ラクダ〜ナ』になったのでしょう。

常に濡れているのが特徴の眼鏡拭き布『ヌレテ〜ル』、喉が痛いとき直接患部に噴射する『ノドヌ〜ル』、温めると糸を引くように伸びるチーズ『のび〜る』。

私は、これらの商品の「商品名決定会議」を、見たい。そして、言いたい。

「安易すぎ！」

大切な商品にその安易さはなんやの。ラクダ〜ナやったらもう潔く「楽だな」でええやん、ヌレテ〜ルやったらもう、「濡れてる」で、「喉塗る」で、「伸びる」で、ええやん。

こういった商品は、命名理由の安易さが顕著に現れすぎですが、また他にも、「周りに多いことだし、自分もそれをもらっちゃおう」という安易な命名も目につきます。

大阪にいた頃、ある街の商店街を歩いていたところ、そこいら中の喫茶店の名前が「ボン」であったことがあります。「ＢＯＮ」「喫茶ボン」「ぼん」ぼんぼんぼんぼん……どんだけあるねん。喫茶店なんて、自分が苦労して貯めたお金で開いた、大切な大切な店なんとちゃうの？　ええの？　ボンで？　こんなにあんのに？

一体全国に喫茶店ボンは何軒あるのでしょうか？

スナック「来夢来人（ライムライト）」は？　中華の「来々軒」は？

サザエさんのカツオが読んでいる漫画に「まんが」と書いてあるようなものです。

ペットの名前もそう。

「犬飼うてん〜」

「へぇ！　名前なんてつけたん？」

「ポチ」

安易！　「ジョン」もダメ。

「猫は？」「タマ」安易！　「シロ」「ミケ」もダメ。

「インコは？」「ピーコ」安易！　「ピーすけ」「ピーちゃん」もダメ。

「ゾウは？」「花子」安易！　「太郎」論外。

何度も言いますが、私の猫の名はモチです。白くて、お尻のところに焦げ目がついているような茶色い模様があり、なおかつ撫でるとぐんとのび〜る。

実家の犬はサニーです。NISSANにSUNNYという車種があり、私たちの名前は「西さん」→ニッサン、挙句カイロ時代私たちがいつもお世話になっていたスーパーマーケットがサニースーパー。この、二重、三重に意味を持たす妙が、カシコ〜イ。

「石橋という名前なので、会社名をブリッジストーンにしました」合格。

「娘の名前はすみれですが、英語表記にするとsmile。笑顔になるんです」特待生。

しかし人名に関して言うと、昨今「個性的な」ものを求めすぎ、すごいことになっているような気がします。

麻里鈴（マリリン）ちゃんや月姫（かぐや）ちゃん、阿都夢（アトム）君、空汲水（アクア）君。「宇宙」と書いて「コスモ」君にいたっては、これから「長渕剛」と書いて「おとこ」君や「奥居香」と書いて「プリンセスプリンセス」ちゃんなどが登場するかもしれません。

名前、というのは一種の「呪（しゅ）」であると、ある作家さんが小説で書いていらっしゃいました。その名前で呼ばれたときから、その人の運命や性質が決まってくるのだと。それにはとても納得させられます。私は西加奈子であるから、なんていうかこう、西加奈子の人生であるし、やしきたかじんなんてめちゃめちゃ「やしきたかじん」やし、松浪健四郎は「松浪健四郎」やわ～、という感じです。何も説明出来ていませんが、伝わることを願っています。

さてエッセイも書いたし買い物にでも、と思っているのですが、私の自転車が「西号」であることを今思い出し、羞恥のあまり「あー！」と大声を出して素敵なリビングをごろごろ転がり本棚に激突、目を上げるとそこに自著が並んでいました。「あおい」「さくら」「きいろいゾウ」「通天閣」「しずく」……ああああああああああああ、安易！

はずか～し。今から喫茶店ボンを探しに行き、その看板で自分の頭蓋を思い切り殴ってこようと思います。

厄〜YAKU〜

さきほど、長い間会っていない友人から、

『坂本リュウ一は、飛行機乗ってなんかで出したCO2（二酸化炭素のことです）を、現金で購入している。』

と、メールが来ました（全文そのまま引用）。

懐かしい友人なのですが、なんて返事をしていいのか、わかりません。


突然ですが皆さん、厄、払ってますか？

私はここ数年、「北枕」や「大安・仏滅」、「夜爪を切ったら親の死に目に逢えない」「歯磨きした後みかん苦い」などといった、日本古来からあるジンクス的なものに徹底的に弱くなり、自分が二〇〇八年に「前厄」であるということを二〇〇四年くらいから危惧、「そのとき」が近づいてくる毎に恐怖を募らせガタガタ震えていたのですが、とうとうやってきました。

厄年。

何が怖いって、まず、字が怖い。『厄』って。漢字の「どこかの」部分だけをさらーっと書いて、なんとなく「一番大切なことは、あえて言わないでおく！」といった風情が漂っています。手元の明鏡国語辞典で意味を調べてみると、

「やく［厄］①わざわい。災難 ②厄年の略」

と、あまりにあっさりと書いてあります。絶対に、もっと意味があるやろう、と思われるのですが、やはり「一番大切なことは、あえて言わないでおく！」といった風情、それはつまり「ほんまの意味はめっちゃくちゃ怖い、口に出すのも怖い、だからお前、想像せ」ということです。その証拠に、私にとって最も怖い言葉を調べてみましょうか。

「すがお［素顔］①化粧をしない、地のままの顔。②虚飾のない、ありのままの姿」

ほらね。

絶対に、もっと他に深い意味があるだろうに、「一番怖いことは、言いたくない、口にするのも怖い、迂闊に近寄れない」といった雰囲気が、ぶんぶん匂ってきます。

厄払い、いこ。

私の義姉が今年目出度く厄を終え、経験者である彼女に連れて行ってもらおうと思い立ちました。場所は成田山の新勝寺です。昔から彼女が詣っていた寺であり、参道が賑やかで楽しく、境内の庭もとても綺麗だと言うことと、母の強力な勧めもあり、そこに連れて行って

もらうことになりました。義姉は今の私と同じ歳、前厄を払った年に兄と出会い、結婚に至ったという経緯があります。それを、数日前にお会いしたお義父さんから聞き、その際、「だから加奈ちゃんも、厄を払うと、きっといいことあるよ」とおっしゃっていただき、うふふ、と安心していたのですが、待てよ。行きの電車で、ハタと思いました。

「前厄やったから、出会ったのがうちの兄、小学生のとき私と一緒に主人公が登場した次のコマで敵がギブアップしているようなプロレス漫画を描いていた、その程度の人だったのでは……。義姉は海外留学経験があり英語も堪能、頭もセンスも抜群に良く、厄ではなかったらもっと素敵な、バラク・フセイン・オバマみたいな人と、出会っていたのではあるまいか……」

隣に座っている義姉の眩しい笑顔を不安な面持ちでもって見つつ、私は心の中で「厄、恐るべし」と改めて思っていました。

空港ではなく、成田で降りたのは初めてでした。

義姉の言う通り、寺まで続く参道は昔ながらの建物が並び、お漬物や佃煮などが売られています。次の駅が成田空港、ということで外国人の姿も多く、私はすっかり観光気分ではしゃいでしまいました。義姉が、ある鰻屋の前で「ここはとても美味しいから、帰りにご飯食べて帰ろうね」と言ってくれ、小柄なレスラーくらいは酒を飲むことが可能である彼女の言うこと、「帰り、たらふく飲んで帰ろうね」という誘いに聞こえるのは、仕方がありません。

立派なお寺を「立派なお寺でした」と言う以外にボキャブラリーを持たない小説家の私で

すが、新勝寺は、立派なお寺でした。「受付」で厄払いの申請をすると、法被を着たおじさんがコンピュータ処理をしてくれるというハイテックテンプル、引換券のようなものを渡してもらい、札が出来る間の三十分ほど、義姉と綺麗な庭を散歩したり寺内に入って坊さんの読経を聞いたりして過しました。しかし、えらい坊さんの袈裟って、どえらいカラフルですよね。よく見たら五重塔の彩色や売っていた曼荼羅などもとてもきらびやかで、仏教がインドから来たのだということに、すごく納得させられます。二〇〇七年度世界長者番付ベスト10の中には、インド人が四人もいるそうですよ。

さて、三十分などあっという間です。東の札所へ行きくされと言われたので行ってみたところ、引換券がありません。ポケットにもカバンにも腹肉の間にも、ない。

最初の厄！

焦って髪の毛が全部白髪になってしまいましたが、義姉が「大丈夫よ、名前を言ったら」と言ってくれたことで気を取り直し、また法被を着たおじさんに引換券を落としてしまったことと名前を告げると、「何祈願？」と言われ、なんかおもろい、と思いながら、

「前厄払いです。」

と宣言すると、すぐに私の札が見つかりました。厄払い、おわり。白い紙みたいのんがようさんついた棒で、ふぁっ、ふぁっ、て頭の上振られたりしてませんが、札さえもらえばこっちのものですよ。

帰りはくだんの鰻屋に入り、鰻をほおばりながら昼間からビール、という贅沢、そのあと

立ち寄った外国人が好きそうなバーでも酒を飲み、「御守札」をかたわらに置きながらTLCを聞くという稀な体験をし、そのまま池袋で日本酒を何合か飲み、ご機嫌で帰宅しました。うっかり引換券を失くす、というトラブルに出会いましたが、とにかく私は前厄を払いました。とはいえ、そこに胡坐をかいてしまうような私ではありません。来年、再来年も厄払いに努め（おもろかったー）、この後三年間はなるだけおとなしく、ツチノコのように生活をしようと思います。

そしてとりあえず、友人には、

「坂本リュウ一の、リュウは、龍です」

と、メールを返しておきました。

ひどい首ね

大阪の友人にチケットをもらい、ピナ・バウシュの舞台を見に行ってきました。私が見たのは「パレルモ、パレルモ」という作品でしたが、芸術作品といわれるもの、を理解しなければという焦り、●●が●●で●●だったわ、と気のきいたことを言わないと西加奈子はノーカルチャー、無教養な女と思われ、私の本を置いてくれている書店のポップに「センス無し」と書かれたりするのではないかという恐れから、行きの小田急線の中でドキドキしていたのですが、実際に見たそれは、そんなこと危惧する暇を与えないほど素晴らしく、ていうか、めっちゃ面白かった。隣に座っていた友人に「あのおっさん変な動きやな(笑)」とか「あーびっくりしたー」とか軽々しく言えてしまう感じがとても好ましく、とても「自由」、の匂いがしました。

どう感じたって自由なのだ、芸術というのは「態度」であり、「芸術」という言葉の意味を大袈裟に(私の場合は崇高なものとして)受け取ってガチガチになる必要は無いのだなぁ、と思いました。

そして今回のエッセイでは、こういった芸術のことではなく、そのピナ・バウシュの舞台を見たときから私の首に起こっている異常について書きたいのです。

「首に異常が」などと言うとちょっとしたホラー漫画のタイトルのようなのですが、どういう風に異常かというと、て言う前に異常、て「常と違う」という意味ですから、常がどういう状態かというと首は例えば斜め後ろから猫に「なおん」と呼ばれたら「なあに?」て可愛く振り返ったり、嫌いな奴に「ペイッ」て唾を吐きかけるときにぶんって振ったり、とにかく一周は出来なくても結構動かせるのでなかなか便利なのですが、それが違う、というのはなんていうかつまり、

くびうごかんねん。うち。

ピナを見ているときから、ちょっと笑ったりびっくりしたりして動かす度「ぎく」て分りやすい音と共に激痛が走っていたのですが、なんか寝ちがえたんかなと自分を誤魔化しつつ、あったかいお風呂に浸かって血行を良くし、可愛い猫を抱いて眠れば治っているやろうと、「専門学校に通っているハイティーンの思う未来のビジョン」くらい甘い考えでもって眠りについたのですが、次の日目覚めると、全く動かない。「ぎく」とも言わずただ激痛、しかも「しーん」としている。ちびとも俯けないので仕事にならない、「なおん」という声が聞こえても体ごと振り返らなければならず結果猫を脅かすことに、哀しくて泣きたくても直立不動で号泣、という大変男らしい絵ヅラになってしまいます。これは一大事、と、阿呆の餓鬼が見たら「しゃきんっがちゃんっ、ぎゅいーっ!」と、ロボットの音を効果音としてつけ

られそうな動きでもって最寄の形成外科へ直行、目やにがついた医者にレントゲンを撮られ、待合室で直立で待機。

「こんなに、こんなに首が痛い、動かないということは、何かえらいことになっているのではないか、普通の寝ちがえでこんな風になるわけないし、かといってムチうちになるような事故にも遭ってないし、これは筋肉というより骨そのものがなんかもう、えらいことになっているのではないか。ていうか、体のどこかがえらいことになっているのではないか。あーもう、ほんまになんかえらいことになっているのではないか」

と、とにかく「えらいことになっている」という感想しか抱けず、厄払いをしたはずの自分の不運を嘆きました。

しかし、呼ばれて入った診察室、目やにが無くなっていた（取りやがってん）先生に言われたのは、

「ひどい肩こりです」

大声で「うそつけやぼけ、めやにもっかいつけるぞ」と叫び出しそうになりましたが、そうなんやって。「ひどい肩こり」なんやって。

皆さん「ひどい」って、簡単に言うてはいけませんよ。例えば「ひどい男ね」の「ひどい」って、「ひどい」のなんたるかを知っている私からすれば、処女の女をだまして妊娠させ、それを告げられた際自分の精液にはまったく生殖機能は無いと嘯き、挙句「まじびっくりした、びっくりして髪の毛がちょっと抜けたから通院代出せ、百万円。ていうかショック

だしお前慰謝料出せ、百万円」て言ってその女性の腹を蹴り、蹴った際に「あ、かかと汚れたから靴代も出せ、百万円」て言うくらいの男のことですよ。

その日は簡単なマッサージをしてもらい、しゃきんしゃきんいいながら帰宅、家庭内号泣家事、治ったらあれほど嫌っていたジムにまた通い出すかと、小さく決意したのでした。

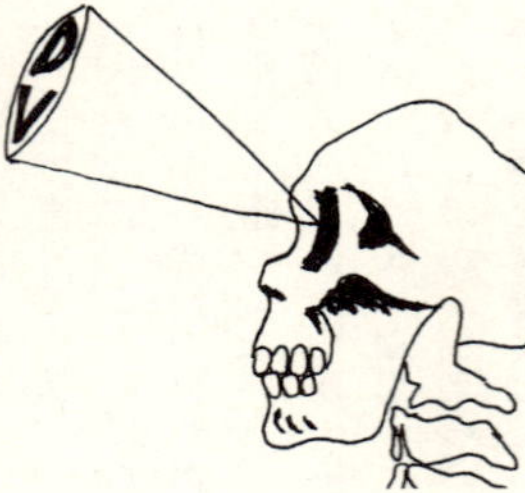

手紙

五月七日は私の誕生日でした。

友人のMという女の子と偶然一緒の誕生日なので、人気者である彼女の誕生日会に「ちょっとー場所空けて空けてー、よいしょ！」と乗っかり、みんなに「おめでとう」と言ってもらったり、誕生ケーキに「NISHISAN」と、書いてもらいました。出会って数年経っても「苗字＋さん」で呼ばれる私です。誰かその壁、崩せや。突拍子もないあだ名、つけろや。

さて、Mは二十六歳。はは、いつまでたっても私に追いついてきません。そういえばインナーサークルのF部長（「春なので勧誘」参照）も誕生日が近く、一緒に祝ってもらったようなのですが、いかんせん存在感薄く、覚えていません。どれくらい薄いかというと、彼は今春、甲子園に母校が出ていたので毎回日帰りで応援に行ったそうなのですが、結局先生にも誰にも覚えてもらっていなかったそうです。さらに言うと、友人の結婚式で友人と二人で撮った写真を親に見せた際、友人の方を指さして「これ、お前？」と言われたそうです。もう、死ねばいいのに。

誕生日というのは、いくつになっても嬉しいものです。今年は毎年恒例、親友Yからのメッセージ付き花束（誕生日当日にまさかの配達）、他にも友人から可愛いキャンドルやチョコレート、本やCD、アクセサリーなどをいただきました。

そして、母から、花と手紙をもらいました。

母からはよく、自分で書いた絵手紙（『愛猫モチがだらりと横になっている絵の横に、加奈ちゃん大変やのにナ〜ンモせんとごめんな！ の文字』『愛猫モチが丸くなっている絵の横に、加奈ちゃん大丈夫私がそばに居るから、の文字』など）をもらうことはあるのですが、改めて封筒の手紙をもらう、ということが珍しく、私はすぐに封を切りました。手紙は分厚く、青いインクで書かれた大きな字は、私にとっては見慣れた、そして懐かしいものでした。

『誕生日おめでとう！』の後、『三十一年前の今日、午前中に陣痛がきて、十時ごろ入院しました。』という文章から、それは始まっていました。

母は、私をイランで産みました。そのことはもちろん知っていたし、出産当時のことを何度も聞いたことはありました。でも、改めてこうやって文章でそれを知ることは、私にとってはとても新鮮でした。

『陣痛室に通されましたが、すでにイラン人の女の人が一人入院していました。この部屋には病院の規則でお父さんとおばあちゃんは入れてもらえずお父さんが「お袋さんつれて帰っとくから」と言って帰っていきました。この時、おばあちゃんは「うちはなんの為に来たんやろ、陣痛の間ずーっとついててあげたいと思って来たのに！」と思ったそうです。』

私の祖母が、母の出産に際し、生まれて初めて飛行機に乗り、はるばるイランまでやって来たことも聞いていました。祖母は体が小さく、働き者で、明るい人でした。実は、イランに行く前、体調不良で倒れたそうなのですが、「美代子（母）の手伝いをしたい」と言い、母の兄三人も、「美代子が待ってるから、行ってやってくれ」と祖母の背中を押し、四人とも「美代子には倒れたことは言わないでおこう」と、決めていたそうです。

『そのあとお母さんの大好きだったオストバール先生が病室に入って来ました。』

オストバール先生は、妊娠した母が、父にイランの医療機関が心配なため、「日本に戻って産むか、ドイツに行って産むか」と言われていたとき、念のため診察してもらった先生です。母は一目見て「その立派なお人柄が伝わってきた」と、イランでの出産を決めたそうです。「加奈子、言葉通じるとか通じへんとか、そんなん関係ないねんで。一目見たら分かるんやで」と、後々までずっと言っていました。残念ながら写真は無く、イラン人の看護婦さん、「この人におっぱいマッサージせえ、言うてよう怒られたんやー」と、母が言っていたその人が、ゴマの糞みたいな顔をした生まれたての私を抱いた写真しかありません。

私は逆子でした。しかも、前置胎盤の可能性がありました。胎盤が先に出ると、赤ちゃんは呼吸が出来なくなるのだそうです。母はてっきりお腹を切られるだろうと思っていたそうなのですが、

『先生は指を三本立ててペルシャ語で何やらつぶやいて出て行きました。すると一緒に入院

していたイランの女の人が「三時間で産ませてあげると言っているよ」と言ったように思ったんです?』

そう、母は書いていました。「おっぱいのマッサージせえ」の看護婦さんにしろ、「三時間で」のイランの女性にしろ、ペルシャ語が分からない母が、どうしてそれを理解していたのか分かりません。でも、母は、「分かった」と、言うのです。私はそれを信じます。以前我が家にトルコ人のお客さんがいらしたとき、男性が私に最後、どえらい長いこと話をしたのですが、もちろん分からない私が母を見ると、

「あんな、トルコええとこやから、おいでなーやて！」

と、自信満々に言いました。男性はその日本語の三百倍くらい話していたような気がするのですが、私は母を信じます。

私は本当に三時間で生まれ、即刻臍の緒は捨てられたものの、とても健康な、丸い、赤ちゃんだったそうです。（後、祖母が病院に臍の緒をもらいに行ったら気持ち悪がられたそうです。日本にしかその風習は無いのですね。）

『このあとの事はおばあちゃんから聞いたことなんですが……』

と、母は続けます。

『バツール（私の家にいたメイドさん）は台所で目玉焼きを作っては、お皿にあけていたらしくてこれはイランのスルッと生まれますようにというおまじないらしいです。そしたら電話のベルが鳴りバツールが急いで出るとすぐに「サンキュー、アガイニシ（ミスターニ

シ）！ アガイニシ！」とお父さんを呼んだそうです。電話に出たあと「お袋さん、生まれたそうです、女の子やて！」と、言ったお父さんは嬉しさのあまり声がうわずっていたそうですよ。』

恥ずかしい話ですが、事実なので書きますが、私はこのくだりのあたりですでに泣いていました。最後の『生まれてきてくれて本当に本当にアリガトウ！』の文字は、きちんと読むことが出来ませんでした。涙をぼたぼた手紙に垂らす、などという漫画的なことを自分がするとは思いもしませんでした。

イラン人に交じって臍の緒をもらいに行った小さな祖母、声がうわずっていたという当時三十三歳の父、病院に入れてもらえず、エブラヒムという大男の運転手さんに手を引かれて帰って行った幼い兄、言葉の分からない国の病院で、逆子の私を産んだ、今の私より年下の母。

『どうしても書きたくなってこうしてペンを走らせているのです。』

と、彼女は書いていました。たったひとり、私にだけ向けられた文章、その美しさ、尊さ。私は完全に圧倒されてしまいました。がーん、と、脳みそを直接叩かれた気がしました。私は今、文章を書いて、お金をもらう、という仕事をしています。でも、私は、母からもらったこの手紙以上に美しいもの、尊いものは、決して、決して、あーもう絶対に、書けないと思います。

今こうして生きてるだけで私はどえらいとんでもない圧倒的な幸せ者である、と、思い、ます。順風満帆の家族ではなかったし、辛い思い出かてたくさんありますが、わははー、生理不順で「キレる子」で意地悪で弱虫で卑怯で家でごちゃごちゃ考えている私、今の、私は、めちゃくちゃに、叫びたい。恥ずかしかろうが阿呆やろうが胡散臭かろうが、じゃかましい！　「完全なる幸せ者」の私は、家族に言いたい！　「あああああ愛している」と、言いたいのです。

お母さん、私を産んでくれてありがとう。

覚えてない

覚えてない。

心の中によく、この言葉が浮かびます。

北京オリンピックが始まり、鼻糞を掘りながらも、なんやかんや夢中になって、閉会式なんて最初から最後まで視聴、「ほーう、五輪おわった」と思った途端、「あれ？　チベット問題てどないなったの」と、思いました。

暴動が始まったときや、聖火リレーの妨害がテレビで報道されていたときは食い入るように見、チベットの人がいかに迫害されてきたか、という事実を知るにつけ、汚くて小さい自分の胸を痛めていました。そしてそのとき、「このことは絶対に忘れないでおこう」と思っていました。しかし、低脳な私。水泳に、陸上に、野球に、夢中になって、チベットのことなどすっかり忘れ、「五輪おわった」なんて、思っているのでした。

また、チベットのみならず、オリンピックが開催されたその日に起こったロシアとグルジアの紛争。平和の祭典が行われている、その同じときに起こった恐ろしい出来事、という衝撃もつかの間、私はやはり、シンクロに、レスリングに、ソフトボールに、夢中になって、言うのです。

「五輪おわった」

忘れないでおこう、いや、これほどの衝撃なのだ、忘れるはずが無い、と思っていても、ひょっこりやってきた生理の痛みや、超個人的でアホらしい苦しさに心奪われ、すっかり忘れて、テレビの前で鼻糞を大きい順に並べるばかり。

私は、いつだってそうです。

自分の悲しみや辛さには人一倍敏感で、辛いのだ苦しいのだ助けて忘れないでみてみてみて、と周囲の善良な人たちに訴える、のたうちまわるくせに、こと人の不幸、悲しさや苦しさや忌々しさややり切れなさに関してはあきれるほど鈍感で、それを知ったとき、一瞬の動揺や辛さの共有を覚えるのだけれども、すぐに忘れてしまうのです。

覚えてない。覚えてない。

サンフランシスコに行った際、帰りの空港で、手荷物検査を待っている私の前に、インド人の女性が並んでいました。彼女は人目もはばからず涙を流し、列に従って進みながら、何度も何度も後ろを振り返っていました。彼女の視線の先をたどると、そこには彼女に向かって手をふり続けているインド人男性の姿があり、私は彼らの別れの理由を考えました。ただの転勤だろうか。彼が留学しているのか。それとも貧しさゆえの出稼ぎか。彼女がこれほど泣き続け、彼があれだけずっと手を振り続けているということは、これから長らく会えないに違いない、では、次に会えるのはいつなのだろう。私は彼らの境遇を思い、思わず涙ぐみました。彼女はいつまでもいつまでも、泣いていました。

でも、検査が終わって中に入り、彼女の姿が見えなくなると、私は「そういえば！」などと思いながら免税店に立ち寄り、好きな化粧品を試したり、香水の匂いを嗅いだり、チョコレートを買ってむしゃむしゃ食べたりしていました。

「うわこれめっちゃおいしー」

今、チャイルドスポンサーといって、発展途上の国に住む子供たちの援助をしています。特定の子のスポンサーとなって毎月お金を送金、その子の住むエリアの生活向上につとめる、と言うものです。私はマラウィの男の子のスポンサーになっているのですが、酒を飲んだら小便と共に消えてしまうような微々たる額で、スポンサーなんて名ばかり。自分は「何かやっている」という心の安定を得たくてそんなことをしている、金持ちの国特有の自己満足であります。

彼らの不自由な境遇を知るにつけ「自分はなんて贅沢な暮らしをしているのだろう」「もっと送金出来るのではないか」などと自分を戒めるのもつかの間、新宿で、原宿で、渋谷で広尾で恵比寿で美味しいものを食べ、「なんてかわいいのん！　買うてまえー」と、素敵な靴を買う。芝居を見に行って笑い、テレビを見て笑い、鏡に映る自分の顔に「もうちょっと目ぇ大きかったらなぁ」などとつぶやいている。そんな私です。

中途半端に善人ぶって、周囲の不幸や苦しみを共有するようなフリをして、すぐに忘れて享楽にふけるのなら、初めから「うちはそんなん関係ない、しらんわい」「わしだけ幸せやったらそれでええんじゃぼけ」と言って、徹底して悪人になるほうがよほどいい。そのほうがまだ、勇気があります。

でも私にはその勇気もなく、今日も懲りずに「なんとかしたい」「このことを忘れないでいよう」などと思います。そして、忘れるのです。

私は、また、髪を綺麗にすることに、目を大きく見せることに、肌を綺麗に見せることに、素敵な洋服を見つけることに、美味しいものを食べることに、人からほめられることに、精を出すのでしょう。「ウォシュレットはやっぱええなぁ」「うわサラダに陰毛が。食えるかぼけ」「この靴に合うマニキュアを塗ろう」「今うち絶対世界一不幸やわ〜」。

私に残されているのは、「羞恥」と「感謝」です。

自分が「覚えてない」ことを恥だと思うこと。はずかしい、すみません、すみません。そして、「食えるかぼけ」や「うち不幸」などと言った後に、絶対に、感謝すること。生きてる、生きてる、生きてる。ありがとうございます。ありがとうございます。

それさえも忘れてしまった、「覚えてない」などと言う私に会ったときは、どうか私を抹殺してください。私は人非人、でも無い、もはや地球に住んでいる生き物では、なくなっていますから。

英語脳

とうとう、英会話に通い始めました。

「とうとう」と言うからには、前から英会話に通いたかったの？　英語を話したいと？

そうです。

以前から、外国の方に早口で話しかけられると、ニヤニヤしながら手を小さく振る、ニヤニヤしながら「のー」を繰り返す、という、外国人を困らせる日本人そのものの私でした。

そのコンプレックスから、英語みたいなもん話せんでも生活していくのに苦労せぇへんわよ！　と、日本語もきちんと話せない癖に意地を張り、挙句外国に旅行に行くという矛盾。

あまりに言葉が通じない場合は、

「まったく言葉通じひんかったけど、なんとかホテル予約したわよ（笑）」

「大きな声で日本語を（笑）」

「ジェスチャーまじりで（笑）」

「全く違う意味に取られてしまい（笑）」

TOEIC
死ぬまでに受かる!

と、帰国した際皆に報告、

「英語も話せないのに外国に行く西さんの無鉄砲さはいかに（驚）」

「大声で日本語を話したらその勢いで通じたという西さんのバイタリティたるや（驚）」

「全く違う意味に取られて右往左往している西さんを想像すると（驚）」

などと皆に言われ、キャンディキャンディ然としたお転婆さんを見るときのような視線を頂戴する、ことだけを楽しみに、ニヤニヤ笑いながらその場を後にし、ホテルで言葉わからんテレビ見る、という行動を繰り返していました。

以前、ある雑誌の企画で、占い師の方に将来の結婚相手を占ってもらった際、「あなたの相手は外国の方かもしれないわよ」と言われ、海外に旅行に行くときは相当の下心を持っていくのですが、全く何もありません。それというのも、何あろう自分が英語を話せないからだ！　と、昨年ニューヨークに行ったとき機内食を食べながら思い立ち、隣の席の英語が堪能な女性に、

「あの、どこで英語を勉強されたんですか」

と、勇気を出して聞いてみました。彼女は私よりふたつ年上でした。なんとなくアーティスティックな雰囲気なのは、大学でアートコースを専攻しているから。彼女は二十九歳から英会話を日本で習い始め、それだけでは飽き足らず、そのままアメリカに留学、寮で一緒だった外国人男性と結婚して、グリーンカードを取得したのだと教えてくれました。

彼女のあまりのとんとん拍子ぶりと、ニューヨークの大学でアートコース専攻、というお

洒落カースト内のバラモンぶりに、私は度肝を抜かれました。

「いいですね……」

思わず漏らした私に、彼女は、

「でも、日本で英会話学校に行くつもりなら、そのお金で少しでも早く留学したほうがいいよ！」

と、教えてくれました。日本で大金を出して英会話学校に行くくらいなら、まったく英語が話せない状態でも早く現場（海外）で生活して、ネイティブな英語を身につけたほうがいい、と。私は基本、長くても長くなくても、現場現場でいろんな人に巻かれるタイプなので、「そうですね。私も、すぐ留学しようと思います。ねいてぃぶ」

と宣言、帰国後、完全に彼女の意見を無視し、「セックス・アンド・ザ・シティ」の日本語吹き替え版を見続ける、という生活を一年ほど続けていました。

しかし、とうとう、大金を出して英会話に通い始めたのです（やっぱり彼女の意見無視）。何故今になってかというと、ものすごく忙しかったからです。

通常、暇が出来たらそういう気持ちになるものでしょうし、かくいう私も車の免許を取得しに行ったのは、えらいこと暇な時期でした。でも、最近の私は、ある意思のもと、仕事をたくさん引き受け、自分なりに馬車馬のように脳を働かせていました。この脳内の使用頻度は、今までの人生の中でもダントツ、こんなに脳みそを使っている今、英語を学ぶという追い討ちをかければ、私のＩＱは飛躍的に上昇するのではないか、と考えたからです。

脳みそつるつるエッセイですが、今後もしかしたら、脳みそぎゅんぎゅんエッセイになるかも、急に宇宙の仕組みを数式で表したり、うっかりプルーストの何かを引用してしまうかもしれませんよ。

私は、手の届かない、遠い存在に、なってしまいますよー。

さて、すでに五回も学校に通っている私です。好きな日本人作家の話をしてくれた先生が、吉本ばななさんのことを「吉本ブナーナ」とネイティブな発音で言ったことに驚き、「セックス・アンド・ザ・シティ」を改めて字幕版で鑑賞、「えー、キャリー全然声違うやん！」と驚いています。

私の脳みそは今、英語、という新しい刺激により、ぎゅんっぎゅんにキマッているのです。

スキルアップのからくり

英会話に行っている、という前回のエッセイを書いていて、思ったことがあります。女性は、特に独身の女性は、二十代後半、三十代になると、何やかや習い事を始めたり、自分のスキルアップを図り始めるよな。

二十代前半や学生の頃には布の少ない服を着てちゃらちゃら遊んでいただけ、時間は腐るほどあったのに何もせず、二十代後半になって急にあせってスキルアップ、多趣味、という状況は何なのでしょうか。かくいう私がそうなので、自分を完全に客観視することが出来ません。ただ、

「今、何ができる？　あたし、もっと成長できるんじゃない？」

という得体の知れない焦りだけが尋常ではなく、キラキラ輝いている若い女の子に、

「俺は手前《てめえ》らよりもスキルがある。若さだけでは世の中渡っていけないってこと、見せてくれるわ！」

と闘志むき出し、したがって、スキルもあり可愛く、若い女の子となると完全にホールド

アップ、大人気なく嫉妬するのが嫌なので、そんな人間はCGである、と、自分の脳みそを優しくごまかしさえします。挙句、スキルがなくても、可愛くて若いだけで世の中をすいっすい渡っていく女の子を見るにつけ、眉間の皺とほうれい線が濃くなる有様。報われません。

以前、テレビを見ていた際、綺麗なメイクをした三十代後半の独身女性、スタイルも良く、美人で語学堪能、料理も上手で仕事に誇りを持っているような女性が、頭にリボンをつけたようなしょんべんくさい女の子たちを尻目に、

「四十代になったら毎日お着物を着たいんです。今、一通り着付けは習ったんですけど」

と言っているのを見ました。前述の闘志から言えば、「かっこいいなぁこの人、ふふ、見てみろしょんべんくさい若い女！」と思うはずなのですが、私は、なんとなく、「ああ、この人、またひとつ、男が近寄りがたい、あかんオーラを身にまとってしまったな……」と、思ってしまったのです。

お料理が一通り出来て（しかも、煮こごりとかルーを使わんカレーとか）、語学堪能で、着物の着付け出来て、仕事も出来て、部屋綺麗にしとって、ひとりで鮨屋に入れて、日本酒とか詳しくて、エコとかに敏感で、メイクも上手でジムとか行ってスタイルも綺麗で、ていう三十代女性は、結構います。完璧やん！　て思うのですが、完璧やん！　て思う心の裏に、「でも、そこまでせんでも……」と思う気持ちがあるのも、確かです。もうちょっと、なんていうか、隙があったほうがええんちゃうか、と。

そこで、私はあることにハタと気づき、ひとりでものすごい赤面をするわけです。

私の、この、意見は、完全に、男性を、意識しての、もの！

結局私は、男の人にチヤホヤされたいだけ！　モテたいだけ！「喧嘩をやめて。私のために、争わないで」て、言いたいだけ！　今井美樹主演「意外とシングルガール」（八八年）のように、タイプの違う三人の男性に言い寄られ、最後はサイコロで決めたいだけ！

恥を覚悟で、もっとつきつめて言うと、私が好きになるようなタイプの男性は、きっと前述した「完璧！」ていうタイプの女性を好きにならない、というより、「そんな女しんどいわ〜」と思いそうである、と私自身が思っているので、「ちょっとくらい隙があったほうが……」という、否定的な見方をしてしまうのです。

自分の職業が好きだし、ある程度自信もついたのに、どうしても男の人の目を気にしてしまうことに、自分自身で恥ずかしくなりつつ、他の女の人がスキルをつけていくのを、その男の人の目線で、斜に構えて見ている。

己の狭量さに、ＭＥＭＡＩがします。

一方、男の人なんてさておいて、なんかしらんどんどん未知のスキルをつけたがっている自分がいるのも、また事実。英会話も、そのひとつです。何故でしょう。

将来に自信が無い、不安、というのはもちろんですが、やはり、自分が少しでも何かを学んでいる、ということが嬉しい。普通に。うん、そう。嬉しい。なんか、細胞がふくふくと豊かになっていく感じ、使ってなかった脳みそが、ぱうん、て開く感じ。

ただ、それがこの年齢、三十を過ぎてからむくむくとわきあがってくる、ということに、自分でとまどっているのです。なんで急に三味線を？　外国怖いのに留学願望が？　浴衣を自分で着たい？　どうして絵の具を買う？　ユーキャンの宣伝、ガン見しすぎやない？

こうなったらやはり、以前私が提唱した「三十歳成人式説」を、真剣に考えるしかありません。今まではきっと、若い、というより、幼かったのです。毎日生きてるだけで細胞はふくふく、脳みそはぱうんぱうん言うてたし、あえて何かを「習いたい」なんていう気持ちになる余裕も、なかったのです。

私は、三十を過ぎて、なんとなく「大人」になってきたかな、と思うようになりました。両親のことを考えたり、税金のことを考えたり、あんまり仲よくない人と天気の話をして、お茶を完全に濁したり。

二十歳の頃、「今日から大人です」と言われてからの、この十年間は何やったの？　と、唖然とします。やっぱ成人式は三十歳やって！

言いつつ、四十になった私が、「やっぱ成人式は四十歳やって！」て言うてる姿を、ありありと想像することが出来ます。せめてその頃は、男の人にチヤホヤされたい！　て、叫んでませんように。

幽霊体験

幽霊を見たことがありますか?

幽霊、という言葉に抵抗があるのなら、「何とも説明できない何か」「恐らくこの世のものではない何か」を見たことは、ありますか。まあ、言葉を変えても、残念ながら胡散臭さは拭えませんね。私は、幽霊や妖怪、妖精やUFOなど、今現在ある科学や理論では説明できないものの存在をガチで信じているので、このような言葉を使うのに抵抗はありませんが、やはり友人との飲み会や編集者さんとの打ち合わせなどで、簡単に「幽霊がさー」などと言うのははばかられます。学生時代不思議議読者であることを隠し続けたのも、心のどこかで「そんなん言うたら引かれるんちゃう?」「そもそもオカルトっ娘って、モテへんのやない?」という恐れからくるもの。己のチキンさを恥じますが、今回このエッセイで、私が体験した「幽霊」体験をご紹介しようと思います。

高校のとき、兄は東京の大学へ、父は東京に単身赴任、という、母とふたりだけの暮らしが続きました。母は、たまに数日間父のもとを訪ねていくことがあり、そんなとき私はひとりで生活をしていたのですが、夜になると、いつもあることが起こりました。私が愛犬サニーを部屋にいれ、テレビを見ていると、サニーが急に、誰もいない空間に向かって、「うう」とか「くう」とか鳴いて、興奮しだすのです。「何、どないしたん」と言ってやっても、しっぽを振ったり、足踏みをしたり、興奮が止まりません。普通だったら、「何？　何か見えんの？」と恐怖におののくところなのですが、何故かちっとも怖くない。それどころか、得たいのしれない安心感のようなものが、私を包んでいる。

また、あるとき、私が二階で眠っているとき、一回のお風呂場からどうも気配がする。ぱちゃ、と音がしたり、カラン、と桶を置く音がしたり。それも、普通なら怖いはずなのですが、やはり怖くない。何かなぁ、と考え、私はふと、「おばあちゃんが来てくれている」と、思ったのでした。

中学生のときに亡くなった祖母は、生前、よく家に泊まりに来ていました。その祖母が、亡くなってから、私が夜、家でひとりでいるのを心配し、泊まりに来てくれているのだ、と。何故か分からないけれど、それはふいに胸に浮かび、次の瞬間確信になりました。「おばあちゃん、大丈夫やで、ありがとー」なんて言いながら、私はぐっすり眠ったものです。その証拠、と言うと変ですが、母がある日、いつものように家に戻ってきたら、仏間に白髪の混じった髪の毛の塊が落ちているのを発見しました。仏間は、祖母が泊まりに来たとき、いつも眠っている部屋でした。私が「おばあちゃんが来てくれてんねん」と言うと、母は、疑うことなく、「そうか」と、感慨深げにその毛の塊を見ていました。

それは、怖くない「幽霊体験」でしたが、怖い体験もあります。

二十四、五歳の頃でしょうか。私は、友人がやっているギャラリーに、よく遊びに行っていました。そこは廃墟のようなビルの屋上にあり、ギャラリースペースの他にキッチンやソファを置いてくつろげる場所があるという、とても広いところで、私はある日、そのソファに座り、ビューアーで友人が撮った写真を見ていました。友人はそのとき、客の対応でギャラリーの方へ行っており、私はひとりでした。写真を凝視していたので疲れ、うんと伸びをして、ふとキッチンのほうを見ると、キッチンの柱と棚の間、ほんの数センチしか開いていない隙間に、女の人が立っていました。

数センチしかない隙間に立っている女の人、を、どう説明すればいいのか難しいのですが、挟まっている、のでも、ものすごく長細い人、でもなく、「隙間に立っている」んです。私は、「おろー」と思い、うつむきました。一瞬、写真を見続けてたことによる残像かと思ったのですが、写真は風景とか、食べ物だけ。時間は午後四時くらいだったでしょうか、ちっとも暗くなく、目の錯覚でもなさそうです。私は、自分が見たものを確かめるため、意を決してもう一度そちらを見ようと思いました。もう一度見て、そこに何もなければ、何かの見間違いであったことにしよう、と。

いました。まだ。

じっと、こっちを見ています。私は、「おろろろろー」と、思いました。そちらを見ないようにして、静かにカバンを取り、抜き足で部屋を脱出、ギャラリーの友人に「かえるわー」と何気なさを装い、その場を後にしました。後で聞くと、友人は、「あのときお前、顔真っ青やったぞ！」とのこと。そらそうや。

他にも、こういう体験はちょこちょこあるのですが、それって、何なのでしょうか。今でも、金縛りに遭うと、「出てこぉい！」みたいな男性の掛け声と共に、部屋中にたくさんの人が押し寄せ、北島三郎の「祭り」のステージのように大騒ぎを始めます。疲れているときに起こるので、金縛りのほうは体の摂理であると納得がいくのですが、あの大騒ぎは、何？　それも、やはり脳みそが私に見せている幻影なのでしょうか。

宮崎哲弥あたりに、あまり口を開けないあのしゃべり方で論理的に説明されたら、私は納得するのでしょうか。いや、それでも私は、

「だって見たんやもん！　あんたかって、体験してみたら分かるわ！」

と、あんた呼ばわりで食ってかかると思います。

余談ですが、不思議系アイドルって、どうしてすぐ「幽霊とかは無いですけど、小さいおじさんは見たことがあります」って言うんですかね？　それを言うと、不思議系アイドル界のヒエラルキーがあがるのでしょうか。それとも、視聴者の誰かに訴えかける、何かの隠語なのでしょうか。ムー大陸の記憶を持つ人たち、集まれ！　みたいな。少しのイラ立ちを持ちつつも、「小さいおじさんを見た」という人たちの言動からは、目が離せません。

チューだエッチだ

毛穴のぶつぶつで鼻が苺のようになってしまったので、百貨店の化粧品売り場に行きました。友人に「いいよ」と勧められたメーカーのカウンターへ行き、症状を訴えたところ、「このスクラブクレンジングがいいですよ」と、洗顔料を勧められました。

「スクラブって肌に負担をかけるイメージですよね？　でも、これは、植物由来の天然成分のスクラブなんで、肌に負担をかけず、優しく汚れを洗い落としてくれるんです」

友人に勧められたことでもあるし、店員さんの肌もちゅるちゅるして綺麗なので、購入を決めていたのですが、私が口を開く前に、店員さんがとどめの一言を発してきました。

「香りもいいんですよ、ほら、美味しい香りでしょう？」

鼻先に持ってこられたそれは、なるほどハーブの良い香りではありましたが、私は、少し、イラッとしました。しかし、そのイラッを悟られないうちに洗顔料を購入、ついでにすすめられた「なんとかウォーター」まで買うてしまいました。

「お化粧の後にひと吹きすると、お化粧くずれしにくくなるんです。ほら、これも、美味しい香りでしょう？」

私がイラッとしたのは、この、「美味しい香りでしょう？」の、くだりです。可愛らしい店員さん、お肌もちゅるちゅる、ホワイトニングした歯はきらきらと光り、べージュのマニキュアを塗った爪も指も、とても綺麗。でも、「美味しい香り」というその表現の仕方に、何故か私は、イ、ラー、としてしまいました。文法的に正しい「美味しそうな香り」だったらいいのか、というとそうではなく、イラーッというよりも、なんていうかあ～あ、て、がっかりしてしまうような感じで、あーもう、うまく言えません。

このモヤモヤした感じ、と、同じような気持ちになるときがありました。

私より一回り以上年上の男性が、キスのことを「チュー」と言ったときです。

「女の人は、チューをしたら、もう浮気なのかな」

彼は案の定、こう続けました。

「じゃあ、エッチなんて当然許されないよね」

ロイヤルストレートフラッシュの札を持っていても、起きたての眠そうな顔をキープ出来る、超ポーカー・フェイス子ちゃんの私のイラつきには、皆気づくはずもなく、周りの人たちは彼に相槌を打ちます。「私、エッチならいいですけど、チューはだめです」「女の人って、チューが大事って言うよね」「エッチはほら、ただの欲望だから」「チューは愛情だもんね」

「チューは」「エッチは」「チュー」「エッチ」……。

イ、ラー。

そもそも、キスをチュー、セックスをエッチと言うのがスタンダードになったのは、いつからでしょうか。恐らく最初は、若い子たちが「キス」「セックス」という言葉の持つ、なんとなく生々しい感じが恥ずかしくて、そんな風に言い始めたのでしょう。

「エッチ」の語源は「HENTAI」の頭文字を取ったのだと聞きました。最初それは、「助平」な奴を指す言葉だったのですが、いつのまにかセックスのことを指すようになったということ。「HENTAI」が違う言葉だったら、例えば「SUKEBE」の「S」になったりしたのでしょうか、「SEX」の頭文字でもあるし、などと考えて脳みそ休憩。あまりに「チュー」「エッチ」と書いたので、すでにイラついているのです。

今、四十や五十のおっさんまでもが「チュー」だ「エッチ」だ言いくさる。「くちづけ」とか言うとけ、「肉体関係」とか「まぐわい」とか言うとけ。四十年も五十年も立派に生きてきたんや！　とことん、生々しく、言えや！

とはいえ、若者言葉がスタンダードになることは、よくあることです。かくいう私も、「超」「ヤバイ」を連発、もはや感動したときは「超ヤベェ」しか言えない作家となってしまいました。周囲にはきっと、そんな私を見て、「イ、ラー」としている方もいらっしゃるでしょう。私が「チュー」「エッチ」でイ、ラーとするのと同じく。

まったくの余談ですが、私が「超ヤベェ」を使い出したのは、あるきっかけがあります。上野に若冲の「鳥獣花木図」を見に行ったとき、私の前にいた金髪、ぶりぶりでぎらぎらの

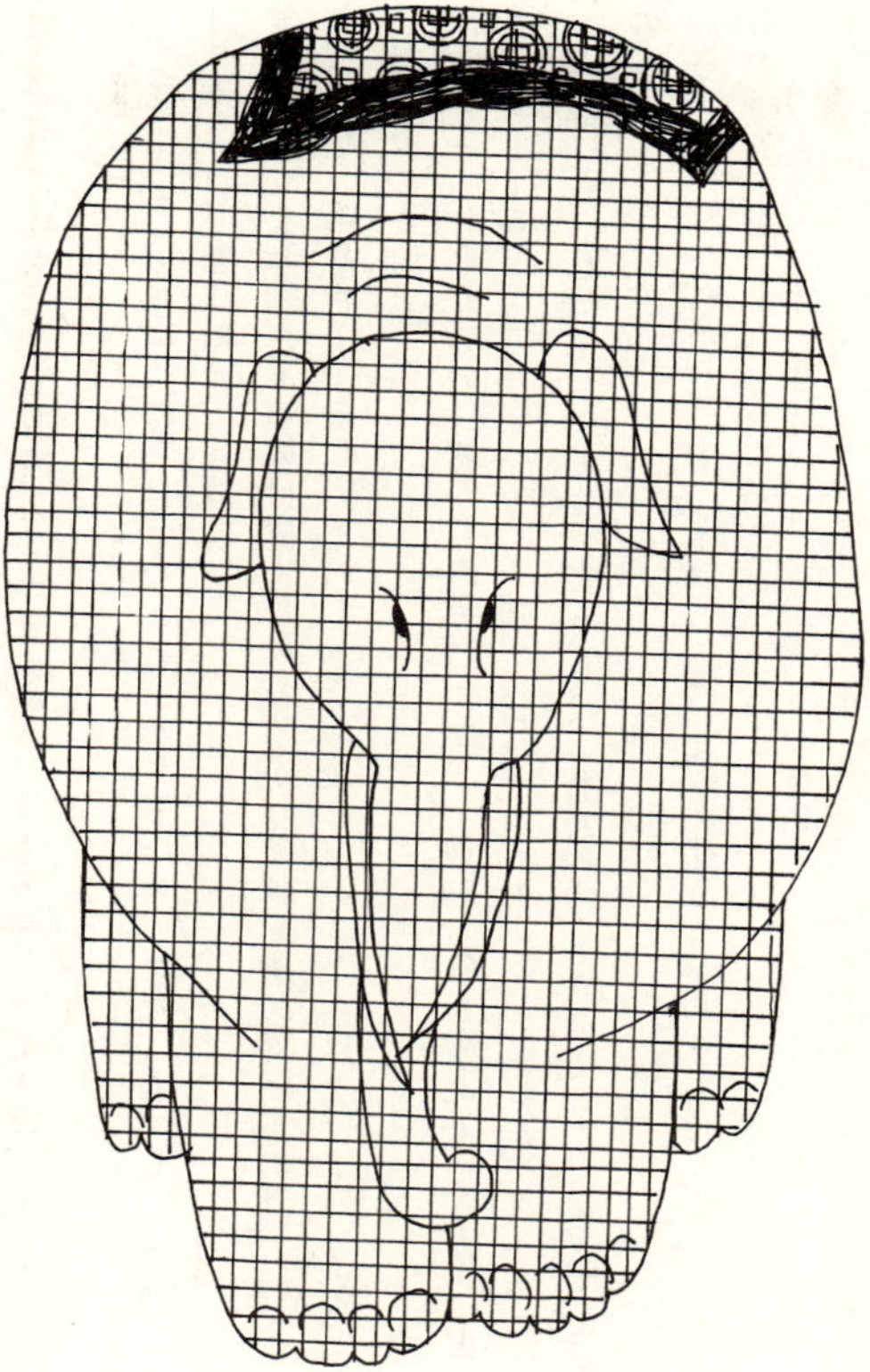

ギャルが、ぼそっと、「若沖超ヤベェ」とつぶやいたのです。思わず飛び出したその言葉、小さな声で呟かれた彼女の心の叫びが、私の胸を、とーん、と打ちました。「若沖超ヤベェ」。私はその感動を忘れられず、今でも彼女にあやかり、「超ヤベェ」を使っているのです。言い訳です。

しかし。「チューする」「エッチのとき」などと言われるなら、まだ「Aする」「Cのとき」と言われるほうがいいと思うのは、何故？

自分の中で、イラつく琴線があるのは確実なのですが、それを決めているのは、何？ どうして私は「美味しい香り」にイラついたの？ その後に言われた「以上でよろしかったでしょうか」にはイラつかず？

おっさんが「チュー」とか言いよるからムカついた？ 彼の無駄な羞恥心、または若者に迎合しようとする態度にムカついたのか？ そういえば、ズボンのことを「ボトムス」と言った四十代の男性にも、私はイ、ラーッときました。なんやボトムスて。「パンツ」でもイラッとすんのに、「ボトムス」て！

こうなったら、私の歴史をたどって、イラつきの琴線を探るしかありません！

でも面倒くさいから寝ます。

動く

よく風邪を引きます。

「お、ちょっとぞくぞくするなぁ」と思ったら、もう熱は三十八度を超え、体中の関節が痛くなる、という具合。己のひ弱さを情けなく思いつつ、病院でもらった薬を飲んでひたすら眠り、三日ほどで徐々に回復、というのが私のスタイルでした。

ほんで、また風邪を引いたのですが、はは、またいつものパターンであろうと思い、薬を飲んで、ポカリ飲んで、眠っていたのですが、今回は、いつもとは違う喉の痛みに、目が覚めました。なんかイガイガする、なんてもんやない、唾を飲み込むだけで号泣してしまうほどの激痛。母親に電話し、「痛い痛い痛い痛い痛いほんま痛いもうなんていうか痛い痛い痛い痛い痛痛痛」と、離れている彼女にはどうにも出来ないことを訴え、布団の上でごろごろ転がっていました。とにかく、トローチを舐めようとしても、唾を飲み込めないから辛いだけ、これはどないなっとるんやと、懐中電灯で口を照らして見たところ、

「しろい」

喉が、真っ白になっていました。

あははは、なにこれー。

震える手で「喉　白　痛」とインターネット検索、調べたところ、どうも白いものは膿で、扁桃腺の病気であることが分かりました。

夜中でしたが、早速最寄りの救急病院へ。近いので歩いたのですが、もちろん激痛は治まるわけがなく、「あたしかわいそう、めちゃくちゃかわいそう」「ひとりぼっちで救急病院。歩いて」「あたし歩いて」などと泣き言を言いながら、診察を待ちました。

ほんで翌日入院。扁桃周囲炎という病気でした。

高熱のため、扁桃腺の細胞が死に、膿となって扁桃腺の周囲まで広がる、というもの。通常人間の炎症値は〇・五以下らしいのですが、私は二七もあったそうです。

入院なんて、初めての経験でした。

激痛のため、まったく水を飲めていないので、とりあえず栄養補給の点滴をしてから、喉の細菌を殺す抗生物質の点滴。これがきついのか、幻覚を見ました。廊下でたくさんの人が大騒ぎをしている、誰かが号泣している、などの幻覚、幻聴の中で、一番驚いたのが、ベッド周囲のカーテンレールにびっしりバナナが吊ってあったこと。恐怖でナースコールを押し、来てくれた看護師さんに「バナナがー」と訴えると、「バナナダイエットはやってるでしょう？　知ってます？」と言われ、「私がなるほどと言うと思ってるんですか」と問い返す。ナースコールも看護師さんも、会話もすべて幻覚でした。

血管に直接何かを入れるて、ほんまに怖いなー、と思いました。だって、ほとんど飲まず食わずやったのに、栄養剤の点滴のおかげで肌はぷるぷる、つるつる、体重も二キロ増えたのです。すっぴんやし、顔もぱうんぱうんに腫れているため、憧れの「お見舞い」も、皆断るありさま。

憧れの。

そう、私にとって、入院は少し「憧れ」の要素があったのです。「皆にお見舞いに来てもらえる」「ちやほやしてもらえる」。でも、そんな風に思っていた私に、ありったけの罵詈雑言を浴びせたい。腰が抜けて立てなくなるくらい、どつきまわしたい。

入院なんて、決して楽しいものではありません。少なくとも、簡単に「あこがれる」なんて言えるものではありません。

病院は、家に帰りたくても帰れない人たちが、たくさんいる場所です。

入院患者が少ない時期だったのか、同室の方は最初、初老の女性ひとりでした。とても上品な方で、いつも素敵なパジャマを着ていらして、優しい家族の方たちが毎日お見舞いに来ていました。肺気腫で入院されている、ということでしたが、

「もう三度目なのよ。段々、家にいるより、病院にいるほうが長くなっているの。嫌ねぇ」

と、おっしゃっていました。夜中、苦しそうにされていることがよくあり、そんなときでも、「ごめんなさいね。うるさいでしょう?」と、私を気遣ってくださいました。

私の退院が決まったとき、

「寂しくなるわね、なんて言っちゃいけないわね」と、優しく笑ってくれた、その笑顔が忘れられません。私の一週間後くらいに退院できる、とおっしゃっていましたが、彼女が少しでも長く、家にいられますように、と、今も、お祈りしています。

検査結果が芳しくなく、一日退院が延び、ふてくされていたところへ、新しい患者さんが入院してきました。私と年齢が変わらない方で、症状も私と同じようなものでした。喉の激痛と高熱、炎症値は一九。でも、病名が分からない、ということでした。彼女のベッドにはひっきりなしに主治医の先生や院長先生がやってきて、「髄液を調べたが髄膜炎ではない」「これだけの炎症値であるから、血管内で何かが起こっているのは間違いないが、何かが分からない」と言っていました。そして、「どうやら膠原病の一種の可能性があるので、入院は長くなります」という結論でした。

私は翌日退院しましたが、炎症値で言うと、彼女よりも相当高かった私が、彼女のような状態になっていてもおかしくなかった、と思います。

自分でなくてよかった、と思うのは、自己中心的で卑怯な私ならではの考えです。全く恥ずかしいことですが、それでも私は、「何か」に感謝せずにはいられませんでした。

五日間の入院で、大げさだと、笑われるかもしれないけど、トイレに行って、うんこが出ると、「ああ、うんこが出た」と、手を合わせます。お風呂に入ってぶぶ、と鳥肌が立つと、「ああ、体が驚いている」と、手を合わせます。目が覚めると、「おお、目が開いた」と思うし、やけどをすると、「熱い」と感謝します。

手を合わせることでは足りないし、挙句私の感謝が何かの役に立つことは、ない。けれど、今こうやって、パソコンの上で動いている自分の指を見て、私は、やっぱり、「あああ、動いている」と、感動しています。

指が、動く。

指が、動く。

ありがたい。

字と声の

道を歩いていると、道路に書かれた「トマレ」という文字に、圧倒されて立ち止まってしまうことがあります。車のために車道に書かれた「トマレ」なのですが、私はその、大きくて白くてぺたりとしていて、まっすぐな「トマレ」に、胸をどーん！　と打たれて、動けないのです。

「トマレ」

また、あるときは「合流注意」の看板に、どきり、とします。これも、車に向けて放たれた言葉なのですが、誰かと会う前などにこれを見ると、その人と会ってもうまく会話出来ないのではないか、何かその人に失礼なことを言ってしまうのではないかと、道々ずっとどきどきして、ときには、泣き出しそうにもなります。

「合流注意」

どうして私をおびやかし、胸をどきどきさせるのか！　むむー、きっとそれらが「文字」だからだと思います。

五年前にデビュー、をしてから、私はほとんど毎日「文字」を書いています。それが「小説」にならなくても、「文章」でさえなくても、最低限「言葉」として機能している「文字」。それらと対峙し続けていると、「文字」の力、実体を超えてしまう「文字」の存在の大きさに、驚くことがあります。

入院していたとき、ベッドの札に書いてあった「西加奈子　様」の文字が、入院している事実より、針を刺されている腕より、何より私を「西加奈子」である、と告げているような気がしました。今、まさにそこに横たわっている自分の体や、痛みや、感情を超えて、「西加奈子　様」という文字だけが、圧倒的に私を、「西加奈子そのもの」たらしめている、ような。

名前や呼び名は、一種の「呪い」であると、昔、ある作家さんが著書で言っておられたと、違う回で書きました。例えば、りんごは「りんご」である、と名前を決められたときから、「りんご」であり続けなければならない、という「呪い」。では、それをあらわす文字は、「呪い」をかける大きな「手立て」で、私は、名前そのもの、「呪い」そのものよりも、それを表す文字、「手立て」の方にこそ、力を感じてしまっているのです。

道を歩いていて、よく猫にでくわします。というより、猫のいそうなところを選んで歩いていると、案の定「なんじゃこら」という顔で、猫がちんと座っている。中に、ものすごい大きな猫がいます。グレーと茶色が混じった体は、遠くから見ると、

「うわ、狸がようさん集まって暖を取っている」

という風にしか見えません。しかし、近づいてみると途轍もなく大きい一匹の猫なので、驚くのです。この驚きを伝えたくて、写メールで友人に送信（仕事中）！　件名は「でぶ猫」でよいだろう。その通り打って、はたと思います。この写真の太った猫、実物の衝撃より、「でぶ猫」という文字のほうが、インパクトあるよな。「でぶ猫」て。でぶ、て。なんかこの写真の猫は「ものすごく大きい太った猫」やけど、だから「でぶ猫」って言っていいのやけど、でも、「でぶ猫」ってもっとなんていうか、「でぶーっ」としてて、包容力みたいなものがあるはずで……。実物の「でぶ猫」より、「でぶ猫」という言葉のほうが強くて、なんやろ、「でぶ猫」という言葉を忠実に表す姿って、「でぶ猫」という言葉以外ないやん、という感じ。私の理想は、理想てなんやねん。でも、理想は、「でぶ猫」と大きく書いてある文字に、↓をして「でぶ猫」と説明を入れたい。

ある日は、ごぼうが安かったので、購入、家で天ぷらにして食べました。しかし、「今日のごはんはごぼうの天ぷらにしたでー」なんてメール打とうもんなら。「ごぼうの天ぷら」めっちゃ美味しそう。めっちゃ美味しそう。食べてる、あたし、今、ごぼうの天ぷら作って、食べてる。美味しい、たしかに美味しい。でも、「文字」のほうが美味しそう！「ごぼうの天ぷら」、食べたい！　おかしい。ごぼうの天ぷらを食べながら「ごぼうの天ぷら食べたい！」と思っているなんて、眼鏡をおでこにかけながら「眼鏡、眼鏡」て探すよりひどい。やすしが「ルージュ、ルージュ」て探すよりひどい。やすしはルージュせーへん。ほんで死

アリガトウ

んでる。

全ての「文字」がそういうわけではありませんが、自分の中で、そういう気持ちになる言葉がいくつかあるようです。

しろうさぎ、て、もっと「しろうさぎ」なんちゃう？　耳長い、とか、ふわふわとか、体真っ白とか、そんなんにあぐらかいとったらあかんど？　もっと徹底的な「しろうさぎ」がおるんやないの！　ピンクって、もっと奇天烈なんとちゃうの？　ピンク、て、ピン、のあとにク、て逃げるなんて、日本語で「桃色」とも言い換えられるようなあの「女の子の色」で落ち着いとってええの？　おい、おちんちん。「おちんちん」みたいなキュートすぎる名前もろといてそのグロテスクさは何よ。こら、赤子が手ぇあげよる、天使も手ぇあげよる、「ぼくたちのおちんちんは、かわいいです」て言いたいんやろ、あほか。お前らのぷりっとしたおちんちんより、「おちんちん」はどえらい可愛いわ！　透明よ、向こうが透けるから「さあどうぞ」みたいな顔しとったらあかんど。「透明」は、もっと「透明」じゃ。ただ透けてる、見えないから「透明」なんやない。もっと胸をぎゅう、て掴まれて、わけわからん涙出てきて、透けてるんやなくて逆に「ああ、ここにおる！」と強く思うもんや。透明よ、こら。

文句ばっかりのアラサーですが（アラサーて何。アラフォーよりきつい）、文字、言葉と実物、つまり「呪い」と「手立て」が一致している、と思うものも、もちろんあります。

猪木（アントニオ、がつくとだめ）、タロイモ、白夜、こたつ、かわいそう、にきび、セックス、とげ、天守閣、うんこ（うんち、はだめ）、編集者、カーテン、鶏がら、ありがとう、などなど（「などなど」もそうです）。

ありがとうは、いくら言葉で言っても、文字で書き続けても、齟齬がありません。嘘であろうと気を引きたくて使ったものであろうと、「ありがとう」という文字と、「ありがとう」という響き、の持つ「めっちゃ昔からおったんやぞ、わし」という貫禄と、なのに失われない「うふふ　思い切って言うわね」という処女のような気恥ずかしさの並存が、私のよこしまや、自意識や、疑いや、勘ぐりや、傲慢を、受け入れない。

「↓」の説明もいりません、ただの、ありがとう。

そして、私は思います。

ありがとう。

みなさん。

ありがとう。

文庫版あとがき

この文庫の基になった単行本『ミッキーかしまし』と『ミッキーたくまし』は、私の初めてのエッセイ集です。Ｗｅｂで連載、イラストも好きに描いていいということもあり、大変楽しく、そしてわくわくとした心持だったのを、覚えています。

20代の頃から始めているので、今読み返すと、なんていうか「笑かしたるで?」という若い気概がぷんぷんに見え、つまり「どや感」はなはだしく、大変恥ずかしい思いをするのですが、例えば、今書きたい「控え目に書いているけれども溢れだす知性をおさえきれず、なおかつユーモアのセンスが一級品、と思ってもらえる」エッセイという、どこかややこしいものではなく、思うまま、よっしゃ変な顔して人を笑わせたろ、あかんかったらお尻出そ、みたいな無邪気さが垣間見え、好ましいものでもあるのです。

見えないはずの読者の顔を、思い浮かべながら、「笑って、ねえ、笑って!」と、健やかに書いている。

作家になって7年経ち、段々このような無邪気が、透明が、失われてきているなと思います。変な知恵がつき、プロの人（同業者や編集者やなんか色々評価する人たち）が読むことを意識し始め、くだんの「控え目に書いているけれども溢れだす知性をおさえきれず、なおかつユーモアのセンスが一級品」を、目指してしまう。結果、自意識やら何やらにさいなまれ、脳みそが無駄にふくれあがって、すごく疲弊する。

自己嫌悪、何しとるねん、これではあかん、という時に思い浮かべるのが、これらのエッセイでした。読めば「ぎゃーっ！」と大声をあげて赤面するに決まっているけれど、それ以上に重大なことを、思い出すからです。

身内に読まれたらという気持ちを捨てることとか、持ってる能力以上の自分を演出しないこととか、あとは、とにかく、全力でやることとか。

それはエッセイだからだけではなくて、私が小説家だからです。

小説家なんてそもそも、書く文章すべてが「どや文章」、恥ずかしいとか身内がとか、かっこつけてとか、言うてられへんのです。全力でやるしかないのです。

恥ずかしい、ぎゃー、たすけてー、やけど、でも、やっぱり、このようなことを思い出させてくれるお前たちエッセイは、可愛い。しかもそれを、自分で書いたと思うと、なおさら可愛い。私は私が好き。

単行本に続き、素敵な本にしてくださったデザイナーの多田進さん、最高に温かな解説を書いてくださった中島たい子さん、初めてのエッセイ連載の機会を与えてくださった松田哲夫さん、文庫化にお力を貸してくださった喜入冬子さんに、感謝します。

素直に自由に書いたエッセイが、このような素晴らしい形で文庫化されるのは、素直に自由に嬉しすぎることです。皆さまどうかやっぱり、素直に自由に読んでください。

2011年10月7日

西　加奈子

解説

西加奈子の「正直レンズ」

中島たい子

西加奈子の小説が大好き。でも、エッセイは読んだことがないから、楽しみだなぁと、本屋でこの本を手にとって、本文を読む前に解説をぱら見しているあなた、危険です！　まだ間に合うから、すぐ本を置いて、速やかにその店を出て行きなさい。危ない、早くっ、バクハツします、この本は！　言うことを聞いて急いで逃げなさい。そして二度と西加奈子のエッセイに近づいてはいけない。なに、もう買ってしまった？　それは、お気の毒に……。読んでしまった？　じゃあ、本当に取り返しがつかないですね。そうなんです、西加奈子とは、こういう人なのです。

「この話、続けてもいいですか。」なんて、おとなしいタイトルをつけてカモフラージュしていますが、この本はつまるところ「爆笑エッセイ集」です（でなければ、解説をこんな出だしで書くわけがない）。私も、大口を開けて笑って車中の人を驚かせ、気持ちのよい涙をたくさん流しました。たとえば、「奇跡体験！　ビフォーアフター」で、限界の一歩手前でトイレの順番待ちをしている著者が、自分の前に並んでいる人を見て「あいつの尻と私の尻を取り替えたい」などと妄想しているくだりなど、笑いすぎてこちらがちびりそうになるしまつ。しかし、著者はなぜ、ここまで自分を暴露しようとし続けるのか？　ふだん皆さんと同じように、清水のような汚れない涙を目に溜めて、西加奈子の小説を読んでいる私としては、エッセイと小説とのギャップに戸惑わずにはいられません。ビビッドな色彩が鮮明に目に映る、研ぎすまされた情景が次々と心に切り込んでくる、最後には、全身の血の温度を上げて去っていくような小説と、……「尻を取り替えたい」とほざく、爆笑エッセイ。だから小説の愛読者には、読むな、と警告したわけです。でも、読むなと言われると、読みたくなるのが人の心。そうなると、解説をまかされた私に残された仕事は、一見異なる、西加奈子の小説とエッセイに共通する部分を探しだして、読者の方に安心して両者を読んでもらうようにすることです。

そもそも、小説とエッセイの違いとは何か。簡単に説明してしまえば、小説はフィクション、エッセイはノンフィクションであると言えます。本文の冒頭で著者が「見聞きしたことや感じたことを自由な態度で書いた文章」と辞書から引用したように、「見聞きしたこと」は事実でなくてはいけません。しかし「自由な態度」で書くことによって、作家独自のフィルターが入り、それはただの事実ではなく「作家の見た事実」という特殊なものになります。

作家のフィルターがエッセイの面白味であるのは当然ですが、実のところ面白いのは「事実」の部分なのです。優れた物書きにたいして贈られる、神様からのギフトなのか、エッセイを色々と読んでいると面白い作家ほど、とんでもない「事実」に遭遇することが多いように感じます。その例にもれず西加奈子も、ありえないノンフィクションの世界に生きています。ある夜、駅の構内で、周囲の人にクスクス笑われているくたびれたサラリーマンがいて、見ると彼の背広の背中に大きな蛾がとまっていて（それも粋な刺青のように肩甲骨の間に）、おまけに彼は西加奈子の父親であった、などという事実に遭遇するなんて、そうそうあることではありません。おまけにその蛾は、はたいてもつついても飛んでいかなくて、バリッとはがしたら脚が六本、背広に残ったなんて、ありえません。おかしすぎる。

しかしながら同じ作家として、西加奈子は敗北感をもってこの話を書いたに違いないと、その気持ちも痛いほどわかるのです。事実は小説より奇なりと言いますが、フィクションを書いているものは、常にノンフィクションに「負けた〜」と思うのです。どんなに頭をひねって書いても、神様が書いている「現実」という創作には絶対に勝てない。蛾の足がもげたところで、神様の偉大な筆に、ただひれ伏すことしかできないのです。エッセイにおいて、無力な私たち作家ができることと言えば、その神様の創作をできるだけ面白さを損なわないように、多くの人に伝えるということだけです。

そうなると、フィルターの話に戻ってきます。私も身に覚えがありますが、作家のフィルターが未熟だったりセンスがなかったりすると、せっかくの神様の創作も、下手にいじくって嘘くさい合成写真のようにして台無しにしてしまいます。その点、西加奈子のフィルターは、限りなく透明で、本当に事実を見たままに書いたかのように見えます。でも、決してそうではないのです。出てくる人間や出来事は、事実よりも鮮明さを増し、本物よりも生命力に溢れ、読む者にその場面の臨場感を伝えてきます。透明なだけに、フィルターと言うよりは精巧なレンズと言った方がいいかもしれません。このレンズは、彼女の小説でも使われているものです。真っ直ぐに被写体をとらえてはなさないレンズ……。

西加奈子が小説を書くとき、そしてエッセイを書くときに使う、そのレンズを、私は「正直レンズ」と密かに呼んでいます。西加奈子の小説ほど正直な小説はない。読むたびに私はそのように感じているのですが、なんとなく嘘をついているなぁ、と思う小説は意外と多いものです。創作だからこそ遠慮なくフィルターをかけすぎて、被写体の輪郭がもやもやしてしまう作品が多い中で、西加奈子の作品は、真っ直ぐすぎて痛みさえ覚えるような目線で登場人物を見つめ、エッジのはっきりした形で彼らを描きだします。そしてエッセイでも、同じレンズで実在する人間をとらえているのです。彼女のまわりにいる面白い人たちは、西加奈子のレンズによって、よりクリアーに映され、より笑いを誘います。そのレンズは西加奈子自身にも向けられて、なぜそこまでと言いたくなるぐらい、自分のことを包み隠さず、真っ直ぐに、生き生きとエッセイの中で再現するのです。私は、生の西加奈子に会ったこともあり、ビールを飲んでいる姿も、慌ててトイレに行くところも見たことがあります。このエッセイに出てくる西加奈子、そのまんまです。そのままだからこそ、彼女のレンズの巧みさに、唸ってしまうわけです。

さらに西加奈子のレンズがとらえるのは、人間や出来事だけではありません。このエッセイ集の中でも、視点の多くが「言葉」に向けられています。そしてここでも、ノンフィクションの言葉を、そのままポンと私たちの前に置いて見せます。「いかのおすし」「トマレ」「サニーがあったほな」「僕が、長渕剛、でぃーすっ！」。西加奈子がクローズアップしなければ、誰も気づくことなく消えていってしまう言葉は、まんまと正直レンズを通して見ることで、その面白さは拡大されるのです。「青い眼がほしい」の章では、小説家になったきっかけについても触れていますが、やはり「言葉」そのものがキーになっているようです。モリスンの『青い眼がほしい』を読んで「普段私たちが使っている、この言葉。それを、これだけ美しく操ること。」に、西加奈子は心を震わせ、その本に熱中し、焦がれた、とあります。モリスンと同じように、西加奈子も、この世にあるものを、独自のレンズで鮮明にとらえて私たちに伝えてくる。それは小説でも、エッセイでも同じなのです。

ということで、もう安心して読めると思うので、まだ本文を読んでいない方は、どうぞページを開いてください。ちょっとびっくりするかも（もしくはバクハツするかも）しれませんが、小説と同じレンズを使って書かれたもの。きっと閉じるときには、言いたくなるでしょう。「あかん、おもろすぎる。その話、もっと続けて」。

（なかじま・たいこ　作家）

本書は、『ミッキーかしまし』（二〇〇七年十月刊、筑摩書房）と『ミッキーたくまし』（二〇〇九年六月刊、筑摩書房）を再編集したものです。

文庫化にあたり加筆訂正を行いました。

沈黙博物館　小川洋子
「形見じゃ」老婆は言った。死の完結を阻止するために形見が盗まれる。死者が残した断片をめぐるやさしくスリリングな物語。（堀江敏幸）

星間商事株式会社社史編纂室　三浦しをん
二九歳「腐女子」川田幸代、社史編纂室所属。恋の行方も友情の行方も五里霧中。仲間と共に「同人誌」を武器に社の秘められた過去に挑む!?（金田淳子）

つむじ風食堂の夜　吉田篤弘
それは、笑いのこぼれる夜。――食堂は、十字路の角にぽつんとひとつ灯をともしていた。クラフト・エヴィング商會の物語作家による長篇小説。

通天閣　西加奈子
このしょーもない世の中に、救いようのない人生に、ちょっぴり暖かい灯を点す驚きと感動の物語。第24回織田作之助賞大賞受賞作。（津村記久子）

この話、続けてもいいですか。　西加奈子
ミッキーこと西加奈子の目を通すと世界はワクワク、ドキドキ輝く。いろんな人、出来事、体験がてんこ盛りの豪華エッセイ集！（中島たい子）

君は永遠にそいつらより若い　津村記久子
22歳処女。いや「女の童貞」と呼んでほしい――。日常の底に潜むうっすらとした悪意を独特の筆致で描く。第21回太宰治賞受賞作。（松浦理英子）

アレグリアとは仕事はできない　津村記久子
彼女はどうしようもない性悪だった。すぐ休み単純労働をバカにし男性社員に媚を売る。大型コピー機とミノベとの仁義なき戦い！（千野帽子）

まともな家の子供はいない　津村記久子
セキコには居場所がなかった。うちには父親がいる。うざい母親、テキトーな妹。まともな家なんてどこにもない！　中3女子、怒りの物語。（岩宮恵子）

こちらあみ子　今村夏子
あみ子の純粋な行動が周囲の人々を否応なく変えていく。第26回太宰治賞、第24回三島由紀夫賞受賞作。書き下ろし「チズさん」収録。（町田康／穂村弘）

さようなら、オレンジ　岩城けい
オーストラリアに流れ着いた難民サリマ。言葉も不自由な彼女が、新しい生活を切り拓いてゆく。第29回太宰治賞受賞・第150回芥川賞候補作。（小野正嗣）

冠・婚・葬・祭　中島京子
人生の節目に、起こったこと、出会ったひと、考えたこと。冠婚葬祭を切り口に、鮮やかな人生模様が描かれる。第143回直木賞作家の代表作。（瀧井朝世）

とりつくしま　東直子
死んだ人に「とりつくしま係」が言う。モノになってこの世に戻れますよ。妻は夫のカップに弟子は先生の扇子になった。連作短篇集。（大竹昭子）

虹色と幸運　柴崎友香
珠子、かおり、夏美。三〇代になった三人が、人に会い、おしゃべりし、いろいろ思う一年間。移りゆく季節の中で、日常の細部が輝く傑作。（江南亜美子）

星か獣になる季節　最果タヒ
推しの地下アイドルが殺人容疑で逮捕!? 僕は同級生のイケメン森下と真相を探るが——。歪んだピュアネスが傷だらけで疾走する新世代の青春小説！

ピスタチオ　梨木香歩
棚（たな）がアフリカを訪れたのは本当に偶然だったのか。不思議な出来事の連鎖から、水と生命の壮大な物語「ピスタチオ」が生まれる。（管啓次郎）

図書館の神様　瀬尾まいこ
赴任した高校で思いがけず文芸部顧問になってしまった清（きよ）。そこでの出会いが、その後の人生を変えてゆく。鮮やかな青春小説。（山本幸久）

マイマイ新子　髙樹のぶ子
昭和30年山口県国衙。きょうも新子は妹や友達と元気いっぱい。戦争の傷を負った大人、変わりゆく時代、その懐かしく切ない日々を描く。（片渕須直）

話虫干　小路幸也
夏目漱石「こころ」の内容が書き変えられた！ それは話虫の仕業。新人図書館員が話の世界に入り込み、「こころ」をもとの世界に戻そうとするが……。

包帯クラブ　天童荒太
傷ついた少年少女達は、戦わないかたちで自分達の大切なものを守ることにした。生きがたいと感じるすべての人に贈る長篇小説。大幅加筆して文庫化。

うれしい悲鳴をあげてくれ　いしわたり淳治
作詞家、音楽プロデューサーとして活躍する著者の小説&エッセイ集。彼が「言葉」を紡ぐと誰もが楽しめる「物語」が生まれる。（鈴木おさむ）

尾崎翠集成（上・下）　尾崎翠／中野翠 編

鮮烈な作品を残し、若き日に音信を絶った謎の作家・尾崎翠。時間と共に新たな輝きを加えてゆくその文学世界を集成する。

クラクラ日記　坂口三千代

戦後文壇を華やかに彩った無頼派の雄・坂口安吾との、嵐のような生活を妻の座から愛と悲しみをもって描く回想記。巻末エッセイ＝松本清張

貧乏サヴァラン　森茉莉／早川暢子 編

オムレット、ボルドオ風茸料理、野菜の牛酪煮……。食いしん坊茉莉は料理自慢。香り豊かな〝茉莉ことば〟で綴られる垂涎の食エッセイ。文庫オリジナル。

紅茶と薔薇の日々　森茉莉／早川茉莉 編

天皇陛下のお菓子に洋食店の味、庭に実る木苺……森鷗外の娘にして無類の食いしん坊、森茉莉が描く懐かしく愛おしい美味の世界。（辛酸なめ子）

ことばの食卓　武田百合子／野中ユリ・画

なにげない日常の光景やキャラメル、枇杷など、食べものに関する昔の記憶と思い出を感性豊かな文章で綴ったエッセイ集。（種村季弘）

遊覧日記　武田百合子／武田花・写真

行きたい所へ行きたい時に、つれづれに出かけてゆく。一人で。または二人で。あちらこちらを遊覧しながら綴ったエッセイ集。（巖谷國士）

わたしは驢馬に乗って下着をうりにゆきたい　鴨居羊子

新聞記者から下着デザイナーへ。斬新で夢のある下着を世に送り出し、下着ブームを巻き起こした女性起業家の悲喜こもごも。（近代ナリコ）

私はそうは思わない　佐野洋子

佐野洋子は過激だ。ふつうの人が思うようには思わない。大胆で意表をついたまっすぐな発言をする。だから読後が気持ちいい。（群ようこ）

神も仏もありませぬ　佐野洋子

還暦……もう人生おりたかった。でも春のきざしの蕗の薹に感動する自分がいる。意味なく生きても人は幸せなのだ。第3回小林秀雄賞受賞。（長嶋康郎）

老いの楽しみ　沢村貞子

八十歳を過ぎ、女優引退を決めた著者が、日々の思いを綴る。齢にさからわず、「なみ」に、気楽に、と過ごす時間に楽しみを見出す。（山崎洋子）

遠い朝の本たち　須賀敦子
一人の少女が成長する過程で出会い、愛しんだ文学作品の数々を、記憶に深く残る人びとの想い出とともに描くエッセイ。（末盛千枝子）

おいしいおはなし　高峰秀子編
向田邦子、幸田文、山田風太郎……著名人23人の美味な思い出。文学や芸術にも造詣が深かった往年の大女優・高峰秀子が厳選した珠玉のアンソロジー。

るきさん　高野文子
のんびりしていてマイペース、だけどどっかヘンテコな、るきさんの日常生活って？　独特な色使いが光るオールカラー。ポケットに一冊どうぞ。

それなりに生きている　群ようこ
日当たりの良い場所を目指して仲間を蹴落とすカメ、迷子札をつけているネコ、自己管理している犬。文庫化に際し、二篇を追加して贈る動物エッセイ。

うつくしく、やさしく、おろかなり　杉浦日向子
生きることを楽しもうとしていた江戸人たち。彼らの紡ぎ出した文化にとことん惚れ込んだ著者がその思いの丈を綴った最後のラブレター。（松田哲夫）

ねにもつタイプ　岸本佐知子
何となく気になることにこだわる、ねにもつ。思索、奇想、妄想はばたく脳内ワールドをリズミカルな名短文でつづる。第23回講談社エッセイ賞受賞。

回転ドアは、順番に　穂村弘　東直子
ある春の日に出会い、そして別れるまで。気鋭の歌人ふたりが、見つめ合い呼吸をはかりつつ投げ合う、スリリングな恋愛問答歌。（金原瑞人）

絶叫委員会　穂村弘
町には、偶然生まれては消えてゆく無数の詩が溢れている。不合理でナンセンスで真剣だからこそ可笑しい、天使的な言葉たちへの考察。（南伸坊）

杏のふむふむ　杏
連続テレビ小説「ごちそうさん」で国民的な女優となった杏が、それまでの人生を、人との出会いをテーマに描いたエッセイ集。（村上春樹）

月刊佐藤純子　佐藤ジュンコ
注目のイラストレーター（元書店員）のマンガエッセイが大増量してまさかの文庫化！　仙台の街や友人との日常を描く独特のゆるふわ感はクセになる！

命売ります 三島由紀夫

自殺に失敗し、「命売ります。お好きな目的にお使い下さい」という突飛な広告を出した男のもとに、現われたのは？ （種村季弘）

三島由紀夫レター教室 三島由紀夫

五人の登場人物が巻き起こす様々な出来事を手紙で綴る。恋の告白・借金の申し込み・見舞状等、一風変ったユニークな文例集。 （群ようこ）

コーヒーと恋愛 獅子文六

恋愛は甘くてほろ苦い。とある男女が巻き起こす恋模様をコミカルに描く昭和の傑作が、現代の「東京」によみがえる。 （曽我部恵一）

七時間半 獅子文六

東京―大阪間が七時間半かかっていた昭和30年代、特急「ちどり」を舞台に乗務員とお客たちのドタバタ劇を描く隠れた名作が遂に甦る。 （千野帽子）

悦ちゃん 獅子文六

ちょっぴりおませな女の子、悦ちゃんがのんびり屋の父親の再婚話をめぐって東京中を奔走するユーモアと愛情に満ちた物語。初期の代表作。 （窪美澄）

笛ふき天女 岩田幸子

旧藩主の息女に生まれ松方財閥に嫁ぎ、四十歳で作家獅子文六と再婚。夫、文六の想い出と天女のような純真さで爽やかに生きた女性の半生を語る。

青空娘 源氏鶏太

主人公の少女、有子が不遇な境遇から幾多の困難にぶつかりながらも健気にそれを乗り越え希望を手にする日本版シンデレラ・ストーリー。 （山内マリコ）

最高殊勲夫人 源氏鶏太

野々宮杏子と三原三郎は家族から勝手な結婚話を迫られるも協力してそれを回避する。しかし徐々に惹かれ合うお互いの本当の気持ちは……。 （千野帽子）

カレーライスの唄 阿川弘之

会社が倒産した！ どうしよう。美味しいカレーライスの店を始めよう。若い男女の恋と失業と起業の奮闘記。昭和娯楽小説の傑作。 （平松洋子）

せどり男爵数奇譚 梶山季之

せどり＝掘り出し物の古書を安く買って高く転売することを業とすること。古書の世界に魅入られた人々を描く傑作ミステリー。 （永江朗）

飛田ホテル　黒岩重吾
刑期を終えたやくざ者に起きた妻の失踪を追う表題作など、大阪のどん底で交わる男女の情と性。直木賞作家の傑作ミステリ短篇集。（難波利三）

あるフィルムの背景　結城昌治　日下三蔵編
普通の人間が起こす歪んだ事件、そこに至る絶望を描き、思いもよらない結末を鮮やかに提示する。昭和ミステリの名手、オリジナル短篇集。

赤い猫　仁木悦子　日下三蔵編
爽やかなユーモアと本格推理、そしてほろ苦さを少々。日本推理作家協会賞受賞の表題作ほか〈日本のクリスティー〉の魅力をたっぷり堪能できる傑作選。

兄のトランク　宮沢清六
兄・宮沢賢治の生と死をそのかたわらでみつめ、兄の死後も烈しい空襲や散佚から遺稿類を守りぬいてきた実弟が綴る、初のエッセイ集。

落穂拾い・犬の生活　小山清
明治の匂いの残る浅草に育ち、純粋無比の作品を遺して短い生涯を終えた小山清。いまなお新しい、清らかな祈りのような作品集。（三上延）

真鍋博のプラネタリウム　真鍋博　星新一
名コンビ真鍋博と星新一。二人の最初の作品『おーいでてこーい』他、星作品に描かれた挿絵と小説冒頭をまとめた幻の作品集。（真鍋真）

熊撃ち　吉村昭
人を襲う熊、熊をじっと狙う熊撃ち。大自然のなかで、実際に起きた七つの事件を題材に、孤独で忍耐強い熊撃ちの生きざまを描く。

川三部作
泥の河／螢川／道頓堀川　宮本輝
太宰賞「泥の河」、芥川賞「螢川」、そして「道頓堀川」と、川を背景に独自の抒情をこめて創出した、宮本文学の原点をなす三部作。

私小説 from left to right　水村美苗
12歳で渡米し滞在20年目を迎えた「美苗」。アメリカにも溶け込めず、今の日本にも違和感を覚え……。本邦初の横書きバイリンガル小説。

ラピスラズリ　山尾悠子
言葉の海が紡ぎだす、〈冬眠者〉と人形と、春の目覚めの物語。不世出の幻想小説家が20年の沈黙を破り発表した連作長篇。補筆改訂版。（千野帽子）

ちくま文庫

この話《はなし》、続《つづ》けてもいいですか。

二〇一一年十一月 十 日 第 一 刷発行
二〇二五年 一 月二十五日 第十三刷発行

著 者 西加奈子（にし・かなこ）
発行者 増田健史
発行所 株式会社 筑摩書房
東京都台東区蔵前二―五―三 〒一一一―八七五五
電話番号 〇三―五六八七―二六〇一（代表）
装幀者 安野光雅
印刷所 株式会社精興社
製本所 株式会社積信堂

ISBN978-4-480-42887-5 C0195